BROTHERS IN BLUE: MATT

Deutsche Ausgabe

Brothers in Blue
Buch 3

JEANNE ST. JAMES

Übersetzt von
LITERARY QUEENS

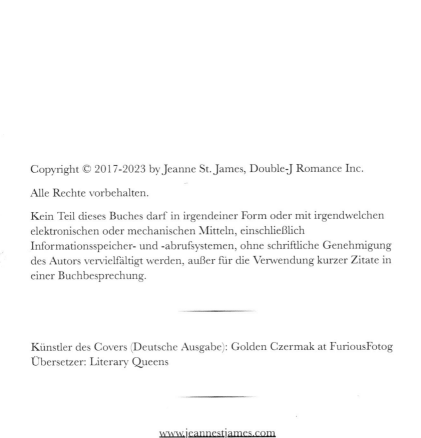

Kapitel Eins

»Dieser verdammte Mistkerl! Das ist alles seine Schuld!«

Officer Matt Bryson blickte hinunter auf die wütende Frau, die flach auf der Rollbahre lag, während die Trage durch die Türen der Notaufnahme geschoben wurde. Er lief im Eiltempo nebenher und versuchte, Schritt zu halten. Wenn er das nicht täte, fürchtete er, dass er gegen seinen Willen den Gang hinuntergeschleift werden würde, wie ein Köder, der hinter einem Schleppangelboot herhüpft.

Sie drückte seine Hand noch fester. Matts Finger hatten bereits ihr Gefühl verloren und die Spitzen färbten sich mittlerweile lila.

»Was stimmt den nicht mit dem? Warum tut er mir das an?«

Wenn er dachte, sie könnte ihren Griff um seine missbrauchte Hand nicht noch fester anziehen, lag er völlig falsch.

»*Fuck!* Das tut weh!«, schrie sie.

Matt traute sich nicht, seiner Schwägerin zu sagen, wie sehr auch seine Hand schmerzte. Er war sich mehr als sicher, dass sein Schmerz nicht mit dem zu vergleichen war, was sie durchmachte. Und außerdem wollte er seine Männlichkeit bewahren.

»Matt, du musst ihn verhaften, dafür, dass er mir das angetan hat!«

Sie musste sich in einem echten Wahnzustand befinden, wenn sie dachte, dass das jemals passieren würde. Als ob er seinen eigenen Bruder verhaften würde, der auch noch der Polizeichief war. *Und* sein Boss. *Ja, klar.*

Amandas Gesicht verzog sich erneut, während sie den Flur hinuntergerollt wurde, vorbei an der Anmeldung in der Notaufnahme. Er hatte schon vorher angerufen, und als Vertreter der Strafverfolgungsbehörden würde niemand mit der Wimper zucken, wenn er diesen Schritt übersprang.

»Amanda, die Sache ist schon längst passiert und jetzt musst du damit fertig werden.«

»Neeeeein. Nein, muss ich nicht!« Ihre hysterische Stimme drang an seine Ohren und auch an die des Krankenhausmitarbeiters, der zusammenzuckte, während er die Bahre schob.

Man sollte meinen, dass er an widerspenstige Schwangere gewöhnt ist.

Amanda schlug eine Hand vor ihr Gesicht und stöhnte. »Der wird mich nie wieder anfassen!«

Matt bezweifelte das. Aber er hielt seinen Mund. Er war ja nicht dumm.

Als sie die Aufzüge erreichten, drückte der Mann im grünen Arztkittel den Knopf zum Hochfahren. Im Stillen flehte Matt den Aufzug an, sich zu beeilen.

»Wenn er mir das noch einmal antut … Wenn er mich noch einmal anfasst, bringe ich ihn um!«

Der Krankenhausangestellte wurde aschfahl und beäugte die Pistole, die an Matts Gürtel hing, mit unübersehbarer Sorge. Matt runzelte die Stirn und drehte seine Hüfte von der verrückten Frau auf dem Krankenbett weg. Nur für den Fall.

»Wo ist er? Ich werde ihn einfach sofort umbringen! Auaaaaa!«

Das Ping des Fahrstuhls ließ Matt zur Decke blicken und ein leises »Danke« ausstoßen. Auf dem Weg in den dritten Stock erinnerte er sie daran: »Ich glaube, das ist auch zum Teil deine Schuld, weißt du.«

Mit Schweißperlen auf ihrer Stirn warf Amanda ihm einen bösen Blick zu.

»Na ja, es ist so.« Der riesige Bauch, der aussah wie der Mt. Everest, war der eindeutige Beweis. »Muss ich dir das mit den Bienchen und Blümchen noch mal erklären? Ich bin mir ziemlich sicher, dass du wusstest, worauf du dich einlässt, als du mit deinem Ehemann *geschlafen* hast.«

Amandas Knurren verwandelte sich in ein Schmerzensgeheul, als eine weitere Wehe über sie hereinbrach.

Der Aufzug hielt an und die Türen öffneten sich zischend auf der Etage der Entbindungsstation.

»Okay, wir sind da. Max müsste jeden Moment auftauchen«, tröstete er sie und versuchte, seine Hand wegzuziehen. Es gelang ihm nicht. Irgendwie hatte sie sich in Superwoman verwandelt.

Amandas errötetes Gesicht erblasste plötzlich. »Du verlässt mich doch nicht, oder?«

Doch. Matt seufzte. *Fuck!*

Nein. Er konnte sie nicht im Stich lassen. Auch wenn er wirklich nichts mit der Geburt seines Neffen zu tun haben wollte. Oder Nichte. Hatten sie das Geschlecht überhaupt schon erfahren? Er hatte nicht gefragt und es interessierte ihn auch nicht wirklich.

»Wo ist Max?«, jammerte sie laut.

Matt wünschte, er wüsste es. Wenn Amanda ihren Mann nicht tötete, würde er es tun. Eher lernen Schweine fliegen, als dass er ihr bei der Geburt helfen würde. Er hatte seine Grenzen.

Lieber würde er zurück in den Nahen Osten gehen.

»Also gut, wir müssen los«, sagte der Pfleger, oder wie auch immer man ihn nannte.

»Nein! Du musst mit mir kommen, Matt.«

O Scheiße, nein.

»Ich kann das nicht allein!«

Matt warf einen Blick auf Amandas fast lila Gesicht und verzog die Mundwinkel. Er konnte dieser Frau nicht einmal ansatzweise erklären, warum er sich verdammt noch mal weigerte, dort hineinzugehen. Zunächst einmal wollte er seine Schwägerin nicht in dieser Position sehen. Und er wollte auch nicht sehen, wie *dieser* Bereich bis zum Äußersten gedehnt wurde.

Das Bild in seinem Kopf ließ ihn erschaudern. Er wusste nicht einmal, ob er bei der Geburt seines eigenen Kindes dabei sein wollte. Obwohl das nie passieren würde, da er keine Kinder haben wollte. Niemals.

Außerdem hatte er in seiner langen Dienstzeit bei den Marines schon genug Blut und eklige Sachen gesehen. Und er wusste, was bei der Geburt eines Kindes passiert. Er hatte es im Nahen Osten miterlebt, und das nicht aus freien Stücken.

Nein, danke.

Ein zerzauster Max eilte den Flur hinunter, sein Hemd war schief geknöpft und an seinem Gürtel fehlten eindeutig einige Schlaufen. Aber, *verdammt noch mal*, der Mann war da.

Und Matt seufzte erleichtert auf.

»Ich bin da! Ich bin da!«

»Wurde auch Zeit«, sagte Matt trocken.

»Ich musste meine Uniform erst ablegen«, antwortete er, bevor er zu seiner Frau hinunterblickte. Er musste zweimal hinsehen. »Heilige Scheiße! Geht es dir gut?«

»Verdammt, nein, du mieses Dreckschwein!«, fletschte sie und ließ endlich Matts Hand los. »Ich fühle mich, als würde ich gleich aufplatzen und meine Mumu wird nie wieder dieselbe sein. Das wollte ich dich nur wissen lassen. Das wird sie komplett ruinieren, meine enge …«

Max drückte seiner Frau schnell eine Hand auf den Mund und warf dem Krankenhauspersonal in Hörweite einen entschuldigenden Blick zu. Matt trat außer Reichweite und massierte sich die Finger, um die Durchblutung wieder in Gang zu bringen.

Er fand es sehr mutig von seinem Bruder, seine Hand in die Nähe ihres Mundes zu legen. Zu diesem Zeitpunkt könnte Amanda ihm einen Finger abbeißen.

Max' Wangen wurden rot. Matt war überrascht, denn er hätte nicht gedacht, dass etwas seinen Bruder zum Erröten bringen könnte.

Er wandte sich ab, um sein Kichern zu verbergen. Die meisten Leute, die Amanda kannten, waren nicht überrascht über das, was aus ihrem Mund kam. Für ihren Mann sollte das eigentlich nichts Neues sein.

Sein Bruder war jetzt auf sich allein gestellt. Er konnte sich um seine Frau kümmern, die so angepisst schien wie ein in die Enge getriebenes Stachelschwein.

Eine große Blondine in einem langen weißen Laborkittel eilte herbei. Wahrscheinlich eine Ärztin. »Warum ist sie noch hier draußen? Bringen Sie sie in den Kreißsaal, bevor wir ein frischgeborenes Bryson-Baby auf dem Flur haben«, befahl sie und die Angestellten horchten auf, als wäre sie ein Hauptfeldwebel.

Matt wich einen Schritt zurück und zog eine Augenbraue hoch, als er ihre *Ich-habe-das-Sagen*-Haltung bemerkte. *Scheiße!*

Die Frau bestand nur aus Beinen und Befehlen.

»Also?«, fragte sie ungeduldig. Dann, nach einer hektischen Phase voller Aktivitäten, wurde der Flur leer und still.

Matt atmete aus und lehnte sich gegen die nächstbeste Wand. Er hatte einen verdammten Ständer.

Einfach so.

Fuck!

Er stieß sich von der Wand ab, richtete sich auf und schob sich seinen Gürtel über die Hüften, während der Rest der Familie wie eine Büffelherde den Flur entlangstürmte.

»Sind wir zu spät?«, fragte seine Mutter mit Aufregung in ihren Augen.

Das sollte auch so sein. Sie hatte ihre drei Söhne jahrelang damit genervt, unter die Haube zu kommen, und nach Enkeln verlangt. Jetzt bekam sie endlich eins.

Na ja, solange Amanda mitspielte. Denn wenn jemand eine Schwangerschaft nach neun Monaten abbrechen könnte, dann wäre sie es. Matt schüttelte den Kopf und lachte vor sich hin. Die Frau war wirklich dickköpfig, und Max hatte alle Hände voll zu tun mit ihr. Aber er vermutete, dass sein Bruder jede Minute davon genoss. Masochistischer Bastard.

Matts Vater Ron trat neben ihn und klopfte ihm auf den Rücken. »Gut gemacht, dass du sie noch rechtzeitig hergebracht hast, mein Sohn.«

Matt nickte seinem Vater zu, antwortete aber seiner Mutter. »Nein, Ma. Du bist nicht zu spät. Wie könnte man bei einer Geburt überhaupt zu spät kommen? Wenn das Kind erst einmal geboren ist, hast du es für immer an der Backe. So läuft das doch, oder?«

»Ja, Ma, du hast Matt für immer an der Backe«, sagte sein Bruder Marc. »Ob es dir gefällt oder nicht.«

Mary Ann Bryson sah ihren mittleren Sohn stirnrunzelnd an. »Ich habe keinen von euch *an der Backe*. Ich habe euch in diese Welt gebracht und ich kann euch auch wieder entfernen.«

Ihr Mann lachte. »Das stimmt, Schatz, zeig' denen, wo der Hammer hängt.«

»Verdammt, Ma, das ist etwas hart«, sagte Marc stirnrunzelnd.

»Wo ist Leah?«, fragte Matt seinen Bruder.

»Sie schläft. Sie muss morgen mit dir die Tagesschicht arbeiten.«

Matt nickte. Seine zukünftige Schwägerin, das neueste Mitglied der Truppe, hatte sich als guter Cop erwiesen und konnte ihm jederzeit den Rücken stärken. Er hätte sogar nichts dagegen gehabt, wenn sie im Kampf an seiner Seite gewesen wäre. Sie war zäh und hielt Marc auf jeden Fall in Schach.

Sein mittlerer Bruder war ein Glückspilz. Im Gegensatz zu Max, dem wahrscheinlich gerade der Arsch von oben bis unten aufgerissen wurde.

Was für ein Scheiß.

»Jetzt, da der Großteil der Bryson-Armee hier ist, werde ich wieder auf Patrouille gehen.« Er ging zum nächsten Aufzug und drückte den Abwärtsknopf.

»Willst du deine Nichte nicht sehen, wenn sie geboren ist?«, fragte seine Mutter.

»Nope.«

Und im gleichen Moment öffneten sich die Fahrstuhltüren und er stürmte davon.

Kapitel Zwei

»MANNING GROVE sechs von der Zentrale.«

Matt fluchte. Er saß in seinem Lieblingsversteck und versuchte, seine Augen nach dem Schnellschichtwechsel heute Morgen *auszuruhen.* Nachdem er letzte Nacht in der Schicht von drei bis elf gearbeitet hatte, musste er heute Morgen wieder die Schicht von sieben bis drei übernehmen, was ihn doppelt so müde und launisch machte. Also sollte ihm heute besser niemand auf die Eier gehen. Zumindest nicht in der düsteren Stimmung, die ihn umhüllte.

Er hatte kaum geschlafen, vor allem wegen der vielen Bilder, die ihm die ganze Nacht über zugeschickt wurden. Als ob er Fotos von seiner neugeborenen Nichte Hannah sehen wollte. Oder von Max' lächelndem, erschöpftem Gesicht. Oder Amandas wütendem Gesichtsausdruck, der an einen Höllenhund erinnerte.

Er riss das Mikrofon aus der Halterung. »Manning Grove sechs, schieß los.«

»Manning Grove sechs, Unfall mit einem Fahrzeug. Auto gegen Reh. County Line Road. Ein Insasse, keine Verletzungen. Meldepflichtig. Abschleppwagen ist auf dem Weg.«

Matt seufzte. Wer auch immer das Reh angefahren hatte, musste es schwer getroffen haben, wenn das Auto nicht mehr fahrtüchtig war und sie einen Abschleppwagen schickten. Der Fahrer hatte Glück, wenn er oder sie keinen Krankenwagen brauchte. Leider waren Unfälle mit Rehen in dieser Gegend viel zu häufig. Das Risiko gehörte zum Leben in der Provinz dazu. »Manning Grove sechs, habe verstanden. Markiere mich als unterwegs.«

So viel zu seinem Powernap.

Er startete den Streifenwagen und trat das Gaspedal durch, wobei die Reifen Schmutz und Steine hinter sich aufwirbelten.

Es dauerte nur zwei Minuten, bis er am Unfallort war, immerhin war er es gewohnt, in halsbrecherischem Tempo über unbefestigte Straßen zu fahren. Ein kleiner weißer SUV stand schief in der Mitte der Straße, die Front war eingedrückt und unter der Motorhaube quoll Dampf hervor.

Eine Frau, die sich den Kopf hielt, hockte auf der hinteren Stoßstange. *Von wegen keine Verletzungen.*

Er parkte den Wagen hinter ihr und schaltete seine roten und blauen Scheinwerfer aus, sodass nur noch die gelben Warnleuchten blinkten. Auf dieser Straße gab es nicht viel Verkehr. Zumindest was Autos betraf. Der Verkehr von Rehen war eine andere Geschichte.

Matt trat die Tür des Wagens auf, kletterte hinaus und begutachtete die Situation. »Sind Sie verletzt?«, fragte er die Fahrerin, als er sich ihr näherte.

Als sie aufschaute, fiel ihr loses, langes blondes Haar zur Seite und gab den Blick auf ihr Gesicht frei.

O Scheiße.

Amandas Kinderärztin. Die Diktatorin.

Er hatte sie zuerst nicht erkannt. Gestern Abend hatte sie ihr Haar noch zu einem schlichten, festen Dutt oben auf dem Kopf hochgesteckt. Und sie hatte keine Brille getragen.

Ihre Augen weiteten sich hinter dem leuchtend türkisfarbenen Brillengestell und ließen ihn ihre grünen Augen sehr bewusst werden. Leider schienen diese erstaunlichen Augen in Dunkelheit zu versinken. Sie sah erschöpft aus.

Er bewegte ihre Hand sanft von ihrem Kopf weg. Eine Beule ragte aus ihrer Stirn heraus, aber er sah kein Blut. »Ist Ihnen schwindelig?«

»Nein.« Sie schüttelte den Kopf und stöhnte bei der Bewegung.

Sie trug nicht mehr ihren langen, weißen Arztkittel und auch keinen von diesen typischen grünen OP-Kleidern. Ihre kilometerlangen Beine wurden von einer schwarzen, elastischen, engen Hose umhüllt. Eine Yogahose vielleicht. Diese wiederum steckten in kniehohen, schwarzen Lederstiefeln. Sie trug ein lockeres, weißes Hemd mit Knöpfen, das ihre Hüften und ihre Kurven verschleierte.

Zu schade.

Sie verengte ihre Augen und musterte ihn. »Sind sie nicht der Onkel von Hannah?«

»Hannah?«

»Das Baby von Max und Amanda. Sie wissen schon, der Grund, warum Sie sie gestern Abend ins Krankenhaus gebracht haben.«

»Na ja, wenn Sie das wissen, dann wissen Sie auch, dass ich es bin.«

Ihre Lippen verzogen sich zu einem schmalen Strich.

»Brauchen Sie medizinische Hilfe?«, fragte er.

»Ich bin Ärztin.«

Ein Muskel zuckte in seinem Unterkiefer. »Ach was. Das ist mir gestern Abend gar nicht aufgefallen, als Sie Ihren weißen Kittel getragen und die Leute herumkommandiert haben.«

Sie legte den Kopf schief, um ihn anzusehen, und zuckte dann wegen der Bewegung zusammen. »Ich habe die Leute nicht herumkommandiert.«

Sein Schwanz hatte das anders gesehen. »Am Arsch haben Sie das nicht getan. Also, brauchen Sie einen Krankenwagen?«

»Nein.«

»Sind Sie sicher? Sie starren den ganzen Tag auf Frauenteile. Kennen Sie die Symptome einer Gehirnerschütterung?«

Abrupt stemmte sie sich auf die Beine. Die Frau musste eins-zweiundsiebzig groß sein. Mindestens. »Frauenteile?« Sie sah ihn missmutig an. »Ja, ich kenne die Symptome einer Gehirnerschütterung. Es geht mir gut.«

Matt stieß einen lauten Atemzug aus. »Hören Sie zu, ich bin hier, um Ihnen zu helfen. Aber Sie sind der Doc. Also wissen Sie es besser als ich, nicht wahr?« Er zuckte mit den Schultern, als ob es ihn nicht interessierte.

Denn wenn es wirklich darauf ankam, war es ihm egal. Wenn sie stur sein wollte, war das ihre Sache. Nicht seine.

Ihre Augenbrauen wanderten zu ihrem Haaransatz und ihr Mund klappte auf. Sie schloss ihn schnell wieder und runzelte die Stirn. »Was ist Ihr Problem?«

»Ich habe kein Problem. Ich bin hier draußen und mache meinen Job.«

»Sie könnten etwas freundlicher sein.«

»Ich muss nicht freundlich sein, um meinen Job zu erledigen. Ich muss nur gut darin sein.«

Sie musterte ihn einen Moment lang, als würde sie versuchen, tief in seine Seele zu sehen. Sie würde nicht viel finden. Die war leer.

»Sind sie immer so ein Arschloch?«

Er schenkte ihr ein übertriebenes Lächeln. »Ja.«

»Gut zu wissen.«

Er ging zur offenen Fahrertür hinüber und untersuchte den ausgelösten, leeren Airbag. Wie zum Teufel hatte sie sich dieses Gänseei auf der Stirn zugelegt, obwohl ihr Airbag ordnungsgemäß ausgelöst worden war?

Ah. Sie hatte ihren Sicherheitsgurt nicht angelegt. Böser, böser Doktor.

»Wo ist das Reh?«, rief er zum hinteren Teil des SUVs und starrte auf den Schaden an der Vorderseite.

»Ich weiß es nicht.« Ihre sanfte Stimme neben seinem Ohr ließ ihn zusammenzucken.

Heilige Scheiße. Man schleicht sich niemals an Kriegsveteranen heran. Niemals.

»Da *war* doch ein Reh, oder?«, fragte er schnell, um seine Nervosität zu überspielen.

»Ja, Officer Bryson. Da war definitiv ein Reh. Es hatte vier Beine, braunes Fell und einen flauschigen weißen Schwanz.«

Mit einem Kopfschütteln ließ er sie stehen und ging zurück zum Streifenwagen. Nachdem er seine Schrotflinte und eine Flasche Wasser geholt hatte, kehrte er dorthin zurück, wo sie sich an das Fahrzeug gelehnt hatte, und reichte ihr die noch halb gefrorene Wasserflasche. »Hier. Für Ihre Beule.«

Sie sah die Flasche einen Moment lang an, bevor sie sie widerwillig annahm. »Danke.« Sie drückte sie vorsichtig gegen die Beule auf ihrer Stirn. »Ist die Schrotflinte für das, was ich denke?«

»Jupp. Haben Sie eine Ahnung, wo das Reh hin ist?«

»Nein.« Sie seufzte. »Es kann nicht weit gekommen sein. Hoffentlich leidet es nicht.«

»Dafür ist die Schrotflinte ja da.«

»Das sagten Sie gerade.«

Das hatte er. Matt zuckte mit den Schultern und ging zum hohen Gras am Straßenrand hinüber. Er suchte den Waldrand ab, um zu sehen, ob er das vierbeinige Opfer ausmachen konnte.

Ein paar Meter vor ihm entdeckte er einen braunen Fleck im Unkraut und näherte sich vorsichtig dem gefallenen Tier. Mit einem verletzten Bock war nicht zu spaßen, vor allem nicht, wenn er ein großes Geweih hatte.

Als er schließlich über dem Hirsch stand, stellte er fest, dass alles Leben aus ihm gewichen war. Hoffentlich hatte das Tier nicht zu lange gelitten. Er würde den Wildhüter anrufen, obwohl er bezweifelte, dass das Fleisch noch etwas taugte. Außer, man könnte es zu Hamburgern verarbeiten.

Er seufzte und war erleichtert, dass er nicht mit seiner Waffe schießen musste. Tatsächlich hatte er, seit er zurück war, das Jagen mit seinen Brüdern eingestellt. Es machte ihm keinen Spaß mehr, Dinge zu töten.

Selbst wenn es Essen auf den Tisch brachte.

Er trug seine Schrotflinte zurück zum Streifenwagen und schnappte sich dann sein Metallklemmbrett, um seinen Unfallbericht zu erstellen. Die Ärztin hatte sich zum Heck des höchstwahrscheinlich zu Schrott gefahrenen SUVs begeben und saß auf der Rückseite des offenen Kofferraums.

»Ich brauche Ihren Führerschein, Ihre Zulassung und Ihre Versicherungskarte.«

Sie nickte leicht. »Die sind im Auto.«

»Wissen Sie was? Bleiben Sie sitzen. Ich werde die Sachen holen. Sagen Sie mir, wo sie sind.«

Sie sah überrascht aus, dass er so hilfsbereit war. »Brieftasche auf dem Beifahrersitz. Versicherung und Zulassung im Handschuhfach.«

Er schnappte sich, was er brauchte, kehrte zu ihr zurück und reichte ihr ein großes türkisfarbenes Portemonnaie aus Vinyl. »Sie haben eine Vorliebe für diese Farbe.«

»Sie erinnert mich an die Karibik.«

Er konnte sie sich in einem türkisfarbenen Bikini am Strand vorstellen, während ihre langen Beine in der Sonne goldbraun wurden. Er räusperte sich. »Es gefällt Ihnen dort.«

»Ich war noch nie da. Eines Tages. Es steht auf meiner Wunschliste.« Sie beäugte ihn. »Waren Sie schon mal da?«

Ja klar. »Nope. Ich mag keinen Sand.«

»Es ist mehr als nur Sand.«

Er hob eine Schulter. »Ist mir egal. Ich hatte genug Sonne und Sand für eine lange Zeit.«

»Wo?«

Matt ignorierte ihre Frage, weil er schon mehr gesagt hatte, als er sollte, und notierte sich stattdessen die Informationen auf ihren Karten. Sie kramte ihren Führerschein heraus und reichte ihn ihm.

Ihre warme Hand berührte seine. Schnell nahm er die kleine Plastikkarte aus ihren langen, zierlichen Fingern. Ihm fiel auf, dass ihre Nägel kurz und gepflegt waren. Keinerlei Schnickschnack.

Und sie trug an keinem Finger einen Ring.

Nicht, dass es ihn interessierte. Zum Leidwesen seiner Mutter war er nicht auf der Suche nach einer dauerhaften Beziehung. *Zum Teufel,* er war nicht einmal auf der Suche nach einer Nummer im Heu. Seine Faust war schon seit Langem ein zuverlässiger Begleiter, und außerdem war sie einfach praktisch. *Sehr* praktisch.

Er warf einen Blick auf die Blondine, die vor ihm stand. Vielleicht sollte er sein derzeitiges Liebesleben mit seiner Hand noch einmal überdenken.

Er las ihren Führerschein. Carly Stephens. Er hatte recht mit ihrer Größe – ein Meter zweiundsiebzig. Als er ihre Adresse aufschrieb, zögerte er. »Ist das Ihre aktuelle Adresse?«

»Ja.«

Heilige Scheiße. Die Adresse gehörte zu einer bekannten Pension außerhalb der Stadt. Und nicht auf eine gute Weise bekannt. Die Bude hatte den Ruf, eine Müllhalde zu sein und wurde häufig von der Polizei besucht, weil es dort zu

Zwischenfällen kam. Warum, zum Teufel, sollte eine Ärztin in dieser Absteige wohnen?

»Wie lange wohnen Sie schon dort?«

Sie blinzelte. »Brauchen Sie das für den Bericht?«

»Nein. Ich bin nur neugierig.«

Sie seufzte, immer noch die Wasserflasche an ihren Kopf haltend. »Zu lange.«

»Eine Nacht ist zu lang an diesem Ort.«

Sie antwortete ihm nicht. Er spähte zu ihr und stellte fest, dass sie stirnrunzelnd auf den Boden starrte. Plötzlich sah sie auf und ertappte ihn beim Starren.

»Haben Sie das Baby schon gesehen?«

Sie versuchte, das Thema zu wechseln. Er senkte seinen Blick wieder auf seinen Bericht. »Nein.«

»Freuen Sie sich nicht, eine Nichte zu haben?«

»Nein.«

»Wirklich.«

Das war keine Frage. Und selbst wenn es eine gewesen wäre, hätte er nicht geantwortet. Sollte sie doch denken, was sie wollte. Wenn er erst einmal alle Informationen gesammelt hatte und der Abschleppdienst eingetroffen war, würde er ihr höchstwahrscheinlich nie wieder über den Weg laufen. Auf der Entbindungsstation des Krankenhauses hing er bestimmt nicht herum.

Vor allem, weil er keine Kinder haben würde. Niemals.

In diesem Moment kam der Sattelschlepper mit seinen gelben Scheinwerfern an. Der Truck hielt vor ihrem SUV und der Fahrer stieg aus.

Er rief dem Mann einen Gruß zu und ging zu ihm hinüber, um ihm einige grundlegende Informationen zu geben, und fragte dann, als er ihn eingeholt hatte: »Schaffen Sie den Rest allein?«

»Jupp«, sagte der Fahrer, bevor er einen Klumpen Kautabak auf den Boden spuckte.

Mit einem finsteren Blick sprang Matt zurück, um den

braunen Spritzern auszuweichen. »Gut«, sagte er und machte auf dem Absatz kehrt, um etwas Abstand zwischen sich und den Kerl zu bringen, bevor er ihm auf den Kopf schlug.

Als Matt zurück zu Dr. Carly Stephens ging, rief der Abschleppwagenfahrer: »Braucht sie eine Mitfahrgelegenheit?«

Carly hob ihren Kopf. »Ja.«

Matt hob seine Handfläche und sagte: »Nein. Ich hab' das im Griff.« Er packte die Ärztin am Ellbogen. »Kommen Sie mit. Ich bringe Sie nach Hause.« Und er begleitete sie resolut zur Beifahrerseite des Streifenwagens.

»Warum sind Sie jetzt auf einmal so nett?« Sie schaute ihn misstrauisch an.

»Bin ich nicht. Ist nur eine Illusion.«

Sie gab ein Geräusch von sich, kletterte aber ins Auto, während er auf die andere Seite lief. Innerhalb weniger Minuten fuhr er von der Unfallstelle weg.

»Sie fahren in die falsche Richtung«, sagte sie, die Flasche immer noch auf ihre verletzte Stirn gepresst.

»Ich weiß.«

»Wollen Sie mich entführen?«

Er prustete. »Ja. In Uniform und in einem gekennzeichneten Auto.«

»Ich muss nach Hause und schlafen.«

»Nicht, wenn Sie eine Gehirnerschütterung haben. Haben Sie hier in der Nähe Familie?«

Er ahnte die Antwort bereits. Jeder, der eine liebevolle Familie hätte, müsste nicht in dieser Pension hausen.

Sie antwortete nicht.

»Dachte ich mir«, sagte er mit einem Nicken.

Sie seufzte. »Bringen Sie mich zurück ins Krankenhaus?«

»Nein.«

»Wohin bringen Sie mich dann, verdammt?«

In der tiefen, fordernden Frage fehlte jeder Anflug von Panik. Es war eine Frage von jemandem, der normalerweise die Kontrolle hatte und jetzt Antworten verlangte.

Sein Schwanz regte sich. Der befehlende Ton ihrer Stimme konnte ihn ganz leicht in die Knie zwingen. Ein Bild von ihm, wie er auf seinen Knien war, während sie über ihm stand, tauchte in seinem Kopf auf. Er umklammerte das Lenkrad fester, um das Erschaudern, das ihn zu durchlaufen drohte, zu unterdrücken.

Heilige Scheiße.

Sie griff in den Ausschnitt ihres schlabberigen Shirts und zog ein Handy aus dem heraus, von dem er annahm, dass es ihr BH war. Sie drückte auf den Einschaltknopf und der Bildschirm leuchtete auf.

»Wollen Sie etwa die Polizei rufen?«, fragte er, ohne sich die Mühe zu machen, die Ironie in seiner Stimme zu verbergen.

Sie warf ihm einen bösen Blick zu. Er ignorierte sie und richtete seinen Blick auf die Straße. Das Display ihres Handys wurde wieder dunkel. Sie starrte eine Sekunde lang darauf, dann sah sie ihn wieder an. »Sagen Sie mir, wohin Sie mich bringen.« Die Art und Weise, wie sie es formulierte, machte deutlich, dass diese Frau gerne die Kontrolle hatte.

»An einen sicheren Ort.«

»Und wo soll das sein, Officer Bryson?«

»Sie sagten, Sie haben keine Familie in der Nähe, richtig?«

»Korrekt.«

»Wie sieht es mit Freunden aus?«

Wieder wurde er mit Schweigen begrüßt. Wahrscheinlich arbeitete sie zu hart, um Zeit für Freunde zu haben oder Kontakte zu knüpfen. Wahrscheinlich verzehrte ihre Karriere sie komplett.

So wie der Sandkasten im Nahen Osten ihn verzehrt hatte.

»Dachte ich mir schon. Sie könnten eine Gehirnerschütterung haben. Sie dürfen nicht schlafen. Jemand muss Sie beobachten.«

»Und Sie haben jetzt beschlossen, dass Sie für den Job geeignet sind.« Das war keine Frage.

Er warf einen kurzen Blick auf sie. Sie schaute geradeaus und war sichtlich verärgert, dass er Entscheidungen für sie traf. »Nein. Nicht ich.«

»Wer dann?« Wieder war es keine Frage, sondern eine Forderung.

Ein Muskel in seinem Unterkiefer kribbelte, als er von der Hauptstraße nach rechts auf einen Steinweg abbog.

»Warum sind wir auf einer Baumfarm?« Sie drehte sich auf ihrem Sitz, um das Schild am Straßenrand zu lesen. »Moment. Da steht *Brysons Baumfarm*. Ist das Ihr Haus?«

»Nein.«

»Ich verlange eine Erklärung«, beharrte sie, als sie sich wieder zu ihm umdrehte.

»Sie werden sie bekommen, und ich werde es nur einmal sagen.«

»Ich höre«, erwiderte sie ungeduldig.

Er hielt vor dem Bauernhaus und parkte. »Lassen Sie uns gehen.«

»Von mir aus, Plaudertasche. Los geht's! Ich kann es kaum erwarten, das zu hören.« Sie stieg aus dem Auto und starrte ihn an, die Hände in die Hüften gestemmt.

Jetzt konnte er einige ihrer Kurven sehen. Und sie waren gerade richtig. Voll. Die perfekte Krönung für ihre kilometerlangen Beine.

Er packte sie am Ellbogen und begleitete sie auf die überdachte Veranda und ins Haus. Die Tür war nicht verschlossen. Das war sie nie.

Sie waren gerade durch die Tür gekommen, als er rief: »Ma! Paps!«

Der Kopf seiner Mutter lugte aus der Küche hervor und sein Vater rief: »Hier drin!«

Matt schob Carly durch den Eingangsbereich ins Wohnzimmer, wo sein Vater in seinem abgenutzten Lieblingssessel lümmelte.

»Wer ist das? Wow, Sie haben aber einen ganz schönen Knoten am Kopf, junge Dame«, sagte sein Vater, klappte die Fußstütze des Sessels zu und stand auf, um auf Carly zuzugehen. »Verdammt. Das muss wehgetan haben.«

»Dr. Stephens!«, rief Mary Ann, als sie das Zimmer betrat. »Wie geht es Ihnen? Was machen Sie hier?«

»Oh, ich dachte mir schon, dass Sie mir bekannt vorkommen. Sie haben gerade vor Kurzem unser erstes Enkelkind zur Welt gebracht«, sagte Ron und ein stolzes Lächeln breitete sich auf seinem Gesicht aus.

»Ja. Ich habe Sie gestern Abend im Krankenhaus getroffen.«

»Sie sehen schrecklich aus, meine Liebe«, gackerte Matts Mutter. »Kommen Sie! Setzen Sie sich auf die Couch.« Sie scheuchte Matt weg und übernahm die Führung wie eine Glucke. »Was ist passiert?«

»Auto gegen Reh«, sagte Matt, bevor die Ärztin antworten konnte.

»O nein!«

»Ich habe eine Bitte. Könnt ihr ein Auge auf Dr. Stephens werfen?«, fragte er seine Eltern. »Sie könnte eine Gehirnerschütterung haben und hat niemanden, der auf sie aufpasst.«

»Ich habe keine Gehirnerschütterung und ich brauche keinen Babysitter«, brummte Carly.

»Aber natürlich, Schatz«, stimmte seine Mutter fröhlich zu. »Sie kann gerne hierbleiben, bis sie aus dem Gröbsten raus ist. Ihr habt mich gerade beim Aufräumen des Frühstücks erwischt. Brauchen Sie etwas zu essen?«

»Wenn sie eine Gehirnerschütterung hat, könnte sie sich übergeben«, warnte Matt seine Mutter.

»Ich habe keine Gehirnerschütterung«, beharrte Carly und erhob ihre Stimme einen halben Ton. »Ich bin Ärztin, ich wüsste, wenn ich eine Gehirnerschütterung hätte.«

»Ach, Unsinn, Dr. Stephens. Vorsicht ist besser als Nachsicht«, sagte Mary Ann und winkte mit der Hand ab. »Wir müssen dafür sorgen, dass Sie gesund und munter bleiben, um all unsere zukünftigen Enkel zur Welt zu bringen. Stimmt's, Matt?«

Matt stöhnte leise vor sich hin. »Genau, Ma. Ich bin mir sicher, dass Amanda nach der letzten Nacht mehr will.«

»Ah, das wird sie. Sie wird den Schmerz schnell vergessen.«

Matt war sich nicht so sicher, ob Amanda überhaupt irgendetwas vergessen würde. Sie schien nicht der Typ zu sein, der vergab und vergaß.

»Und dann ist da noch Leah. Marc und sie werden bald heiraten und dann werden sie mich auch zu einer stolzen Großmutter machen.«

Matt fragte sich, ob Marc von den Plänen ihrer Mutter wusste.

»Und dann musst du nur noch …«

»Also, ich muss wieder auf Streife gehen. Ich habe das Funkgerät im Auto vergessen.«

Er stürmte hinaus und das dröhnende Lachen seines Vaters verfolgte ihn bis zur Tür.

Kapitel Drei

MARY ANN SAH auf das Baby hinunter und gurrte. »Ich weiß nicht, wie sie mich nennen soll.« Sie gurrte wieder und schnitt einige Zentimeter vor Hannahs Gesicht eine Grimasse. »Großmutter, Grammy, Oma, Omi. Nanna. Mémé …«

»Heilige Scheiße, Mom! Such dir einfach einen aus«, schnauzte Max.

»Fluch nicht vor dem Baby!«, schimpfte Mary Ann ihn aus.

»Mom, im Moment ist es Hannah egal, wie du willst, dass sie dich nennt. Du hast Zeit, dich zu entscheiden. Sie kennt noch nicht einmal den Unterschied zwischen den Wörtern *Scheiße* und *Grandma*.«

Matt wäre am liebsten rückwärts wieder aus dem Haus gegangen. Er unterdrückte ein Gähnen und rieb sich die Augen. Seine Schicht hatte ihn erschöpft, denn sie war mit belanglosen Anrufen beschäftigt gewesen. Bellende Hunde, Teenager, die wütend waren, weil ihre Eltern ihnen Hausarrest gaben, ein Kind, das im Walmart eine Limo geklaut hatte. Lauter dumme Scheiße.

Er ging ins Wohnzimmer, wo sich alle um seine Mutter

versammelten, die das Neugeborene hielt. »Haben sie dich schon aus dem Krankenhaus entlassen?«, fragte er seine Schwägerin erstaunt. »Es ist doch erst ein paar Tage her.«

Amanda lümmelte in Rons Sessel – eine weitere Überraschung, da sein Vater *niemandem* erlaubte, in seinem Sessel zu sitzen – und beobachtete mit Kulleraugen, wie Mary Ann das Baby hielt.

Was zum Teufel? Max' Frau musste auf irgendwelchen Schmerzmitteln sein. Niemand verwandelt sich innerhalb von achtundvierzig Stunden von der Höllenmaschine in eine süße, liebevolle Frau. Schon gar nicht Amanda.

»Sie hatte eine normale Geburt. Sie wollen nicht, dass man im Krankenhaus herumhängt und Platz wegnimmt«, sagte eine weibliche Stimme hinter ihm.

Matt wirbelte auf den Fersen herum und sah die Diktator-Doktorin an. Warum zum Teufel war sie noch hier?

Sie drängte sich an ihm vorbei und stellte sich neben seine Mutter. Sie griff nach unten, um mit der winzigen, rosafarbenen Faust des Babys zu wackeln und zu gurren. Gurren musste ansteckend sein.

Zum Teufel, wenn er gewusst hätte, dass das Kind auf der Farm sein würde, wäre er direkt nach Hause gefahren. »Ich schätze, Sie haben Ihre Gehirnerschütterung überlebt«, sagte er zu Carly.

»Ich hatte keine Gehirnerschütterung«, antwortete sie und machte sich nicht einmal die Mühe, zu ihm aufzuschauen.

Er verschränkte seine Arme vor der Brust. »Aha.«

Gehirnerschütterung hin oder her, die Beule an ihrem Kopf war nur noch leicht zu sehen, aber der blaue Fleck sah furchtbar aus. Definitiv kein attraktiver Look für sie.

Er konnte jedoch nicht leugnen, dass er ihre Klamotten attraktiv fand. Denim umhüllte ihre langen Beine und sie trug ein abgetragenes T-Shirt mit V-Ausschnitt in einem Blau, das ihren Teint betonte und ihm bewusst machte, wie blond ihr langes Haar tatsächlich war.

Er fragte sich, ob die Haarfarbe natürlich war.

Wollte er es herausfinden?

Nein.

Vielleicht.

Verdammt.

»Warum starrst du sie so an?«, kam ein leises Gemurmel hinter ihm. Er drehte seinen Kopf und sah seinen Bruder Marc an.

»Das tue ich nicht.«

Marc gluckste, betrat den Raum, während er sich an Matt vorbeidrängte.

»Du bist der Nächste«, sagte Mary Ann zu ihrem mittleren Sohn und Marc erblasste.

Jetzt war Matt an der Reihe, zu lachen.

Schließlich gab er seine Position an der Tür auf und gesellte sich zu seiner Familie. Er stellte sich hinter Amanda, legte seine Hände auf ihre Schultern und lehnte sich zu ihr. »Wie geht's der Dämonenbrut?«

Sie lachte, ihre Augen funkelten und sie schaute zu ihrem Kind hinüber. »Vollkommen gesund. Sie hat alle zehn Finger und Zehen und überraschenderweise nicht eine einzige Hufe.«

»Das ist doch schon mal ein guter Anfang.«

»Danke, dass du mich ins Krankenhaus gebracht hast.«

»Was hätte ich denn sonst tun sollen? Das Kind selbst entbinden?«

Carly schnaubte von der anderen Seite des Raumes. Er hatte keine Ahnung, warum die Frau im Haus seiner Eltern geblieben war.

»Und warum sind Sie hier?«, fragte er sie.

Seine Mutter schnappte nach Luft, übergab das Baby schnell an Max und kam herüber, um ihm einen Klaps auf den Kopf zu geben. »Achte auf deine Manieren, Junge!«

Matt rieb sich das schmerzende Ohr.

»Ist er immer so ein Arschloch?«, fragte Carly.

Ein lautes gemeinsames *Ja* schallte durch den Raum, untermalt von Amandas Lachen.

»Seit er zurück ist aus diesem gottverlassenen …«

Matt versteifte sich und unterbrach seine Mutter. »Ma! Fang nicht damit an. *Bitte!*«

»Na schön«, schniefte sie. »Du hast Probleme.«

»Wir alle haben Probleme«, sagte Matt ihr.

»Wenn du einfach heiraten, sesshaft werden und eine Familie gründen würdest, wäre alles in Ordnung.«

Die Antwort seiner Mutter auf alles war, ihr Enkelkinder zu schenken. Ihr ultimatives Elixier für jedes Problem. Er hatte ihr oft genug gesagt, dass sie sich Kinder von seinen Brüdern wünschen könnte, aber nicht von ihm.

»Bleibst du zum Abendessen?«, fragte Paps.

»Das wollte ich, aber ihr seid beschäftigt. Ich mach' mich auf den Weg.«

»Das musst du nicht, mein Sohn. Du kannst gerne bleiben.«

»Ich weiß«, antwortete er.

Sein Vater nickte, denn er wusste, wie sich Matt in der Nähe von Menschen, Aktivitäten und Lärm fühlte. Wenn Max nicht der Polizeichef gewesen wäre, hätte er seinen Job nach seiner Rückkehr aus Übersee vielleicht nie wieder zurückbekommen. Er wäre möglicherweise beurlaubt oder sogar entlassen worden.

Matt wusste, dass Max ein Risiko einging, als er ihm seine Dienstmarke und seine Waffe zurückgab. Aber seine Familie schien entschlossen zu sein, ihn so schnell wie möglich wieder in ein normales Leben zu integrieren.

Wenn es nur so einfach wäre.

Als er das Haus verließ, ging er an Leah, seiner Kollegin und zukünftigen Schwägerin, vorbei, die gerade die Verandatreppe hinaufging.

»Wo willst du hin?«, fragte sie ihn. Sie trug ihre Uniform, da sie gerade in der Spätschicht arbeitete.

»Irgendwohin, nur nicht hierhin.«

»Willst du nicht mit der Familie abhängen?«, fragte Leah, doch ihre Augen funkelten und sie unterdrückte ein wissendes Lächeln.

Leah verstand ihn von allen am besten. Er war sich allerdings nicht sicher, warum. Er kannte sie kaum. Er hatte Marcs Verlobte, mit der er zusammenlebte, erst vor etwa sechs Monaten kennengelernt, als er von den Marines entlassen wurde und nur widerwillig heimkehrte.

Sie schienen sich auf Anhieb gut zu verstehen. Ihr Vater war ein Cop in Philadelphia gewesen, der bei der Arbeit ums Leben gekommen war, und sie wollte in seine Fußstapfen treten. Sie war eine zielstrebige Frau und Matt respektierte das an ihr.

Sie waren ein paar Mal zusammen auf Streife gewesen, als er zurückkam und versuchte, wieder auf Kurs zu kommen. Und je mehr er sie kennenlernte, desto mehr mochte er sie. Zum Glück für seinen Bruder war Matt damals nicht dagewesen, sonst hätte er ernsthaft in Erwägung gezogen, Marc Konkurrenz zu machen.

»Nee. Ich bin erledigt.«

Leah nickte nur, gab ihm einen Klaps auf den Arm und joggte dann die Treppe hinauf ins Haus.

Matt seufzte und ging auf seinen Pick-up-Truck zu.

»Warten Sie!«

Er blieb kurz stehen, drehte sich aber nicht um. Er lauschte auf ihre Schritte, während sie hinter ihm herlief. Er musste sich anstrengen, damit sich seine Muskeln nicht versteiften, als Carly auf ihn zukam.

Sie ist keine Bedrohung. Sie ist nicht der Feind. Er wiederholte das Mantra in seinem Kopf, bis sich sein Herzschlag verlangsamte.

Sie stellte sich vor ihn und blockierte die Fahrertür. »Können Sie mich nach Hause fahren?«

»Wohnen Sie jetzt nicht hier? Ich habe Sie vor zwei Tagen abgesetzt und Sie sind immer noch hier. Ich dachte, Sie sind inzwischen vielleicht eingezogen.«

Ihr Blick verfinsterte sich und sie presste die Lippen zusammen. »Vergessen Sie's!« Sie drängte sich an ihm vorbei und stieß ihn absichtlich mit der Schulter an.

Er packte sie am Arm und schwang sie zurück, sodass sie ihm zugewandt stand. »Wo wollen Sie denn hin?«

»Zurück ins Haus, wo ich sicher bin, dass jemand so nett sein wird, mich nach Hause zu bringen.«

Er musterte ihr Gesicht und arbeitete sich dann an ihrem Körper hinunter. Ihre Brüste wippten vor Wut. Ihre Taille wirkte winzig im Vergleich zu ihren vollen, ausladenden Hüften.

»Fertig?«

Er hob seinen Blick, um den ihren zu treffen. »Mit?«

»Meine Titten abzuchecken.«

Er ließ sie los und ging hinüber zu seinem SUV. »Steigen Sie ein, wenn Sie mitfahren wollen. Wenn Sie nicht auf dem Sitz sitzen, wenn ich den ersten Gang eingelegt habe, haben Sie Pech gehabt.«

»So verzweifelt bin ich nicht«, sagte sie hinter ihm.

»Da bin ich mir sicher«, erwiderte er an der Fahrertür. Dann riss er sie mit mehr Kraft als nötig auf und kletterte hinein.

Er startete den Wagen, ohne darauf zu achten, ob sie sich bewegte, und legte den ersten Gang ein. Er ließ die Kupplung los und fuhr los.

Scheiß drauf! Er würde ihr nur einmal eine Mitfahrgelegenheit anbieten.

Trotzdem konnte er nicht umhin, einen Blick in den Rückspiegel zu werfen. Sie stand regungslos da, den Kopf hoch erhoben, das lange Haar locker um die Schultern geworfen, die Hände in die Hüften gestemmt, und er war sich *mehr als* sicher, dass sie ihn hinter dieser albernen türkisfarbenen Brille anstarrte.

Er wollte ihr die Brille vom Kopf reißen, mit den Händen durch ihr dichtes Haar fahren und ihr die Scheiße aus dem Leib ficken.

Er trat auf die Bremse und der Toyota rutschte auf den Steinen zum Stehen.

Er legte den Rückwärtsgang ein, ließ die Kupplung kommen und trat das Gaspedal durch, sodass er rückwärts zu ihr raste.

Sie hatte sich immer noch nicht bewegt und starrte ihn nur mit sturen, schmalen Augen an.

Er kurbelte das Fenster herunter. »Steigen Sie in den Truck, verdammt!«

Endlich bewegte sie sich und überraschte ihn, indem sie um den SUV herumging und auf den Beifahrersitz kletterte. Er starrte sie genauso angestrengt an, wie sie aus der Frontscheibe starrte. »Legen Sie den Sicherheitsgurt an.«

Ohne ein Wort zu sagen, tat sie es. Er konnte jedoch nicht übersehen, wie sich ihre Kinnlade anspannte und ihr Mund zu einem engen, wütenden Strich verzog.

Er lächelte.

Verfluchte Scheiße!

Vielleicht hatte er gerade die Frau seiner Träume getroffen.

———

Sie wusste nicht, warum das wütende Arschloch, das neben ihr saß, sie dazu brachte, ihm das Hirn rausficken zu wollen.

Doch irgendetwas reizte sie.

Vielleicht war es die Herausforderung.

Oder die Tatsache, dass sie seit … *verdammt*, seit Ewigkeiten keinen Sex mehr gehabt hatte.

Vielleicht brauchte sie eine Nacht mit wütendem Sex, um den Stress einer überarbeiteten Gynäkologin, die in einem kleinen Krankenhaus arbeitete, abzubauen.

Vielleicht brauchte sie einfach ein paar explosive Orgasmen, um all die Schulden zu vergessen, die sie hatte. All die Verantwortung.

Aus den Augenwinkeln sah sie ihn an. Officer Arschloch grinste wie ein blödes selbstverliebtes Honigkuchenpferd. Sicherlich würde es nicht viel brauchen, um es ihm aus dem Gesicht zu wischen.

»Wo fährst du hin?«, fragte sie.

»Sie nach Hause bringen.«

»Du. Und bring mich zu dir nach Hause.«

Sein Kopf schoss in ihre Richtung und der Truck machte einen Schlenker, als er am Lenkrad zog. Er lenkte ihn gerade und konzentrierte sich wieder auf die Straße. »Was?«

Jupp. Jetzt runzelte er die Stirn, statt dieses überhebliche Grinsen zu präsentieren.

»Bring. Mich. Zu. Dir. Nach. Hause.« Die Worte waren deutlich und eindringlich. Sie wollte sichergehen, dass er wusste, dass sie kein Nein als Antwort akzeptieren würde.

»Warum?«, fragte er, und in seiner Stimme schwang Misstrauen mit.

»Dein Ernst?«

»Ich will sicher sein, dass ich nicht halluziniere«, sagte er.

»Um mich ins Jenseits zu ficken.«

Seine Augenbrauen hoben sich, aber er behielt seinen Blick auf der Straße. »Was ist, wenn ich schlecht im Bett bin?«

»Das bist du nicht.« Sie grinste. »Arschlöcher sind immer gut im Bett.«

Seine Augenbrauen wanderten noch höher. »Klingt, als wüsstest du das aus Erfahrung.«

»Das tue ich.« Leider war das die Wahrheit.

»Vielleicht kriege ich keinen hoch.«

Carly schaute auf seinen Schoß. Die deutliche Beule in seiner Jeans machte diese Lüge zunichte. »Arschlöcher kriegen immer einen hoch.«

Mit einer angezogenen Augenbraue fragte er: »Du stehst auf Arschlöcher?«

»Wie es scheint.«

Ein leises Lachen grollte aus ihm heraus.

Er hielt den Truck nicht an und er wendete ihn nicht. Nichts. Sie vermutete, dass er ihr nicht glaubte. Sie starrte wieder aus dem Fenster. In diesem Moment wurde ihr klar, dass er gar nicht auf dem Weg zur Pension war. Er fuhr durch die Stadt und nicht aus der Stadt heraus.

»Ich dachte, du bringst mich nach Hause«, murmelte sie und las die vorbeifahrenden Straßenschilder.

»Tue ich auch«, sagte er. Und das scheißefressende Grinsen kehrte zurück. »In meins.«

Tja, scheiße. »Du hattest die gleiche Idee«, stellte sie fest, denn es war keine Frage. Er hatte offensichtlich von Anfang an die Idee, sie nicht nach Hause zu bringen.

Arrogantes Arschloch.

»Nope.«

Sie drehte sich um und sah ihn an. »Okay, warum nimmst du mich dann mit zu dir nach Hause?«

»Weil ich den Gedanken nicht ertragen kann, dass du noch eine Nacht in dieser verkommenen, kriminellen Pension verbringen musst.«

»Seit wann bist du mein Aufpasser?« Und warum sollte ihn das überhaupt interessieren? Sie waren Fremde. Sie hatten nichts miteinander zu tun, außer dass sie die Frauenärztin seiner Schwägerin war.

»Seit ich deinen Arsch von der Straße gerettet habe und deine Adresse gesehen habe.«

»Ist das der Grund, warum du mich bei deinen Eltern abgesetzt hast?« Sie hatte nie in Betracht gezogen, dass es etwas anderes sein könnte, als dass er dachte, sie hätte eine Gehirnerschütterung. Jetzt dachte sie noch mal darüber nach.

»Warum stellst du so viele Fragen?«

»Weil ich Antworten brauche.«

»Und ich brauche Ruhe«, brummte er.

Carly hielt den Mund und sah nach vorn, während sie sich auf die Zunge biss. Er bog in eine Straße ein, deren Namen sie nicht erkennen konnte, und fuhr dann in die Einfahrt eines kleinen Hauses. Es schien schon älter zu sein, war aber gut instandgehalten. Der Name *Barber* war auf den Briefkasten gemalt.

»Ich dachte, das wäre dein Haus.«

»Ist es und ist es nicht.«

»Was zum Teufel soll das bitte heißen?«

Er schob den Schalthebel in den ersten Gang und zog die Handbremse an, bevor er den SUV abstellte. Nachdem er sich abgeschnallt hatte, wandte er sich ihr zu. »Das ist Amandas altes Haus. Sie ist vor ein paar Jahren mit Max zusammengezogen und es steht seither leer. Ich schlafe hier.«

»Also, w*arum* hast du mich dann hierhergebracht, wenn nicht, um Sex zu haben?«

»Oh, ich habe nicht gesagt, dass wir keinen Sex haben werden, vor allem, weil du es angeboten hast. Aber ich habe dich hierhergebracht, weil es hier viel Platz gibt. Und anstatt ein Zimmer in dieser Absteige zu mieten, kannst du hier eins mieten.«

»Ah, ich verstehe. Plötzlich triffst du die Entscheidungen in meinem Leben für mich.«

»Jupp.«

Carly konnte sich ein Lachen nicht verkneifen. »Du bist *wirklich* Arschloch.«

»Das bestreite ich auch überhaupt nicht.«

»Ich hätte gedacht, dass du deine Privatsphäre haben willst«, sagte sie.

»Die werde ich haben, keine Sorge.«

Diese Bemerkung brachte sie zum Nachdenken über diese ganze Sache. »Ich soll mich also einfach mit deiner Entscheidung abfinden und mit einem Fremden zusammenziehen, der im Übrigen ein Mann ist.«

»Ich bin auf jeden verdammten Fall sicherer als die Leute, die in dieser Pension leben.«

»Sagt wer? Du?« Sie schnaubte. »Bist du deine eigene empfohlene Referenz?«

»Nope. Meine Mutter ist es.«

Wieder musste sie lachen. Er versuchte nicht einmal, witzig zu sein. Er schien es todernst zu meinen.

Sie kniff sich in die Haut ihres Arms, um sicher zu sein, dass sie wach war und nicht irgendeinen bizarren Traum hatte. Sie musterte sein Gesicht. Er hatte eine extrem kräftige Kieferpartie, aber sie wirkte angespannt, als ob sie unter Druck stand. Sein dunkles Haar trug er in einer Art strengem Bürstenschnitt und an den Seiten rasiert. Seine Augen jedoch … waren so hellblau, fast kristallblau. Normalerweise würde sie denken, dass sie atemberaubend waren. Aber irgendetwas verbarg sich hinter ihnen. Schatten oder Geheimnisse. Oder die Hölle, sie wusste nicht, was genau. Aber es beunruhigte sie.

Er sah genauso aus wie seine beiden älteren Brüder … und sein Vater, nur jünger. Sie waren alle ein Abbild voneinander. Doch irgendetwas schien bei Matt besonders zu sein. Anders. Abgesehen davon, dass er ein eklatantes Arschloch war.

Heiß? Auf jeden Fall, aber … leer.

»Habe ich die Inspektion bestanden?«, fragte er sie.

»Ich bin mir noch nicht sicher.«

»Zu spät. Du hast bereits verlangt, dass ich dich ficke. Also kein Rückzieher.«

»Ja, das wird bestimmt keine Katastrophe«, sagte sie sarkastisch.

»Es wird eine wunderschöne Katastrophe werden.«

»Klar.«

»Hast du Bedenken?«

»Wegen des Sex? Nein. An dem Plan, dass ich in dein Haus einziehe? Auf jeden Fall.« Sie biss sich auf die Unterlippe. »Ich habe nicht einmal meine Sachen. Und wir haben auch noch nicht über die Miete gesprochen. Und ich habe das Haus noch nicht einmal von innen gesehen.«

Ja, die Pension war eine schreckliche Wahl. Daran bestand kein Zweifel. Aber es war billig und sie hatte im Moment nicht das Geld, um woanders zu wohnen. Sie machte sich Sorgen, wenn sie nachts schlief, also hielt sie ihre Tür verschlossen und blockierte sie mit einer Kommode und schlief mit einem Steakmesser unter ihrem Kopfkissen. Aber in ihrer Situation konnte sie es sich einfach nicht leisten, in eine schönere Wohnung zu ziehen. Sie konnte sich nicht einmal ein Zimmer mit eigenem Bad leisten. Und da sie den Schlössern an der Badezimmertür in der gemeinsamen Pension nicht traute, duschte sie immer im Krankenhaus.

Während sie das Haus vor sich betrachtete, fragte sie: »Wie viel im Monat?«

»Wir werden über die Miete verhandeln.«

Sie schaute ihn an. »Aber im Ernst. Ich kann mir nicht viel leisten.«

»Du bist Ärztin«, sagte er und verbarg die Ungläubigkeit in seiner Stimme nicht.

Sie seufzte. *Stimmt.* Alle dachten, Ärzte wären reich. Das war weit von der Wahrheit entfernt, denn sie hatte hohe Studienkredite und ältere Eltern, die ständig finanzielle

Hilfe brauchten. Ganz zu schweigen davon, dass sie versuchte, etwas Geld zurückzulegen und zu sparen …

Aber das brauchte er nicht zu wissen.

»Du machst was?«, fragte sie ihn schockiert und starrte auf ein extrem großes, khakifarbenes Zelt, das in der Mitte des Gartens aufgestellt war. Kein Pfadfinderzelt, nein. Es handelte sich um ein großes, militärisches Zelt aus Plane. Ähnlich wie das, das man in manchen Kriegsfilmen sah.

»Ich wohne hier drin, also hast du viel Privatsphäre und persönlichen Freiraum. Ich komme nur rein, um das Bad und die Küche zu benutzen.«

»Warum zum Teufel möchtest du nicht in einem der Schlafzimmer schlafen?«

Er ignorierte die Frage.

Das übergroße Zelt war bestimmt zehnmal so groß wie ihr Zimmer in der Pension. Einen Moment lang überlegte sie tatsächlich, ob sie sich so ein Zelt kaufen sollte. Sie müsste nur irgendwo ein leeres Grundstück oder ein Feld finden, um es dort aufzuschlagen.

Sie schüttelte den Kopf und verwarf diesen lächerlichen Gedanken.

Obwohl sie es kaum erwarten konnte, den Aufbau von innen zu sehen, war alles verschlossen und er machte keine Anstalten, sie hineinzubitten.

»Willst du etwa auch im Winter in dem Ding wohnen?« Die Winter hier oben im Norden Pennsylvanias waren hart. Die Stürme in dieser Gegend waren kein Spaß. Deshalb fuhr sie auch einen SUV. Oder war ihn zumindest bisher gefahren.

Sie würde sich einen neuen kaufen müssen. *Verflucht.* Sie hoffte, dass ihre Versicherung den Großteil der Kosten für den Ersatz abdeckte. Andernfalls waren ihre kleinen Erspar-

35

nisse dahin. In der Zwischenzeit brauchte sie ein Fahrzeug für die Arbeit, also müsste sie sich einen Mietwagen besorgen, bis der Schaden reguliert war.

»Ich bin nicht sicher, wo ich im Winter sein werde«, murmelte er.

Was? *Ach ja.* Das Zelt. Der Winter. Kälte. Schnee.

Sie gingen zurück ins Haus durch einen großen Wintergarten, der sehr einladend aussah. Sie konnte sich vorstellen, wie sie sich mit einer Tasse Tee auf der Couch zusammenrollte und ein Buch las.

Er führte sie durch eine moderne Küche. Und dann die schmale Treppe hinauf in den ersten Stock. Die Stufen beschwerten sich unter seinem Gewicht.

Sie betrachtete seinen Hintern, als er hinaufstieg; er schien gut bemuskelt zu sein, wie der Rest von ihm. Das eng anliegende schwarze T-Shirt, das er trug, betonte seine durchtrainierten Arme und machte deutlich, dass auch seine Brust und sein Rücken kräftig waren. Der Mann trainierte. Daran bestand kein Zweifel.

Sie wettete, dass seine Oberschenkel stark waren, und sie hoffte, dass seine Zunge es auch war.

Sie blieb abrupt auf der Treppe stehen, hielt sich am Geländer fest und schloss die Augen. Seit wann war sie so verdorben?

»Alles in Ordnung? Ist dir noch schwindlig von der Kopfverletzung?«

Als sie die Augen öffnete, sah sie ihn ein paar Stufen über sich stehen. In diesem Moment wurde es ihr klar. Dieser Mann hatte den Krieg gesehen. Er hatte Zerstörung, Schmerz und Tod gesehen. Er hatte jahrelang gedient und seine sogenannte patriotische Pflicht erfüllt. Er hatte sich für den Rest der US-Amerikaner, die noch in der Heimat waren, geopfert. Er wurde immer wieder an einen unfreundlichen, gefährlichen und elenden Ort geschickt, an den niemand, der bei Verstand war, gehen wollte.

Und er hatte es freiwillig getan. Immer und immer wieder. Seine Mutter hatte ihr in der kurzen Zeit in ihrem Bauernhaus mehr erzählt, als sie wissen musste. Matts Zeit im Dienst für sein Land hatte Mary Ann mehr beeinflusst, als es irgendjemand ahnte.

Carly glaubte nicht einmal, dass Matt wusste, wie sehr seine Mutter mit Angstzuständen zu kämpfen hatte, weil er dort drüben war. Weil sie ihren jüngsten Sohn möglicherweise für immer verloren hatte.

Aber sie hatte es in der älteren Frau gesehen und konnte es nachempfinden.

Er tat, was alle Männer in der Bryson-Familie getan hatten. Er ging zu den Marines, um seinem Land zu dienen, und wurde dann Polizist, um seiner Gemeinde zu dienen.

Trotzdem war er immer noch ein Arschloch.

Sie schenkte ihm ein langsames Lächeln. »Wie schnell kannst du nackt sein?«

Ohne ein Wort zu sagen, drehte er sich um und rannte die restlichen Stufen hinauf.

Kapitel Vier

CARLY SCHLUG die Schlafzimmertür hinter sich zu, während sie sich die Schuhe auszog und ihr T-Shirt über den Kopf zog, vorsichtig um ihre Brille herum. Sie wollte sie aufbehalten, um ihn besser sehen zu können. Sie wollte jedes einzelne Körperteil dieses Mannes sehen.

Er saß auf der Bettkante und schnürte seine Stiefel auf. Doch er beobachtete sie und nicht das, was er gerade tat.

Sein Blick verbrannte sie, während sie mit dem Druckknopf und dem Reißverschluss ihren Jeans herumfummelte. Schließlich bekam sie sie auf und schob sie über ihre Hüften und ihre Oberschenkel. Sie trat auch aus ihnen heraus.

Sie stand vor ihm in ihrem beigefarbenen Höschen und BH, die nichts Besonderes waren. Eher schlicht und zweckmäßig. Sie hatte nicht gewusst, dass sie sich heute vor jemandem ausziehen würde. Sonst hätte sie sich mehr Gedanken über ihre Unterwäsche gemacht. Nicht, dass sie bei der Arbeit irgendetwas Aufreizendes zum Wechseln dabei gehabt hätte, aber trotzdem ...

Ach, zum Teufel damit, die würden sowieso nicht lange anbleiben, dachte sie und griff nach hinten, um ihren BH zu öffnen. Sie ließ ihn auf den Boden fallen und blickte dann auf. Er saß immer noch vollständig angezogen auf dem Bett, die Stiefel ordentlich neben sich gestellt, die Socken zusammengerollt und darin verstaut.

Worauf wartete er noch?

Hitze durchflutete ihre Wangen und ihre Brust. Dann schämte sie sich noch mehr für die Tatsache, dass es ihr eigentlich peinlich war. Sie hatte sich so darauf gefreut, dass sie schon praktisch nackt vor ihm stand. Vielleicht mochte er nicht, was er sah. Vielleicht zögerte er deshalb?

Sie hob ihre Hände, um ihre Brüste zu bedecken.

»Nicht.« Er stand auf und stellte sich vor sie, packte ihre Handgelenke und zog ihre Hände weg. Er nahm ihre Brüste in seine Hände, testete ihr Gewicht, fuhr mit den Fingern an den äußeren Rundungen entlang und strich mit den Daumen über die harten Knospen.

Carly schloss die Augen und eine Gänsehaut breitete sich auf ihrem Körper aus.

»Guck mich an.«

Das tat sie.

»Du bist wunderschön.«

Das war das Letzte, was sie aus dem Mund eines Arschlochs erwartet hatte. »Ich würde gerne das Gleiche über dich sagen, aber du trägst immer noch deine Kleidung.«

Mit einem knappen Nicken trat er zurück und entledigte sich methodisch seiner Jeans, seines Hemdes und seiner Boxershorts. Er faltete jedes Kleidungsstück auf eine einheitliche Größe und stapelte es auf seinen Stiefeln.

Sie hatte recht. Sein Körper sah aus wie ein Kunstwerk. Die Linien und Flächen waren hart und straff. Kein Gramm Weichheit war an diesem Mann zu finden. Seine Muskeln wippten, wenn er sich bewegte. Und er bewegte sich wie eine Maschine.

Dann drehte er sich um und sie schnappte nach Luft.

Sie ging näher heran und strich mit den Fingern über seine Schulterblätter und seine Wirbelsäule.

Sein ganzer Rücken war mit Tinte bedeckt; seine Haut war eine Leinwand für das Logo der Marines, die amerikanische Flagge und die Worte *Semper Fi* in einem Banner entlang seines unteren Rückens. Alles in Grautönen. Die Kunst war wunderschön, aber das Bild wirkte extrem. Zumindest für sie.

Die Tätowierung hatte wahrscheinlich Tage, Wochen, vielleicht sogar Monate gedauert. Viel Schmerz und viel Hingabe.

Und auch viel Heilung.

Sein Kopf sank für einen Moment, als sie sich von hinten an ihn presste. Sein harter, massiger Körper gegen ihren weichen. So nah war sie einem Mann schon lange nicht mehr gewesen.

Sie brauchte das. Sie brauchte ihn. Zumindest für diesen Moment. Sie machte sich keine Gedanken über morgen oder den nächsten Tag. Sie interessierte sich nur für das Hier und Jetzt.

Aber er hatte sich nicht bewegt. Er hatte kein Wort gesagt. Stattdessen stand er wie erstarrt an seinem Platz.

»Fick mich«, flüsterte sie gegen sein Ohr.

Mit einem Knurren wirbelte er herum, riss ihr die Brille vom Gesicht, packte sie an der Taille und warf sie auf das Bett. Er folgte ihr direkt und pirschte sich an sie heran, während sie sich zum Kopfteil kämpfte.

Er nahm ihr Höschen in beide Hände und riss es auseinander, um sie zu entblößen, seinem Blick auszusetzen. Sie griff nach unten und öffnete sich, lud ihn ein.

Er nahm das Angebot an, drückte ihre Knie zurück, schob ihre Beine noch weiter auseinander und ließ sich zwischen ihren Schenkeln nieder. Sein Mund fand ihren Kitzler und er saugte hart daran, neckte sie mit seiner Zunge und kratzte mit seinen Zähnen darüber.

Ihre Hüften wippten auf der Matratze und er legte einen schweren Arm auf ihren Unterbauch, um sie ruhig zu halten. Seine Finger drangen in sie ein – erst einer, dann zwei – und entdeckten ihre feuchte Hitze. Sie schrie auf, als die Lust ihre Wirbelsäule hinunterlief und zwischen ihren Beinen landete. Sie krampfte sich fest um seine Finger und wollte kommen. Sie *brauchte* die Erlösung. Er stieß seine Finger fester und schneller in sie hinein, während er ihren Kitzler tiefer in seinen Mund saugte und seine Zunge daran herumwirbelte.

Ihre Finger krallten sich in die Bettdecke und ihr Rücken krümmte sich. Ihr Atem stockte für eine, zwei Sekunden, dann schrie sie auf, als die Wellen des Orgasmus sie überrollten.

Bevor sich die letzte Welle gelegt hatte, erhob er sich über sie, drückte ihre Hände aufs Bett und stieß grob in sie hinein. Sie schnappte nach Luft angesichts der ungewohnten Dehnung in ihr. War es wirklich schon so lange her?

Er zögerte nicht, hielt nicht inne. Kein »Geht's dir gut?« Seine Bewegungen wurden rau, schnell und hart. Er pumpte in sie, als ob sein Leben davon abhinge. Als würde er Dämonen jagen. Er biss die Zähne zusammen und stöhnte bei jedem Stoß.

Sie erwartete, dass er die Augen schließen und sich in seine eigene Welt, sein eigenes Vergnügen zurückziehen würde. Aber das tat er nicht. Er beobachtete sie. Die Schatten hinter seinen Augen verdunkelten sich, während er sie unerbittlich fickte.

Er ließ eines ihrer Handgelenke los und packte sie an ihrem Haar, zerrte daran, zog ihren Kopf zurück und wölbte ihren Hals. Mit einem lauten Fluch versenkte er seine Zähne in ihrer Haut. Es floss kein Blut, nein. Aber das Gefühl ließ das Adrenalin durch ihren Körper rauschen, bis hin zu ihren

Zehen. Sie schlang ihre Beine um seine Hüften und akzeptierte den Ansturm seines Schwanzes, während er sie bis zum Anschlag fickte, sie dehnte und ausfüllte. Mit ihrer freien Hand griff sie nach seinem Hintern und seine Gesäßmuskeln spannten sich unter ihren Fingern an, während er sie fickte.

Er keuchte gegen die zarte Haut ihres Halses und stöhnte dann auf, während sich sein Körper anspannte.

Sie schloss ihre Augen, als er noch härter wurde. Sein Schwanz pulsierte, bereit, sich zu entladen. Und der Gedanke, dass er in ihr kommen würde, katapultierte sie von der Klippe, auf der sie taumelte. Sie presste ihre Schenkel fest um seine Hüften, warf ihren Kopf noch weiter zurück und schrie sinnlose Worte und Laute, als der Orgasmus sie überwältigte.

Dann fand sie sich im Schlafzimmer wieder, in dem es bis auf ihr schnelles, schweres Atmen still war. Ihr Körper schmolz in die Matratze, nahezu knochenlos und sehr erschöpft.

Er blieb regungslos, bis auf ein leichtes Zittern in seinen Armen, da er sein Gewicht über ihr hielt. Seine Augen waren geschlossen, seine Haut war schweißnass. Sein Atem strömte über ihre erhitzte, klamme Haut.

Am liebsten hätte sie sich gestreckt wie eine gerade erwachte Katze und angefangen zu schnurren. Sie hatte schon seit Langem ein gutes sexuelles Feuerwerk gebraucht. Aber nachdem sie zweimal gekommen war, wurde ihr erst richtig bewusst, wie sehr sie es gebraucht hatte. Es befreite ihren erschöpften Geist von den Nebelschwaden und sie fühlte sich erstaunlich erfrischt.

Oder zumindest würde sie sich so fühlen, nachdem sie geduscht hatte.

Wenn er sich jemals bewegen würde.

Als sie mit ihren Fingerspitzen über seine Stirn fuhr, sprangen seine Augenlider auf und seine gespenstischen hellblauen Augen bohrten sich in sie. Er lächelte nicht. Er sagte nichts. Aber schließlich bewegte er sich doch.

Er drehte seinen Körper und fiel auf ihre Seite.

Warme Nässe tropfte zwischen ihren Schenkeln hervor.

Sie fluchte leise.

Er hatte kein Kondom benutzt.

Sie machte sich keine Sorgen, schwanger zu werden, aber die Verhütung von Schwangerschaften war nicht der einzige Grund, ein Kondom zu benutzen. Das sollte jede gute Gynäkologin wissen.

Fuck!

MATT BEOBACHTETE, wie Carly ihre Finger auf ihre geöffneten Lippen presste und ihre Augen sich weiteten. Es machte ihm klar, dass sie sich nicht geküsst hatten.

Zum Teufel, küssen erschien ihm zu intim. Und das hier war ein einfacher Fick gewesen. Eine notwendige Befreiung. Nicht nur für ihn, sondern offensichtlich auch für sie.

Ein Kuss würde die Sache verkomplizieren.

Und er wollte keine Komplikationen.

Er stieß einen explosiven Fluch aus, der sie zusammenzucken ließ.

Er hatte sich kurz selbst verloren. Und jetzt …

Fuck!

Wenn sie schwanger würde, wäre das die ultimative Komplikation.

Er bedeckte seine Augen mit der Hand und verfluchte sich im Stillen. »Du nimmst die Pille.«

»Ist das eine Frage?«

»Nein. Das ist eine Aussage, von der du mir sagen wirst, dass sie wahr ist.«

Stille.

Matt sprang aus dem Bett, ging zum Fenster und starrte

hinaus, ohne etwas anderes zu sehen, als das, was in seinem Kopf vorging. Das Letzte, was er in seinem kaputten Gehirn brauchte, waren Bilder von einem schreienden Kleinkind wie Hannah, schmutzigen Windeln und Erbrochenem.

Er schloss die Augen, kämpfte gegen die Erinnerungen an tote und zerstückelte Kinder in vom Krieg zerstörten Dörfern und Städten an. Man konnte die Unschuldigen nicht schützen, egal wie sehr man es versuchte. Was auch immer man tat oder zu tun versuchte, es war nie gut genug. Irgendjemand lag immer im Sterben. Schreiend nach Hilfe, nach Erbarmen. Die Arme ausgestreckt, um Hilfe bettelnd, um Erleichterung.

Er klammerte sich so fest an den Fensterrahmen, dass sich seine Nägel in das Holz bohrten. Er drückte seine Stirn gegen das kühle Glas.

Egal, was er tat, er konnte sie nicht alle retten.

Er verfluchte sich dafür, dass er so unvorsichtig gewesen war. Besonders bei einer Frau, die er gerade erst kennengelernt hatte. Er stieß sich vom Fenster ab, seine Hände ballten sich zu Fäusten und bevor er sich aufhalten konnte, schlug er seine Faust gegen die Wand.

Das Pochen seiner Fingerknöchel brachte ihn zurück in sein Dilemma. Das klaffende Loch und die Stücke der Trockenbauwand auf dem Boden ließen ihn seinen Kontrollverlust sofort bereuen.

Er musste sich bessern. Wenn er sich nicht zusammenreißen konnte, würde er seinen Job, seine Karriere verlieren.

Widerstrebend drehte er sich zu Carly um. Sie hatte sich aufgesetzt, die Decke fest um sich gewickelt und ihr Gesicht war aschfahl. Sie sah verängstigt aus und das fügte seinem immer größer werdenden Haufen Bedauern eine weitere Sorge hinzu.

Er machte einen Schritt auf das Bett zu, hielt aber inne, als sie das Laken noch höher zog. Er sollte sich entschuldigen, aber eine Entschuldigung könnte niemals alles auffangen, was ihm leidtat.

»Ich werde die Wand reparieren. Die Miete wird zweihundert im Monat betragen und ich werde Leah bitten, dich zur Pension zu bringen, damit du deine Sachen abholen kannst.«

Er bückte sich, um seine Stiefel und einen Stapel Kleidung aufzuheben, dann ging er aus dem Schlafzimmer und schloss die Tür leise hinter sich.

———

CARLY SAß AM KÜCHENTISCH, ihre Hände um eine dampfende Tasse Kaffee geschlungen. Sie hatte einen Tag voller Termine, aber ihre Gedanken kreisten eher um den Rummel der letzten vierundzwanzig Stunden.

Sie lebte nicht mehr mit einem Haufen Fremder in einer Pension und teilte sich mit ihnen eine Toilette, sondern saß in dieser voll ausgestatteten Küche und war dankbar für eine funktionierende Kaffeemaschine.

Und noch besser, sie lebte nur noch mit *einem einzigen* Fremden zusammen.

Sie dachte an das Loch in der Wand und an alles, was davor passiert war. Mary Ann hatte recht, als sie sagte, dass ihr Sohn Probleme hätte. Trotzdem war er eingesprungen und hatte ihr eine bessere Bleibe für eine wahnsinnig günstige Miete angeboten. Und wenn sie das Angebot annahm, konnte sie mehr Geld sparen und musste sich nicht mehr um ihre Sicherheit sorgen, während sie schlief.

Glücklicherweise war Matts zukünftige Schwägerin Leah gestern Abend mit in die Pension gekommen, um ihr beim Packen ihrer Sachen zu helfen. Nicht, dass sie viel hatte, aber was sie hatte, brauchte sie.

Sie mochte Leah und in der kurzen Zeit, die sie miteinander verbracht hatten, hatte die Frau ihr ein wenig mehr Einblick in die Familie gegeben.

Aber nicht sehr viel über Matt. Carly war sich nicht sicher, ob Leah nicht viel wusste, da er erst vor sechs Monaten aus den Marines entlassen worden war, oder sie einfach nur den Mund gehalten hatte. Was auch immer es war, Carly merkte, dass Leah großen Respekt vor ihm hatte.

Vielleicht sagte das etwas über den Mann aus.

Den Mann, der in diesem Moment zufällig in aller Eile durch die Hintertür stürmte. Er vermied es, sie anzusehen, während er einen Thermobecher mit dem Kaffee füllte, den sie gekocht hatte. Er ließ den Zucker und die Sahne weg, die auf dem Tresen standen, und nahm einen Schluck, bevor er den auslaufsicheren Deckel aufsetzte – stirnrunzelnd. »Mach ihn das nächste Mal stärker. Vor allem, wenn du meinen Kaffee benutzt.«

Er trug ein Basecap auf dem Kopf, eine Camo-Cargo-Hose und ein olivgrünes T-Shirt. Leah hatte ihr verraten, dass er einunddreißig Jahre war, aber die Falten in seinem Gesicht und die Schatten in und unter seinen Augen ließen ihn älter aussehen.

Niemand sollte vorzeitig altern.

Als er die Küche verlassen wollte, blieb er abrupt stehen, drehte sich aber nicht um. »Wenn du schwanger wirst, werde ich mich darum kümmern.«

Carly verschluckte sich fast an ihrem Kaffee. Sie räusperte sich. »Worum kümmern?«, fragte sie und tat so, als wäre sie unschuldig.

»Die Schwangerschaft.«

Er spuckte das Wort *Schwangerschaft* wie einen Fluch aus.

»Und wie genau gedenkst du das zu tun?«

»Ich werde dir das Geld besorgen.«

Carly starrte den Mann an, der mit dem Rücken zu ihr stand und dessen Körper starr war. Sie wusste genau, was er meinte, aber sie wollte hören, wie er es sagte. »Geld für was?«, fragte sie langsam und vorsichtig.

»Um sich darum zu kümmern.«

Sie hätte ihm gestern Abend sagen können, dass sie nicht schwanger werden kann. Aber hatte sie nicht. Wenn er sich wegen seines Ausrutschers selbst fertigmachen wollte, dann sollte er das tun. Auch wenn sie genauso viel Schuld daran trug wie er.

Doch jetzt, im Licht des Tages, konnte sie sehen, dass es an ihm nagte.

Und sie musste mit dem Mann leben. Na ja, sie musste es nicht, aber das Angebot von zweihundert Dollar im Monat schien eine zu gute Gelegenheit zu sein, um es auszuschlagen. Sie hatte mehr bezahlt, um in dieser beschissenen Pension zu leben.

Außerdem würde sie die meiste Zeit allein in einem Haus leben. Ein Haus mit zwei Schlafzimmern und einein- halb Bädern.

Mit einem großen Zelt im Garten, das mit einem Arsch- loch ausgestattet war.

»Mach dir keine Sorgen! Ich kann keine haben.«

Ein Atemzug, zwei Atemzüge, dann drehte er sich endlich zu ihr um und zog die Brauen zusammen. »Was meinst du?«

Sie blinzelte. »Jetzt komm schon, ich weiß, dass du nicht dumm bist.«

Er runzelte die Stirn, seine Augenbrauen senkten sich noch tiefer.

Sie seufzte. »Ich kann keine Kinder bekommen.«

Sein Blick wurde ausdruckslos. Völlig unleserlich. Seine Augen blieben einen Moment lang auf ihr haften, dann sank sein Blick auf den Kaffeebecher.

Sie wartete darauf, dass er »Es tut mir leid« sagte, denn das war die typische Reaktion, wenn jemand das herausge- funden hatte. Nicht, dass sie sich für irgendetwas entschuldigen müssten, es war ja nicht seine Schuld. Aber er tat es nicht. Obwohl es sie nicht hätte überraschen dürfen.

»Bist du sicher?«

Fragte er aus Sorge um sie oder aus Erleichterung für sich selbst?

»Das ist der Grund, warum mein Mann mich verlassen hat.«

Seine Nasenflügel flatterten sich leicht. »Ich wusste nicht, dass du verheiratet warst.«

»Wie solltest du auch?«, fragte sie leise.

Er atmete tief ein, seine Geduld schien zu schwinden. »Du hast recht, wie sollte ich.«

Sie erhob sich vom Tisch und schob den Stuhl zurück. »Du kannst also dein Geld behalten. Du wirst nicht aus Versehen mit einem Kind belastet werden. Zumindest nicht von mir«, stellte sie klar.

Sie wusste nicht genau, warum, aber die Wut fraß plötzlich an ihr. Entweder wegen des allzu bekannten Schmerzes, nicht schwanger werden zu können, obwohl sie es sich so sehr wünschte. Oder weil er eindeutig … kaputt zu sein schien.

Da sie im medizinischen Bereich arbeitete, hatte sie viel mit psychischen Problemen zu tun und kannte die Anzeichen. Allerdings wusste sie nicht, wie sie ihm helfen konnte oder ob sie es überhaupt wollte.

Sie war nicht für ihn verantwortlich.

Und sie gehörte nicht zu ihm.

Sie hatten einmal gevögelt. Mehr nicht.

Und jetzt lebten sie seltsamerweise irgendwie zusammen.

Er drehte sich um, um zu gehen, aber zögerte und sah sie wieder nicht an. »Wie kommst du zur Arbeit?«

Gute Frage. Sie hatte kein Auto mehr und noch keine Zeit gehabt, die Versicherung wegen eines Mietwagens zu kontaktieren.

»Ich bin mir nicht sicher«, antwortete sie schließlich.

»Da steht ein alter Buick in der Garage. Der Schlüssel hängt an einem Haken neben der Tür. Nimm den!« Dann stapfte er davon, ohne sich noch einmal umzusehen.

Ach, verdammt. Manchmal war er ein rücksichtsvolles Arschloch.

Kapitel Fünf

SIE HING den ganzen Tag mit ihren Terminen hinterher und schleppte ihren Hintern viel später ins Haus, als sie vorhatte. Ihr Magen knurrte und ihr Kopf pochte mit unaufhörlichen Kopfschmerzen.

Heute hatte sie einer ihrer Patientinnen sagen müssen, dass auch sie keine Kinder bekommen kann. Sie fühlte sich furchtbar und fing tatsächlich an zu weinen, zusammen mit der Frau und ihrem Mann.

Carly erinnerte sich noch gut daran, wie sie ihre Diagnose erhalten hatte. Das war einer der Gründe, warum sie sich in ihrer medizinischen Ausbildung auf den Beruf der Gynäkologin und Geburtshelferin konzentrierte. Sie war fest entschlossen, auf die eine oder andere Weise Kinder auf die Welt zu bringen.

Doch ihr Fachgebiet bestand nicht nur aus Hundewelpen und glitzernden Einhornfürzen.

Der erschütterte Gesichtsausdruck ihrer Patientin blieb ihr im Gedächtnis haften.

Sie parkte den Buick wieder in der Garage und bemerkte Matts silbernen Truck, der neben der Einfahrt stand. Er war also irgendwo hier auf dem Grundstück. Ob er im Haus war oder sich in seinem Zelt versteckt hatte, wusste sie nicht.

Im Moment war es ihr auch egal.

Als sie von der Garage ins Haus trat, hörte sie die Musik. Sie war kaum zu überhören, denn sie dröhnte so laut, dass die Fensterscheiben bebten. Was für eine wunderbare Art, ihren Tag zu beenden und ihre Kopfschmerzen zu lindern.

Sie ging durch das Haus, ohne eine Menschenseele zu treffen, und stapfte dann die Treppe hinauf. Ein Licht kam aus der offenen Tür des Hauptschlafzimmers. Das Zimmer, das sie zu ihrem gemacht hatte. Als sie eintrat, sah sie Matt, barfuß und oben ohne und in derselben Camo-Cargo-Hose von heute Morgen. Seine stark gebräunte Haut war mit einer feinen Schicht aus weißem Staub überzogen, da er mit Sandpapier über den neuen Fleck an der Wand schrubbte.

Wie konnte er bei so lauter Musik nur denken?

Aber vielleicht war das ja genau der Sinn der Sache. Er wollte nicht denken.

Sie sollte über posttraumatische Belastungsstörungen, oder meistens einfach PTBS genannt, Nachforschungen anstellen.

Fuck. Nein. Nein, das würde sie nicht tun. Sie erinnerte sich daran, dass es nicht ihre Aufgabe war, sich um ihn zu kümmern.

Sie beobachtete das Spiel der Muskeln unter seiner Haut, während er das Schleifpapier heftig über die Nähte der Reparaturstelle bewegte, und es würde sie nicht wundern, wenn er mit seinen wütenden Bewegungen ein neues Loch in die Wand graben würde.

Sie betrachtete die Tätowierung auf seinem Rücken einen Moment lang, bevor sie den Kopf schüttelte, um die Fantasie, die sich in ihrem Kopf bildete, zu stoppen. Auch wenn sie seine Aufmerksamkeit erregen musste, wusste sie, dass sie sich ihm nicht unvorbereitet nähern durfte. Die

Musik hatte alle Geräusche übertönt, die sie beim Betreten des Zimmers gemacht hatte, sodass er nicht gemerkt hatte, dass sie hinter ihm stand.

Nach einem kurzen Blick auf die Stereoanlage und die sehr großen Lautsprecher, die er provisorisch auf den Boden gestellt hatte, während er arbeitete, ging sie hinüber und drückte den Power-Knopf. Plötzlich war es still um sie herum, aber ihre Ohren klingelten immer noch. Es würde sie wundern, wenn er überhaupt noch ein Gehör hätte. Vor allem, nachdem er diese furchtbar deprimierende Country-Musik in ohrenbetäubender Lautstärke gehört hatte. Er hätte sich wenigstens ein besseres Musikgenre aussuchen können, wenn er schon einen seiner Sinne abtöten wollte.

Er drehte sich langsam um, das Schleifpapier in der Hand. Das Licht der Arbeitslampe beleuchtete seine Seite, während er sich umsah. In diesem Moment entdeckte sie die Narbe entlang seiner Rippen. Sie hatte sie in der Nacht zuvor gar nicht bemerkt. Aber andererseits hatten sie beide sich wenig Zeit genommen, einander zu erkunden. Schnell und wild war der Name des Spiels gewesen.

Er bemerkte, dass sie ihn anstarrte, und seine Hand wanderte automatisch an seine Seite, wo seine Finger über die erhabene Narbe strichen.

»Schrapnell«, war alles, was er sagte, bevor er sich wieder umdrehte, um weiter zu schmirgeln. Diesmal langsamer und methodischer, nicht so hektisch. »Ich werde versuchen, so schnell wie möglich fertig zu werden. Ich werde es morgen streichen, wenn du zur Arbeit gehst, damit du nicht mit dem Geruch von frischer Farbe schlafen musst.«

»Ich kann auch im Gästezimmer schlafen.«

Er nickte, antwortete aber dennoch nicht.

Sie legte den Kopf schief und konnte nicht anders, als seinen Körper zu betrachten, während er sich bewegte. Der Mann wirkte kräftig und war gut in Form. Wahrscheinlich konnte er jemanden sehr leicht verletzen. Sie fragte sich, wie viele Menschen er schon verletzt *hatte*. Wie viele er getötet hatte.

Sie dagegen hatte alles getan, um Menschen zu retten. Um ihnen zu helfen, zu leben oder geboren zu werden. Sie hatte den hippokratischen Eid abgelegt, um Menschen zu helfen. Er hatte geschworen, sein Land und seine Kameraden zu verteidigen, koste es, was es wolle.

Ihr Herz schmerzte für ihn. Für alles, was er gesehen hatte, für alles, was er getan hatte. Für alles, womit er für den Rest seines Lebens zurechtkommen musste. Seine Erinnerungen, seine Albträume.

Er hatte sich um den Tod gekümmert.

Sie hatte sich um das Leben gekümmert.

So gegensätzlich.

»Warum stehst du noch da?«, fragte er, ohne sich umzudrehen.

»Ich weiß es nicht«, flüsterte sie.

Sein Arm fiel an seine Seite, sein Kopf sank und sein Körper hob sich, als er tief einatmete.

Sie wollte diesen Mann jetzt noch mehr als gestern Abend. Sie wollte ihn heilen, auch wenn sie wusste, dass das wahrscheinlich unmöglich war.

Sie war verrückt, schlichtweg wahnsinnig, sich überhaupt mit ihm einzulassen. »Wenn du fertig bist, können wir zusammen duschen.«

Er warf ihr einen Blick über die Schulter zu, die Schatten in seinen Augen waren dunkler und tiefer, als sie es bisher gesehen hatte.

Aufregung durchfuhr sie. Er war gefährlich.

In mehr als nur einer Hinsicht.

MATT BEOBACHTETE, wie sie sich langsam auszog und ihre Sachen auf das Bett warf. Er schaltete das Arbeitslicht aus und betrachtete die Sauerei auf dem Boden. Staub, Trockenbauwand, Spachtelmasse, eine Wanne mit Flickzeug. Das Bedürfnis, aufzuräumen, nagte an ihm, aber sein Verlangen nach Carly war stärker.

Während seiner Patrouille war er den ganzen Tag über sehr beschäftigt gewesen. Das ging so weit, dass er fast ein Stoppschild überfahren hätte. Ihre Weichheit, ihre Nässe, ihre Hitze, als er tief in ihr versank, gingen ihm nicht mehr aus dem Kopf.

Sie war eine Ablenkung und vielleicht keine gute.

Sie war keine zarte Frau und das gefiel ihm an ihr. Sie schien hart zu sein und übernahm gerne die Führung, was ihn erregte. Sie war keineswegs zierlich oder schwach und konnte die heftigen Stöße, die er ihr letzte Nacht verpasst hatte, gut verkraften. Der wilde Sex ließ ihn viele Dinge vergessen. Wenn auch nur für eine kurze Zeit.

Und jedes Mal, wenn er etwas vergessen konnte, war er dankbar.

Scheiße, er hatte sogar ein Kondom vergessen. Eine enorme Erleichterung überkam ihn, als sie ihm heute Morgen sagte, dass sie nicht schwanger werden konnte. Er konnte sie unbesorgt ficken. Vor allem jetzt, wo sie in der Nähe war und leicht zu erreichen und …

Offensichtlich willig. Er betrachtete sie, während sie nackt in der Mitte des Raumes stand. Ihr Haar war noch von der Arbeit hochgesteckt und sie trug ihre Brille nicht. Er nahm an, dass sie stattdessen Kontaktlinsen trug.

Sein Schwanz zuckte und erinnerte ihn daran, dass er nur dastand und wie ein Idiot starrte. Kein Wunder, dass sie ihn für ein Arschloch hielt.

Sie war nicht schüchtern und verbarg sich nicht, als ob es ihr egal wäre, was er dachte. Das war es ihr wahrscheinlich auch. Das gefiel Matt ebenfalls an ihr. Es wirkte wie ein großes »Fick dich!«.

Der Gedanke brachte ihn zum Lächeln.

»Willst du nur dumm grinsend dastehen oder hast du auch vor, dich auszuziehen?«

Ihre Herrschsucht ließ sein Lächeln noch breiter werden. Er öffnete seine Cargohose und schob sie an seinen Beinen hinunter. Seine Boxershorts saßen aufgrund seiner Erektion eng an und er umfasste sich kurz selbst, bevor er den Bund packte und sie ebenfalls nach unten schob.

Als er sich bückte, um seine abgelegten Kleidungsstücke aufzuheben, machte sie ein Geräusch, das ihn aufblicken ließ.

»Wenn du dir die Zeit nimmst, diese dreckigen Klamotten ordentlich zusammenzulegen, wirst du allein duschen müssen.«

Er richtete sich auf, ließ die Klamotten liegen und wollte gerade zur Zimmertür hinausgehen, als er abrupt stehen blieb. Er drehte sich zu ihr, packte ihr Gesicht und presste seine Lippen auf ihre.

Er nutzte ihr überraschtes Luftholen, um seine Zunge tief in ihren Mund zu stecken. Während er ihr Inneres erforschte, vertiefte er den Kuss und seine Zunge lieferte sich ein Duell mit ihrer.

Sie stöhnte gegen seine Lippen an. Ihre Hand spielte entlang seines Brustkorbs, die andere legte sich um seinen ungeduldigen Schwanz.

Er packte ihren Hintern, zog sie näher heran und stieß in ihre Hand. Ihre fühlte sich so viel besser an als seine eigene. Sie pumpte ihn hart, fast verzweifelt, und er unterbrach den Kuss. Er musste einen Schritt zurücktreten, bevor er sich blamierte, indem er abspritzte. »Jetzt bist du genauso schmutzig wie ich, also hast du keine andere Wahl, als mit mir unter die Dusche zu gehen.«

Ihre Augen weiteten sich und sie schaute an sich hinunter, um zu sehen, dass ihre Vorderseite mit Trockenbaustaub verschmiert war. Sie hob selbstbewusst den Kopf, legte einen Finger unter sein Kinn und schaute ihm direkt in die Augen. »Ich habe immer eine Wahl. Vergiss das bloß nicht!«

Er atmete röchelnd aus und folgte ihr wie ein streunender Welpe aus dem Schlafzimmer ins Bad. Sie stellte die Dusche an, prüfte die Wassertemperatur und drehte sich dann zu ihm um. »Geh rein!«

Sein Ständer wippte auf ihren Befehl hin und er drängte sich an ihr vorbei, um zu tun, was sie sagte. Das warme Wasser floss über seinen Kopf und seinen Körper hinunter und spülte den Staub ab, während sie immer noch vor der Dusche stand und ihn beobachtete.

Ihre Nippel waren zu harten Gipfeln geworden, aber sie lächelte nicht. Zum Teufel, er konnte nicht einmal erkennen, was sie dachte. Hielt sie die ganze Sache für einen Fehler? Dachte sie daran, dass er zu kaputt war, um sich mit ihm einzulassen? Selbst wenn es nur um eine körperliche Beziehung ginge?

Er wischte sich das Wasser aus den Augen und bot ihr seine Hand an. Ohne zu zögern, nahm sie sie und stieg mit dem Gesicht zu ihm in die Wanne. Das Wasser durchnässte ihr Haar, färbte es dunkel und ließ es über ihren Kopf und ihre Schultern fließen. Die langen, nassen Strähnen klebten an ihren Brüsten.

Er ließ sich auf die Knie sinken und schlang seine Arme um ihre Taille, fuhr mit seinen Lippen über ihren Bauch, küsste jeden Hüftknochen und fuhr mit seiner Zunge hinunter zum V zwischen ihren Schenkeln.

Sie fand ihr Gleichgewicht, indem sie sich an seinen Schultern festhielt, als er ihre prallen Lippen öffnete und ihre Nässe testete. Er streckte blind die Hand aus, um die Glastür der Dusche zu schließen, damit sie nicht den Badezimmerboden überschwemmten. Er drehte ihre Hüften und drückte sie mit dem Rücken gegen die Wand. Er hob ihr

Bein an und stützte ihren Fuß auf seiner Schulter ab, bevor er sein Gesicht zwischen ihren Beinen vergrub.

Sie schmeckte berauschend. Er konnte nicht genug von ihr bekommen. Er war nicht zimperlich mit seinem Mund, seinen Lippen, seiner Zunge … seinen Zähnen. Trotzdem sagte sie nicht, er sollte aufhören. Sie sagte nicht nein. Sie löste ihre Hände von seinen Schultern und legte sie um seinen Kopf, zog ihn näher an sich heran, neigte ihre Hüften, um ihm besseren Zugang zu gewähren, und spreizte ihre Schenkel weiter.

Seine Eier spannten sich an und Lusttropfen sickerten aus der Krone seines Schwanzes, aber der warme Wasserstrahl spülte sie schnell weg. Das intensive Verlangen, in ihr zu sein, ganz von ihrer Hitze umhüllt, ließ ihn erschaudern. Ihre Finger krallten sich in seine Kopfhaut, weil er nicht locker lassen wollte. Er würde nicht aufhören, bis sie zusammenbrach.

Ein leises, bedürftiges Stöhnen entkam ihr, als er zwei Finger in sie stieß. Er fickte sie hart und saugte noch härter. Ihre Beine zitterten um ihn herum und spannten sich dann an. Er ließ nicht locker, bis sie einen Schrei ausstieß und ihre Nägel sich in seine Kopfhaut gruben und ihn festhielten, bis der Orgasmus abklang.

Er sah an ihrem Körper hinauf, der glitschig vom Wasser war und von dem Rinnsale an den harten Spitzen ihrer Nippel herunterliefen. Ihr Kopf fiel nach hinten, ihre Augen waren geschlossen, ihre Lippen geöffnet, während sie versuchte, zu Atem zu kommen.

Als sie ihre Augen langsam öffnete, begegnete sie seinem Blick. »Heilige Scheiße, du bist gut darin.«

Er erhob sich, nahm ihre Wangen in seine Hände und küsste sie innig. Nachdem er sich zurückgezogen hatte, flüsterte er: »Siehst du, wie gut du schmeckst?«

Sie fuhr mit der Zungenspitze über ihre Unterlippe und

schenkte ihm ein flüchtiges Lächeln. »Ich hatte noch keine Gelegenheit, dich zu probieren.«

Matt stützte sich mit der Handfläche gegen die Duschwand. Die Vorstellung von Carly auf ihren Knien, seinen Schwanz in ihrem Mund, ließ ihn schwach werden. Wenn er jetzt nicht so ungeduldig wäre, in sie einzudringen, würde er sie ermutigen, ihn sofort zwischen ihre Lippen zu nehmen.

Aber er kam an seine Grenzen. Ihre Reaktion auf seine Berührung hatte ihn schon zu nahe an den Rand gebracht. Sie mussten raus aus dieser rutschigen, engen Dusche oder sie würde noch eine Beule am Kopf davontragen.

Und er wollte ihr nicht wehtun ... niemals.

Er stellte das Wasser ab und half ihr, aus der Wanne zu klettern, beide klatschnass. Er schnappte sich ein Handtuch vom Regal und wickelte es um sie. Da er nicht die Geduld hatte, darauf zu warten, dass sie ihre Haare trocknete, hoffte er, dass sie sich nicht darauf beharren würde, es nicht zu tun.

»Fühlst du dich unwohl?«, fragte sie und deutete auf seine Erektion.

»Nicht mehr lange«, antwortete er, schnappte sich ein weiteres Handtuch und trocknete sich schnell ab.

Sie lächelte, als er ihren Arm nahm und sie aus dem kleinen Bad durch den Flur zurück ins Schlafzimmer zog. Er bemühte sich, die Unordnung auf dem Boden zu ignorieren und konzentrierte sich stattdessen auf das Bett.

Er führte sie an die Seite des Bettes, die am weitesten von der Unordnung entfernt war und nahm ihr das Handtuch ab, um sie sanft abzutrocknen und das überschüssige Wasser aus ihrem tropfenden Haar zu tupfen. Sie sagte nichts, aber er konnte nicht umhin, zu bemerken, wie ihre Augen weich wurden, während sie ihm dabei zusah, wie er sich um sie kümmerte.

Der Drang, zu erstarren und sich zurückzuziehen, überkam ihn. Er durfte hier keine Gefühle zulassen.

Er wollte keine Bindungen. Oder Erwartungen.

Er wollte nur dafür sorgen, dass alles ordentlich und geordnet ist.

Er sollte jetzt gehen und das Schlafzimmer verlassen. Er sollte in sein Zelt gehen und eine schnelle Sitzung mit seiner eigenen Faust abhalten.

Eine viel sicherere Option.

Aber das konnte er nicht. Und das machte ihm Angst. Er konnte nicht vor ihr weglaufen. Sie bot sich ihm freiwillig an und er wollte es unbedingt annehmen.

Er legte seine Stirn an ihre und flüsterte: »Bitte. *Bitte*. Sieh mich nicht so an.«

»Wie denn?«, fragte sie leise.

»Als ob du mehr willst, als ich dir bieten kann.«

»Ich erwarte nichts von dir, Matt. Abgesehen von einem Orgasmus. Oder zweien. Kannst du mir das geben?«

»Ja. Aber nur damit du es weißt, ich habe nichts anderes zu geben. Das möchte ich klarstellen.«

Ihr Schweigen wurde ohrenbetäubend.

Nach einem Moment löste er sich von ihr und sah sie an. »Sag mir, dass du das verstehst.«

Ihr Blick wurde traurig. Ob es daran lag, dass sie vielleicht mehr erwartet hatte, oder ob es aus Mitleid kam, wusste er nicht. Er wollte es auch nicht wissen. Er wollte – *brauchte* – nur den körperlichen Genuss. Den sinnlosen Sex und die damit einhergehende Erleichterung.

Vielleicht klang das kalt. Aber das war alles, was er in diesem Moment geben konnte. Und höchstwahrscheinlich auch für immer.

Gestern Abend hatte ihn der Sex mit Carly vergessen lassen und er wollte mehr davon. Er brauchte mehr Zeit, weg von seinem kaputten Geist, seinen vergifteten Gedanken.

Sie musste zustimmen, dass es dabei blieb. Nur Sex. Mehr nicht.

Denn noch einmal: Er würde sie niemals verletzen wollen. Und Gefühle konnten schmerzhaft sein.

»Sag mir, dass du das verstehst.«

Carly sah, wie er sich vor ihren Augen verschloss, aber erst, nachdem sie einen flüchtigen Anflug von Angst bemerkt hatte. Dann zog er sich in sich selbst zurück. An einen sicheren Ort.

Sie wog ihre beiden Möglichkeiten ab. Seine Bedingungen für eine rein körperliche Beziehung zu akzeptieren. Oder sich komplett von ihm fernzuhalten.

Sie brauchte keinen Mann. Auch wenn der körperliche Teil nett war.

Mehr als nett.

Und er war ein Profi mit seiner Zunge.

Aber sie wusste, dass Sex chaotisch werden konnte. Sehr chaotisch. Würde es das Risiko wert sein? »Wie gesagt, ich erwarte nichts von dir. Wie könnte ich auch? Wir kennen uns doch kaum«, sagte Carly schließlich und hoffte, dass sie ihre eigenen Worte nicht irgendwann bereuen würde.

»Versprich mir, dass du nicht mehr willst.«

Wer könnte das schon versprechen? War sie so verzweifelt nach ihm, nach dem körperlichen Kontakt, dass sie so ein unrealistisches Versprechen abgeben konnte? »Wie wäre es, wenn ich dir verspreche, dass ich nie mehr erwarte, als du zu geben bereit bist.«

Seine Nasenflügel blähten sich und in seinen Augen blitzte etwas auf. Furcht? Erleichterung? Plötzlich entspannte sich sein ganzer Körper und er nickte.

Jetzt mal im Ernst. Musste sie wirklich gerade mit ihm verhandeln, um einfach nur Sex zu haben? Seit wann war sie denn so verzweifelt?

Das war sie nicht. Aber irgendetwas an diesem Mann zog sie an.

Vielleicht trieb es sie als Ärztin dazu, Menschen zu helfen, ihn zu retten.

Aber vielleicht hatte er ja auch recht. Vielleicht gab es nichts mehr zu retten.

Warum hatte er sich entschieden, sich immer wieder in den Einsatz zu begeben, obwohl er vermutlich wusste, dass es seiner Psyche schaden würde? Was hatte ihn dazu getrieben?

Jetzt war nicht die Zeit, das herauszufinden. Jetzt war es an der Zeit, den Körper des jeweils anderen zu genießen. Über den Rest würde sie sich später Gedanken machen.

Kapitel Sechs

CARLY STRECKTE die Hand nach dem schrillen Wecker aus und schlug blindlings darauf ein. Ihre Augenlider sprangen auf und sie stöhnte. Sie drehte sich auf die Seite und drückte ihr Gesicht in das Kissen, da sie an diesem Morgen keine Lust hatte, sich der Welt zu stellen. Sie hatte einen weiteren Tag voller Termine. Amanda Bryson war einer davon.

Bryson ...

Carly drehte ihren Kopf und betrachtete die leere Seite des Bettes. Sie strich mit der Hand über die Laken, auf denen Matt gelandet war, nachdem er letzte Nacht von ihr heruntergerollt war.

Sie rutschte zur Seite und drückte ihre Nase in das überflüssige Kissen. Ja. Nichts. Es roch nach Waschmittel. Er war nicht lange genug im Bett gewesen, um seinen Duft zu hinterlassen.

Verdammt! Was dachte sie sich nur dabei? Und warum benahm sie sich wie eine liebeskranke Teenagerin und schnüffelte an irgendwelchen Kissen? Als Nächstes würde sie ihren Namen auf die braune Pappe ihrer Schulbücher kritzeln.

Mrs. Matt Bryson.
Mrs. Carly Bryson.
Doktor Carly Bryson.

Sie drückte ihr Gesicht zurück in das Kissen und schrie. Sie musste sich zusammenreißen. Sex. Es war nur Sex.

Sie gab dem verfluchten Liebeshormon Oxytocin die Schuld. Das *Kuschelhormon.* Es verführte ahnungslose Frauen immer wieder dazu, sich vorzumachen, es gäbe ein Band zwischen ihnen und ihrem Sexualpartner.

Sie war eine Gynäkologin, verflucht noch mal. Sie klärte ihre Patientinnen regelmäßig über dieses Hormon auf. Vor allem die, die eine Geburt hinter sich hatten.

Sie sollte es besser wissen, als in diese Falle zu tappen.

Kaffee. Sie brauchte einfach nur Kaffee. Und eine heiße Dusche. Irgendetwas, um ihre Gedanken von den Bildern zu befreien, wie Matt sich über sie erhob und hart und schnell in sie stieß, während sie ihn um mehr anflehte.

Der deutliche Geruch von brühendem Kaffee schlug ihr entgegen. Sie lauschte aufmerksam und hörte, wie sich unten jemand bewegte.

Sie schob sich aus dem Bett und lockerte ihre steifen Muskeln. *Verdammt*, sie schlief fast nie nackt. Aber hier stand sie, mit nacktem Hintern wie am Tag ihrer Geburt. Sie schnappte sich ihren schwarzen Seidenmantel von der Rückseite der Schlafzimmertür, streifte ihn über und zerrte kräftig am Gürtel. Dann machte sie sich auf den Weg nach unten, der Geruch des frischen Gebräus lockte sie an, als wäre es der Rattenfänger und sie die naive Ratte.

Am Eingang zur Küche blieb sie kurz stehen, um die Aussicht zu genießen. Matt trug eine lockere schwarze Militärhose und sonst nichts. Der Hosenbund hing so tief, dass sie ein Stöhnen herunterschlucken musste. Der Anblick der Vertiefungen direkt über seinem Hintern ließ keinen Zweifel daran, dass er unter dieser Hose völlig nackt war.

Sie fragte sich, warum er so früh aufstand, wo er doch erst in der Nachmittagsschicht arbeiten musste.

Als er in einen Schrank griff, um einen Thermobecher herauszuholen, und seine Hose ein wenig tiefer rutschte, zischte sie.

Er drehte sich um und sah sie an. Tja, jetzt, da ihre Tarnung aufgeflogen war, konnte sie ihn genauso gut einfach direkt fragen. »Früh aufgestanden. Ich dachte, wenn du in der Spätschicht arbeitest, könntest du etwas Schönheitsschlaf nachholen«, sagte sie, als sie den Raum betrat und versuchte, lässig und nicht sexuell verdorben zu wirken. Sie ging an ihm vorbei, um sich eine Tasse zu schnappen, und steuerte dann auf die glorreiche Kaffeekanne zu.

Sie stand mit dem Rücken zu ihm, während sie den verdächtig dunklen Kaffee in ihre Tasse schüttete. Schnuppernd rümpfte sie die Nase. *Igitt.* Es roch wie eine vergiftete Brühe.

Sie nahm einen vorsichtigen Schluck. Jupp, das Zeug würde ihr die Magenschleimhaut wegfressen. Sie ging zum Kühlschrank und goss so viel Kaffeesahne hinzu, dass der Kaffee eine leichte Bräune bekam.

Als sie den Kühlschrank schloss, schreckte sie auf. Er hatte sich leise hinter die offene Tür gestellt.

»Hast du deine Zunge verschluckt?«, fragte sie ihn und nippte erneut an dem Kaffee. Nope, immer noch scheußlich. »Verdammt, der braucht einen Haufen Zucker.«

Er sollte aufhören, sie anzustarren, und endlich mal blinzeln. Er machte sie nervös.

Sie versuchte, sein seltsames Verhalten zu ignorieren, kramte im Schrank und holte einen Plastikbehälter mit Zucker heraus. Nachdem sie einen Löffel gefunden hatte, fügte sie so viel von dem weißen Granulat hinzu, bis der giftige Schlamm einigermaßen trinkbar war.

Sie nippte noch einmal, dann erstarrte sie, als er sich vor sie stellte. So nah, dass er in ihren persönlichen Bereich eindrang. Instinktiv wollte sie einen Schritt zurücktreten, doch sie weigerte sich, ihm ein Zeichen der Schwäche zu zeigen. Stattdessen schaute sie nur in sein Gesicht, das ruhig, ausdruckslos und unleserlich wirkte.

»Was ist unter dem Morgenmantel?«

Carly zog eine Augenbraue hoch. Sie hatte sicher nicht erwartet, dass das seine ersten Worte an diesem Morgen sein würden. »Nur ich.« Sie schenkte ihm ein leichtes Lächeln und nahm einen weiteren Schluck Kaffee. »Ich weiß, dass du deinen Kaffee gerne stark magst, aber das hier ist einfach nur eine Sünde.«

Seine Augen verfinsterten sich und seine Kiefer spannten sich an. »Was weißt du schon von Sünde?«

Carly runzelte die Stirn über den plötzlichen Umschwung. »Matt …«

Er schüttelte den Kopf, als wolle er seine Gedanken klären, und drehte sich schließlich weg, um seinen Becher aufzufüllen. »Tut mir leid. Vergessen wir, dass ich das gesagt habe, und kommen wir zurück zum Thema deines Morgenmantels.«

»So aufregend ist mein Morgenmantel nun auch wieder nicht.«

»Es ist nicht der Morgenmantel, der mich interessiert.«

»Ah. Hast du letzte Nacht nicht genug bekommen?«

»Hast du?«, fragte er, immer noch mit Blick auf die Kaffeemaschine.

Touché. »Nein.«

Dann drehte er sich um und lehnte sich mit dem Becher in beiden Händen gegen den Küchentresen. »Wie viel Zeit hast du noch?«

Carly warf einen Blick auf die Uhr am Herd. »Nicht genug.«

»Ich kann schnell sein.«

»So was will keine Frau hören.«

Er gluckste. Er hatte tatsächlich gegluckst. Carly lächelte

über das Geräusch und den plötzlich entspannten Ausdruck auf seinem Gesicht, den das Lachen mit sich brachte.

Er schüttelte den Kopf und ging in Richtung der Rückseite des Hauses. Wahrscheinlich, um sich in sein Zelt zurückzuziehen. »Geh zur Arbeit, Carly! Bevor du zu spät kommst.«

»Kann ich den Buick nehmen?«, rief sie hinterher.

»Er gehört dir, bis du ein anderes Fahrzeug hast.«

»Weißt du, manchmal kannst du ein aufmerksames Arschloch sein«, rief sie.

Dann schlug er die Hintertür zu.

»Wie geht's dem Baby?«, fragte Carly Amanda, als die Frau ihre Füße in die Steigbügel steckte.

»Wirklich, Doc? Du willst dich mit mir unterhalten, während du eine Minenlampe trägst und meine Mumu untersuchst?«

»Ja, warum nicht?«

Amanda lachte und rutschte an das Ende des Untersuchungstisches. »Hannah geht es gut. Obwohl sie Max eifersüchtig macht, weil meine Brüste im Moment nur ihr gehören.«

»Trinkt sie gut?«

»O ja.«

»Wie fühlst du dich?«

»Müde«, antwortete Amanda und hörte sich auch genauso an.

»Das war zu erwarten.«

»Ich habe das Gefühl, dass ich die nächsten achtzehn Jahre müde sein werde.«

Carly war versucht, ihr zu sagen, sie sollte sich nicht beschweren. Manche Frauen sehnten sich nach einem Kind und bekamen nicht die Chance dazu. Amanda hatte das

Glück, schwanger zu werden und ein gesundes Mädchen zu bekommen.

Ganz zu schweigen davon, dass sie auch das Glück hatte, einen gut aussehenden Ehemann zu haben.

Carly neigte den Kopf und führte die Untersuchung durch.

»Also, wird da unten alles wieder normal werden, Doc?«, fragte Amanda.

»Hast du deshalb den Termin einen Monat früher angesetzt, als du solltest? Ich habe dir gesagt, dass du mich erst sechs Wochen nach der Geburt des Babys aufsuchen musst.«

»Ich weiß, aber weißt du … Ich habe mir ein bisschen Sorgen gemacht, und Max hat mir gesagt, ich solle einfach einen Termin machen, um meine Ängste zu lindern.«

»Na ja, nur damit du es weißt, es wird nie wieder so sein wie früher.«

Amanda knallte ihre Handfläche auf den Tisch. »Siehst du? Genau das habe ich Max auch gesagt!«

Carly hob ihren Kopf, löschte das Licht und richtete sich auf. »Du kannst jetzt zurückrutschen. Es ist alles in Ordnung. Das wird bald wieder. Ich verarsche dich doch nur.«

Amanda sah erleichtert aus. »Ich wollte nur nicht, dass ein Baby unser Sexleben beeinträchtigt. Es ist so verdammt großartig.«

Carly lachte. »Oh, es wird euer Sexleben beeinflussen, nur nicht so, wie du denkst.«

»Ja, aber genau das ist das Schöne daran, dass Max' Familie in der Nähe ist. Es gibt viele Babysitter. Du darfst nicht vergessen, dass Greg auch bei uns wohnt. Wir haben gelernt, kreativ zu werden.«

Carly hatte Greg, Amandas geistig behinderten Bruder, ein paar Mal während ihrer Besuche vor der Geburt getroffen. Mit dem Baby würde die Frau alle Hände voll zu tun haben.

»Wo wir gerade von Familie sprechen …« begann Amanda.

Oh-oh.

»Ich habe gehört, dass du mit Matt in mein altes Haus gezogen bist.«

Vielleicht war ihr Grund für den unnötigen Termin in Wirklichkeit eine Ausrede, um herumzuschnüffeln. Vielleicht wollte sie für die Familie Nachforschungen anstellen. Carly riss sich die Handschuhe von den Fingern und warf sie in die Mülltonne. »Ich bin eingezogen, aber nicht mit Matt.«

»Ja, okay. Gehüpft wie gesprungen. Aber du hast recht. Er wohnt in diesem verdammten Zelt im Garten, das nicht nur ein Schandfleck ist, sondern auch den Rasen abtötet. Ihr beide müsst euch auf Anhieb gut verstanden haben.«

Carly machte sich ein paar Notizen in Amandas Akte und wich dem fragenden Blick der Frau aus. »So ist es nicht. Ich miete nur ein Zimmer«, murmelte sie und tat so, als würde sie sich auf ihren Bericht konzentrieren.

Seine Familie brauchte nicht zu wissen, dass sie Sex hatten. Oder besser gesagt, Sex *gehabt* hatten. *Hatten* bedeutete, dass es weitergehen würde.

Amanda setzte sich auf und schloss ihren Papierkittel fester um sich. »Das ist gut, der Mann hat Probleme. Ich liebe ihn wie einen Bruder, aber er ist ein bisschen daneben.«

»Durch den Krieg«, murmelte Carly.

»Ja. Zunächst einmal ist jeder, der freiwillig zurückgeht, sowieso verrückt, aber dort drüben zu sein, hat es noch schlimmer gemacht. Du weißt, dass er an PTBS leidet, oder?«

»Dachte ich mir.«

»Sei einfach vorsichtig«, warnte sie.

»Warum? Glaubst du, er ist gefährlich?« Carly

versuchte, die Überraschung aus ihrer Stimme zu verbergen.

Amanda kaute auf ihrer Unterlippe und hatte einen ernsten Gesichtsausdruck. »Ich weiß es nicht. Er ist erst seit sechs Monaten zu Hause. Ich kenne ihn nicht gut genug. Ich meine, Max hat ihn wieder in die Truppe aufgenommen.« Sie zuckte mit den Schultern. »Allerdings ist er noch sechs Monate auf Bewährung. Und Max besteht darauf, dass er zur Therapie geht.«

»Geht er tatsächlich hin?«

»Ich bin mir nicht sicher. Wenn er nicht geht, wird Max sauer sein.«

»Das war vermutlich eine gute Idee«, murmelte Carly und kaute auf dem Ende ihres Stifts herum.

»Ja, mein Mann kann manchmal schlau sein. Aber sag ihm bitte nicht, dass ich das gesagt habe«, bemerkte Amanda mit funkelnden Augen.

»Ich werde dein Geheimnis bewahren. Ich lasse dich jetzt allein, damit du dich anziehen kannst. Du läufst aus.«

Amanda sah auf die beiden nassen Flecken auf ihrem Papierkittel hinunter. »Heilige Scheiße! Ich habe mich in eine verdammte Milchkuh verwandelt.«

Jemand hatte die Garage blockiert. Carly seufzte und parkte stattdessen neben der Einfahrt im Gras. Sie erkannte das Auto nicht, aber sie würde außer Matts SUV wahrscheinlich sowieso keinen erkennen.

Bevor sie ausstieg, betätigte sie den Garagentoröffner, da sie ihren Hausschlüssel nie bei sich trug, und betrat das Haus durch die Garage, während sie nach Stimmen lauschte. Geräusche von Bewegungen kamen aus der Küche, also ging sie in diese Richtung. Dann hörte sie es. Das fröhliche Brummen.

Damit war Matt definitiv von der Liste der möglichen Personen im Haus gestrichen.

Sie spähte in die Küche und sah Mary Ann, Matts Mutter. *Scheiße!*

Bevor Carly sich leise zurückziehen konnte, drehte sich Mary Ann um, entdeckte sie und schrie, bevor ihre Hand zu ihrem Herzen flog. Als der Schrei verklang, blieb ihr der Mund offen stehen.

Doppelte Scheiße!

Carly war genauso überrascht, Mary Ann im Haus zu sehen, wie Matts Mutter es war. Sie bezweifelte, dass Matt seiner Mutter gesagt hatte, dass sie eingezogen war. Er schien nicht der Typ zu sein, der zu viel mit seinen Eltern teilte.

»Doktor Stephens! Du hast mich erschreckt. Ich hatte nicht erwartet, dass jemand hier ist, da Matt auf der Arbeit ist.«

»Tut mir leid. Ich wusste nicht, dass du einen Schlüssel zum Haus hast.«

»Habe ich auch nicht«, sagte sie und wurde rot. »Okay, ich habe einen, aber sag Matt nichts davon. Amanda hat einen Nachschlüssel für mich gemacht. Er würde mich umbringen, wenn er es wüsste.«

»Ich bezweifle, dass er dich umbringen würde«, versicherte Carly ihr.

»Was machst du denn hier?«, fragte Mary Ann mit einem plötzlich neugierigen Gesichtsausdruck.

»Das wollte ich dich auch gerade fragen.«

Carly beobachtete, wie sich Mary Anns Gedanken überschlugen, und stöhnte leise auf. Die Frau zählte eins und eins zusammen.

»Datet ihr zwei euch?« Die Freude darüber, dass Matt vielleicht eine Partnerin gefunden hat, ließ die Augen seiner Mutter aufleuchten.

Oh, Mann. Sie musste das schnell aufklären. »Nein.«

Carlys Stimme brach und sie versuchte, ruhig zu bleiben. »Nein, Mrs. Bryson, es ist nichts dergleichen …«

»Ach, ich hab doch schon gesagt, du sollst mich Mary Ann nennen, Liebes.«

Carly erwartete fast, dass sie einen kleinen Tanz in der Küche aufführen würde. »Okay, dann Mary Ann. Und nenn mich bitte Carly. Nein, ich miete nur ein Zimmer. Das ist alles.«

Ihr Gesicht senkte sich und Carly fühlte sich schuldig, weil sie ihre Seifenblase zerstört hatte. *Verdammt noch mal!*

Carly sah sich die Tüten mit den Lebensmitteln an, die auf dem Tresen standen. »Du machst seine Einkäufe?«

»Ich fülle seinen Kühlschrank auf, wenn er nicht zu Hause ist.«

»Aber er weiß nicht, dass du einen Schlüssel hast?«

»Nein.«

Carly zog eine Augenbraue hoch. »Glaubt er also, dass die Lebensmittelfeen kommen, um den Kühlschrank und die Speisekammer aufzufüllen?«

Mary Ann öffnete ihren Mund und schloss ihn mit einem Schnalzen. »Oh, Mann. Du hast recht. Wie dumm bin ich eigentlich?«

Scheiße! Jetzt fühlte sich Carly noch schlechter. »Du bist nicht dumm. Du liebst deinen Sohn und willst ihm helfen, wie es jede gute Mutter tun würde. Das ist eine tolle Sache, die du da machst.«

Mary Anns Laune schien sich etwas zu bessern und sie machte sich wieder an das Auspacken der Lebensmittel. Carly half ihr dabei. Außerdem hatte sie Hunger und wollte sehen, ob Mary Ann etwas Leckeres mitgebracht hatte. Was auch immer sie aß, sie würde es ersetzen, sobald sie die Gelegenheit dazu hatte.

Sie fand ein Glas Erdnussbutter, etwas Marmelade und einen frischen Laib Brot.

»Was machst du da?«, fragte Mary Ann.

Hitze kroch Carly den Nacken hinauf. »Ich mache mir ein Sandwich. Ich kaufe es ihm später neu.«

»O nein, du wirst dir *kein* Sandwich machen.« Sie wedelte mit dem Finger in Carlys Richtung. »Ich habe etwas Besseres.« Mary Ann ging schnell zum Kühlschrank und holte etwas heraus, das wie ein selbstgemachter Auflauf aussah. »Ich habe ihm Lasagne gemacht.«

Ja, es bestand kein Zweifel, dass Matt wusste, dass seine Mutter einen Schlüssel zum Haus hatte. Selbstgemachte Gerichte tauchen nicht einfach so aus dem Nichts auf. Und Einbrecher knackten nicht die Tür auf, um Essen zu hinterlassen. Wenn sie es doch taten, verfügte Matt wahrscheinlich über die Fähigkeiten, Fallen zu bauen, um Eindringlinge zu behindern. Wenn nicht, konnte er sie effizient und schmerzlos ausschalten.

Ihr lief das Wasser im Mund zusammen, als sie die Lasagne sah. Das war eine deutlich bessere Alternative zum Sandwich mit Erdnussbutter und Marmelade. Eine Million Mal besser.

»Lass mich dir etwas aufwärmen.«

Carly hatte nicht vor zu widersprechen. Sie musste zugeben, dass sie begann, sich in Matts Mutter zu verlieben. Vor allem, als sie den köstlichen Geruch der heißen und schmelzenden Lasagne wahrnahm.

Sie half Mary Ann beim Auspacken der restlichen Einkäufe, während sie auf ihr Essen wartete. Nach ein paar Minuten waren sie fertig und das Essen auch.

Mary Ann bestand darauf, dass sie sich an den Tisch setzte, damit sie sie bedienen konnte, und Carly beschloss, sich nicht dagegen zu wehren. Ihre Mutter war noch nie eine gute Köchin gewesen. Mary Anns Lasagne sah köstlich aus und roch auch so.

Der erste Bissen war so heiß, dass Carly sich den Mund verbrannte, aber das war ihr egal. Sie rollte genüsslich mit den Augen. Mary Ann saß ihr gegenüber am Tisch und sah zu, während Carly einen Bissen nach dem anderen hinunterschlang. Sie wollte nicht einmal langsamer werden, um sich die Soße vom Mund abzuwischen.

»Mmm. Mary Ann, das ist der Himmel. Der wahre Himmel. Du kannst dich jederzeit hier reinschleichen und Essen mitbringen. Zum Teufel, ich werde sogar die Tür für dich offen lassen.«

Matts Mutter kicherte und wurde rot. »Du solltest mal meinen berühmten Shoo-Fly-Kuchen probieren.«

Carly zuckte zusammen, bevor sie sich beherrschen konnte. *Pfui.* Sie hasste Shoo-Fly-Pie. »Was hast du noch im Angebot?«

Mary Ann runzelte die Stirn und zog die Brauen zusammen, als wäre sie schockiert darüber, dass jemand diesen vermeintlichen Kuchen nicht mochte. »Nein? Magst du keinen Shoo-Fly-Pie?«

»Nein. Nicht mein Ding.« Carly schob sich eine weitere Gabel voll Lasagne in ihren Mund.

»Naaa guuut, ich mache einen tollen Pekannusskuchen mit Schokolade und Bourbon …«

Carly schenkte ihr ein breites Lächeln, obwohl ihr Mund voller Nudeln und leckerem geschmolzenen Käse war. Sie zeigte mit ihrer Gabel auf die ältere Frau. »Jetzt sind wir im Geschäft, Lady.«

Mary Ann lächelte zurück. »Oh, ich muss auch einen für Ron machen. Der Mann liebt meine Desserts.«

Carly hoffte, eines Tages eine feste Beziehung und ewige Liebe zu haben, wie die beiden sie hatten. Vielleicht eines Tages …

»Also, erzähl mal!« Mary Ann senkte ihre Stimme zu einem Flüstern und beugte sich vor, als ob sie befürchtete, dass jemand lauschen könnte. »Hat er im Haus geschlafen?«

Carly schüttelte den Kopf. »Ich bin erst seit ein paar Tagen hier, aber er geht jeden Abend ins Zelt.«

Ein trauriger Blick überzog das Gesicht seiner Mutter.

»Wer wohnt schon in einem Zelt, wenn es ein gutes Haus gibt?«

»Jemand, der in seinem eigenen Kopf feststeckt«, antwortete Carly und versuchte, ihr Essen dabei nicht auf den Tisch zu spucken.

»Du bist Ärztin. Kannst du ihm helfen?«

Carly versuchte, sich nicht zu verschlucken, und würgte schnell den letzten Bissen Lasagne hinunter, den sie noch im Mund hatte. Sie legte ihre Gabel vorsichtig auf ihren leeren Teller.

»Danke für das Essen, Mary Ann.« Sie räusperte sich. »Aber ich glaube nicht, dass ich die Art von Ärztin bin, die er braucht.«

»Vielleicht kennst du ja jemanden, der ihm helfen kann«, beharrte sie.

Carly verstand, wie verzweifelt Matts Mutter war, ihrem Sohn zu helfen. Aber nach dem, was Amanda heute gesagt hatte, sollte er bereits zu einem Arzt oder Therapeuten gehen. Hoffentlich jemand, der sich mit PTBS auskannte. Vielleicht sogar jemand, der von der Veteranenbehörde empfohlen wurde.

Sie war Gynäkologin, sie konnte ihm mit Geschlechtskrankheiten helfen, aber nicht mit kognitiver Verhaltenstherapie. »Nimmt er irgendwelche Medikamente?«

Mary Ann schüttelte den Kopf. »Ich weiß es ehrlich gesagt nicht. Er will nicht darüber reden.«

Carly fühlte wirklich mit ihr. Der Schmerz seiner Mutter war offensichtlich. Die Frau wollte nur das Beste für ihren Sohn. »Gehst du auch zu einem Therapeuten?«

Mary Ann schaute sie überrascht an. »Ich? Weshalb?«

Tja, da hatte Carly ihre Antwort. Und die war ein dickes, fettes Nein. »Manchmal hilft es, wenn Angehörige mit jemand anderem über ihre Schwierigkeiten im Umgang mit einem betroffenen Familienmitglied sprechen. Du musst dich zuerst um dich selbst kümmern, wenn du ihm helfen willst.«

Mary Ann machte ein Geräusch und winkte mit der Hand. »Mir geht es sehr gut. Ich habe ein neugeborenes Enkelkind und Marc wird bald heiraten. Eine gute Frau zu finden, würde Matt sicher helfen, aus seinem Tief herauszukommen.«

Carly bezweifelte, dass die Antwort so einfach war.

»Vielleicht kannst du ihm helfen, jetzt, wo ihr zusammenwohnt.«

»Ich habe schon gesagt, dass ich die falsche Sorte von Ärz…«

»Nein, das habe ich nicht gemeint.«

»Mary Ann«, sagte Carly langsam und deutlich. »Wir sind nur Mitbewohner, mehr nicht. Und nicht einmal das, wirklich. Eher wie Nachbarn, die sich einen gemeinsamen Bereich teilen.«

Die ältere Frau fuchtelte wieder mit ihrer Hand herum. »Blödsinn. Wenn ihr genug miteinander zu tun habt, weiß man nie, was passieren kann.«

Carlys Rückgrat versteifte sich für einen Moment, bevor sie ihren Stuhl abrupt zurückschob. Sie trug ihren Teller zur Spüle und schaute Matts Mutter nicht an, als sie sagte: »Ich bin definitiv mal so *gaaar* nicht die Lösung für die Probleme deines Sohnes.«

Vor allem, weil sie ihr Geld sparte, um ein Baby zu adoptieren und Matt nichts mit Kindern zu tun haben wollte. Damit war eine Beziehung zwischen den beiden vom Tisch, außer einer sexuellen Beziehung.

Aber das konnte Carly seiner Mutter natürlich nicht sagen.

Kapitel Sieben

MATT STAND in der offenen Klappe seines Zeltes und betrachtete das dunkle Haus. Es war schon spät. Seine Schicht hatte sich länger hingezogen als erwartet, weil ein Mann Crazy Pete's Bar verließ und meinte, er wäre nüchtern genug, um zu fahren.

Der Mann hatte sich geirrt.

Zum Glück hatte der Betrunkene niemanden verletzt und sich selbst nur ein paar blaue Flecken zugezogen. Als Matt den Anruf von der Bezirksleitstelle erhielt, teilte man ihm mit, dass das Auto im Graben gelandet war, und so war es auch. Er fand den Fahrer schlafend hinter dem Lenkrad. Oder bewusstlos. Eins von beidem, aber das spielte keine Rolle. Als er den Mann verarztet und entlassen hatte, zog sich seine Acht-Stunden-Schicht auf fast zehn Stunden hin.

Beim Militär war er an lange Tage und noch längere schlaflose Nächte gewöhnt, aber seit Carly vor ein paar Nächten in das Haus eingezogen war, hatte er ein bisschen mehr Lust, nach Hause zu gehen als sonst.

Da es schon nach ein Uhr morgens war, hatte er das Haus gemieden und war direkt in sein Quartier gegangen. Anstatt sich zum Schlafen auf sein Feldbett zu legen, starrte er auf das Haus und wünschte sich ein Zeichen, dass sie wach war und auf ihn wartete.

Er konnte seine Gedanken nicht von ihr losreißen. Der seidige Morgenmantel, den sie heute früh getragen hatte, hatte an allen richtigen Stellen gespannt. Die Umrisse ihrer Nippel hatten sich durch den dünnen Stoff abgezeichnet, sodass er sie am liebsten mit seinem Mund umschlossen und daran gesaugt hätte, bis sie aufschrie.

Sein Schwanz erregte sich bei dem Gedanken. Es war schon lange her gewesen, dass er Sex gehabt hatte, und nach den letzten beiden Nächten der willkommenen Befreiung war er versucht, ins Haus zu gehen und zu ihr ins Bett zu steigen. Scheiß auf ihren Schönheitsschlaf!

Da morgen Samstag war, musste sie höchstwahrscheinlich sowieso nicht arbeiten. Sie konnte also jeden unterbrochenen Schlaf nachholen.

Er strich sich mit der Hand über das Haar und atmete aus. *Sieh mal einer an, wie er versucht, sein Verlangen, sie zu ficken, zu rechtfertigen …*

Er schüttelte den Kopf und warf einen Blick über die Schulter zurück in das schummrige Innere seines Zeltes. Das war sein Zufluchtsort. Nachdem seine Brüder ihm geholfen hatten, es aufzubauen, war niemand, nicht einmal seine Familie, darin gewesen.

Dies war sein Bereich. Sein Rückzugsgebiet. Seine Komfortzone.

Dem Therapeuten gefiel es nicht, dass er diesen Raum hatte. Andererseits war es Matt auch egal, was der Therapeut mochte oder nicht mochte. Er ging nur zum Seelendoktor, weil er keine andere Wahl hatte. Das war eine Bedingung, die Max gestellt hatte, damit Matt in den aktiven Dienst der Polizei zurückkehren konnte.

Also ging er mit zusammengebissenen Zähnen zu seinen wöchentlichen Sitzungen. Der Veteranenarzt hatte ihm sogar ein Rezept für eine Art Antidepressivum ausgestellt.

Allerdings hat er es nie eingelöst. Er hatte nicht vor, Pillen zu schlucken.

Nicht heute. Nicht morgen. Niemals.

Ein Blitz erregte seine Aufmerksamkeit und er drehte sich zurück zum Haus. Durch die Fenster des Wintergartens konnte er sehen, dass das Licht in der Küche angemacht worden war.

Er schloss die Klappe seines Zeltes und marschierte mit einem Ziel vor Augen auf das Haus zu. Und dieses Ziel war, in den nächsten Minuten zwischen Carlys weichen Schenkeln zu landen.

Er wurde langsamer, als er durch den Wintergarten ging und die Küche betrat. Sie stand gebückt vor dem Kühlschrank und räumte Dinge um. Sie richtete sich mit einer großen Schale in den Händen auf. Als sie sich umdrehte, quietschte sie überrascht auf und entspannte sich dann sichtlich, als sie ihn erkannte.

»Himmel, Matt. Du hast mir einen verdammten Herzinfarkt verpasst.«

»Tut mir leid.« Er kam näher und betrachtete das Gericht in ihrer Hand. »Ist das die Lasagne meiner Mutter?«

Amüsiert sah er, wie sich ihre Wangen röteten und sie schuldbewusst aussah.

»Ja. Ich konnte nicht schlafen. Ihre Lasagne rief ständig nach mir.«

»Guter Stoff, nicht wahr.« Das war keine Frage, sondern eine Bestätigung. Die Kochkünste seiner Mutter waren wirklich der Hammer. Sie füllte immer die Küche auf und tat dann so, als wüsste er nicht, wer es gewesen war.

Er wusste, dass sie einen Schlüssel hatte. Er würde sich nicht darüber beschweren, dass sie in seine Privatsphäre eindrang, solange sie ihm weiterhin selbstgemachte Gerichte wie ihre Lasagne vorbeibrachte. Das war auf jeden Fall besser als Militärfraß. Oder Fertiggerichte. Oder ein Mund voll Sand.

Matt verzog das Gesicht.

»Bist du sauer, weil ich sie esse? Sie macht süchtig.« Sie schob die Schale auf den Tresen und zog die Frischhaltefolie ab.

Ihm wurde klar, dass sie annahm, er würde wegen ihrer Handlungen das Gesicht verziehen, nicht wegen seiner eigenen Gedanken. »Nein. Ich nehme es dir nicht übel, dass du mein Essen stibitzt hast.«

Sie lächelte. »Willst du was?«

»Zum Teufel, ja, ich will was.« Seine Stimme klang sogar in seinen eigenen Ohren heiser.

Sie drehte sich mit einem Pfannenwender in der Hand zu ihm um, ihr Morgenmantel klaffte so weit, dass er einen guten Blick auf das, was darunter lag, werfen konnte. »Du redest doch nicht von Lasagne, oder?«

»Richtig.«

»Wird das jetzt jeden Abend so sein?«, fragte sie und grinste. Sie leckte etwas Soße von ihrem Finger ab, was seinen Schwanz in Wallung brachte.

»Lasagne?«

»Nein. Sex.«

Das hoffte er sehr. »Das überlasse ich dir.« Er näherte sich ihr und konnte seinen Blick nicht von ihr in dem sexy, eng anliegenden Morgenmantel abwenden. Er schlang seine Arme um sie, ließ seine Handflächen über den seidigen Stoff an ihrer Taille gleiten, vergrub seine Nase in ihrem Nacken und atmete tief ein.

»Oh, sicher. Schieb mir den Druck zu«, murmelte sie und ließ den Spachtel klappernd auf den Tresen fallen.

Ihre Nippel verhärteten sich unter dem Morgenmantel und er steckte einen Finger dort hinein, wo sich der Stoff im V über ihren Brüsten traf. Er zerrte daran und konnte von dort, wo er sein Gesicht versteckt hielt, die oberen Rundungen ihrer Brüste gut sehen.

Sein Schwanz wurde schmerzhaft hart. Er riss ihre Hand von der Theke los, wo sie sie wie einen Rettungsanker festhielt, und legte sie über die Beule in seiner Militärhose. »Kein Druck. Du kannst ja oder nein sagen.«

»Klingt fair«, sagte sie und schluckte schwer.

»Sehr fair. Wie lautet die Antwort? Ja?« Er ließ ihre Hand zu seiner Erektion gleiten. »Oder nein.« Er schob sie wieder nach unten. Ihre Finger schlossen sich um ihn und drückten zu. Er stöhnte gegen ihre Haut und stieß in ihre Handfläche.

»Übrigens, ich habe deiner Mom gesagt, dass wir nur Zimmergenossen sind«, sagte sie mit rauer Stimme und stockendem Atem.

»Gut«, flüsterte er in ihre Halsbeuge. Er fuhr mit seiner Zunge über ihr Schlüsselbein, schob den Stoff beiseite und versenkte dann seine Zähne sanft in ihrer Schulter.

Carly keuchte und lehnte sich zurück gegen den Tresen. Schnell löste er das Band an ihrem Morgenmantel und er fiel auf.

»Willst du keine Lasagne?«, fragte sie zittrig, mit halb geschlossenen Augen, als er vor ihr auf die Knie sank.

»Scheiß auf die Lasagne!«

»Sag das nie vor deiner Mutter, sie würde weinen …« Ihre Worte verwandelten sich in ein Keuchen, als er seinen Mund auf die Haut über dem schmalen Haarstreifen zwischen ihren Beinen presste.

Ihre Finger griffen nach seinem Kopf und lenkten ihn nach unten, aber er wehrte sich und schaute stattdessen an ihrem Körper hoch. »Dreh dich um!«

Ihr Gesicht war gerötet, aber nicht aus Verlegenheit. Sondern vor Verlangen. Sie wollte das offensichtlich genauso sehr wie er. Sie drehte sich mit dem Gesicht zum Tresen.

»Lass den Morgenmantel fallen!«

Ohne ein Wort schob sie den seidigen Stoff über ihre Schultern und er rutschte zu Boden. Matt knabberte an ihrem Hintern, genoss die Rundungen und die Festigkeit. Er spreizte ihre Backen und fuhr mit seiner Zunge an der Falte entlang.

»Matt …«

»Schhh.«

Ihre Schenkel zitterten gegen ihn. Er strich mit einem Finger zwischen ihre Beine und spürte, wie feucht sie vor Erregung war. Sie war so empfänglich für seine Berührung. Der Gedanke wurde berauschend und betörend. Als er mit Leichtigkeit einen Finger in sie einführte, stöhnte sie auf und drückte ihm ihre Hüften entgegen, damit er besser in sie eindringen konnte. Ihre Pussy, feucht und bereit, leistete ihm keinen Widerstand.

Er richtete sich auf und betrachtete die Frau vor ihm. Ihr Kopf war gesenkt, sodass ihr loses blondes Haar einen Vorhang bildete. Ihr Atem ging schnell und rasselnd.

Sie war perfekt.

Ihr Kopf hob sich und sie spähte über ihre Schulter, als er wegtrat, um einen der Küchenstühle herauszuziehen. Er schob seine Militärhose bis zu den Knöcheln und zog sie aus, wobei sein Ständer bei jeder Bewegung schmerzhaft wippte. Er setzte sich auf den Holzstuhl und hielt ihr eine Hand hin. »Komm, setz dich auf mich!«

Ohne zu zögern, kam sie herüber, spreizte die Beine und hockte sich über ihn. Er griff nach dem Ansatz seines Schwanzes, setzte ihn an ihren Eingang und als er ihn perfekt ausgerichtet hatte, sank sie mit einem zittrigen Seufzer auf ihn herab. Er schloss die Augen und hielt den Atem an, als ihre feuchte Hitze ihn umhüllte. Das Gewicht ihres Körpers drückte ihn so tief in sie hinein, wie es nur ging. Bis zu den Eiern in ihr atmete er aus, bevor er seine Augen öffnete.

Sie legte ihre Hände auf seine Schultern und schaute ihm ins Gesicht. Und dann lächelte sie, was seinen Schwanz tief in ihr zucken ließ. Als sie anfing, sich zu bewegen, kontrollierte sie das Tempo.

Sie begann quälend langsam, hob und senkte sich auf ihm. Sie kippte und kreiste ihre Hüften. Er ließ ihre Taille los und strich mit seinen Daumen über ihre Nippel, wobei er sich fragte, wie hart das Fleisch werden konnte. Er saugte einen Nippel tief in seinen Mund, seine Zunge wirbelte um die Knospe und schnippte sie. Bei jedem Heben und Senken ihres Körpers gab sie kleine Geräusche von sich.

Oh fuck, er gehörte in sie. Sie war wie geschaffen für ihn. Warum hatte er sie zu spät gefunden? Warum hatte er sie nicht kennenlernen können, bevor er zu kaputt war, um je wieder repariert zu werden?

Er presste seinen Mund gegen ihren anderen Nippel und schabte mit den Zähnen über die Krone. Sie schrie auf und presste sich auf ihn, was ihm ein Stöhnen entlockte.

Sie wiederholte ein Wort immer und immer wieder. Seinen Namen. »Matt … Matt … Matt …«

Seine Brust zog sich zusammen, als er zu ihr aufsah. Sie versuchte, Augenkontakt herzustellen, um eine Verbindung aufzubauen. Das konnte er nicht zulassen. Wenn er das täte, könnte er … würde er sich verlieren.

Und dieses Mal vielleicht für immer.

Er konnte nicht noch mehr Schmerz ertragen oder Verlust oder …

Sie schrie vor Genuss und wahrscheinlich auch aus Frustration darüber, dass er sich verschlossen hatte. Aber mehr als das konnte er ihr nicht entgegenbringen. Er vergrub sein Gesicht zwischen ihren Brüsten und stöhnte, als sie sich noch fester auf ihn stürzte, um sich selbst zum Höhepunkt zu bringen.

Er schob eine Hand zwischen sie beide, um ihren feuchten Kitzler zu finden. Er stieß auf den empfindlichen

Knoten, drückte und kreiste, bis sie sich über ihm verkrampfte. Ihre Nägel gruben sich in die Haut seiner Schultern und ihr Inneres umschloss ihn fest. Als die erste Erschütterung ihn erfasste, ließ er sich mit ihr gehen. Es fühlte sich an, als würde ein Damm brechen und Wellen über sie beide hinwegschlagen.

Ein Herzschlag, zwei, und dann sackte sie gegen ihn zusammen, vollkommen entkräftet. Ihr warmer Atem schlug wie eine Tattoomaschine gegen sein Ohr. Er schloss seine Augen und hielt sie für einen Moment fest. Nur einen Moment lang erlaubte er sich diese Schwäche, bevor er seine Finger um ihre Taille schlang und sie von seinem Schoß hob. Sie machten sich beide schweigend sauber.

Als sie das Band des Morgenmantels um sich herum festzog, fragte sie: »Hast du Hunger?«

Er konnte ihr Gesicht nicht sehen, aber er hörte die Enttäuschung in ihrer Stimme. Matt warf einen Blick auf die vernachlässigte Lasagne auf dem Tresen. »Immer.«

Kapitel Acht

»Was soll das heißen, es ist nicht zu hundert Prozent abgedeckt? Warum zum Teufel zahle ich dann diese hohen Beiträge?«

Carly stapfte durch den Wintergarten, ihr Handy so fest in der Hand, dass sich ihre Finger verkrampften. Sie kämpfte gegen den Drang an, es quer durch den Raum zu werfen.

Aber dann würde sie ein neues kaufen müssen.

Nach dem, was ihr der Versicherungsvertreter am anderen Ende des Telefons erzählte, würden sie nur einen Teil der Kosten für ein neues Fahrzeug übernehmen. Sie wollte lachen. Nein, kein neues Fahrzeug. Nur einen Teil *eines Für-sie-neuen-Fahrzeugs*. So viel zum Thema Vollkasko. Verdammte Versicherungsgesellschaften. Man kann nicht mit ihnen leben, aber auch nicht ohne sie.

So ähnlich wie bei Männern.

Sie sah, wie der Mann, an den sie dachte, an der Seite des Hauses vorbeikam und in sein Zelt schlüpfte. Sie schaute auf ihre Uhr; er musste gerade von seiner Schicht nach Hause gekommen sein.

»Wissen Sie, ich wohne im Norden von Pennsylvania,

wo man im Winter einen SUV braucht. Oh, Sie wohnen auch hier? Na, gut. Und wissen Sie was? Ich bin Ärztin und muss in Notfällen ins Krankenhaus …« Sie hielt inne und hörte sich die lahmen Ausreden am anderen Ende des Telefons an. »Ja, aber bei deinem Gehalt kann ich mir keinen weiteren SUV leisten. Ich kann mir vielleicht einen Escort von 1988 leisten.«

Carly trat ans Fenster des Wintergartens und beobachtete, wie Matt sein Zelt verließ, es verriegelte und auf das Haus zukam.

Scheiße!

»Wirklich? Dabei wollen Sie es also belassen? Mit mir in der Patsche. Eine alleinstehende Frau, die darum kämpft, über die Runden zu kommen?«

Carly fluchte leise vor sich hin, als sich die Hintertür zum Wintergarten öffnete und Matt eintrat, und dann stehen blieb, als er sie bemerkte.

»Ja, ich weiß, dass ich Ärztin bin, danke, dass Sie mich daran erinnern. Das heißt aber nicht, dass wir uns alle einen Mercedes oder BMW leisten können. Manche von uns versuchen, im Rahmen ihrer Möglichkeiten zu leben.«

Matt hatte die Hände in die Hüften gestemmt und die Augenbrauen zusammengezogen, während er sie beobachtete.

»Okay, wie auch immer. Mal sehen, ob ich meinen neuen 1979er Pinto-Kombi über Ihre Firma versichern lasse.« Sie drückte auf die Endtaste und wünschte sich, sie hätte ein altes Wählscheibentelefon um den Hörer darauf schlagen zu können. Das hätte ihr mehr Genugtuung verschafft, als wütend auf den Bildschirm eines Handys zu tippen.

Sie wirbelte auf den Fersen herum und sah ihn von der anderen Seite des Raumes an. »Diese verfickte Versicherung deckt nur achtzig Prozent des Wertes meines Hondas. Jetzt muss ich etwas finden, das ich mir mit diesen Almosen leisten kann.« Sie fuhr sich mit einer Hand durch das Haar und fluchte.

»Ich bin mir sicher, dass wir etwas für dich finden können.«

Wir? Sie zog eine Augenbraue hoch und schaute ihn an. Seit wann waren sie ein »Wir«?

Sie waren es nicht. Daran erinnerte sie sich jede Nacht, wenn er sich nach dem Sex wieder in seinem verdammten Zelt verkroch. Er hatte nicht ein einziges Mal in ihrem Bett geschlafen. Denn, Gott bewahre, die Welt könnte zusammenbrechen, wenn sie nach dem Sex tatsächlich kuscheln würden.

Der Sex war toll und so, aber manchmal wollte eine Frau ein bisschen mehr. Und mit mehr meinte sie nicht den Verlobungsring. Sie wollte einfach nur ein bisschen Löffelchen kuscheln. Oder dass er sie an seine Seite drückte.

Oder ... *Was zum Teufel?*

Dafür schaute sie sich den falschen Mann an. Das hatte er ihr deutlich zu verstehen gegeben. *Reiß dich zusammen, Schätzchen, oder such dir was Neues zu Flachlegen!*

»Ja, ich bin sicher, dass ich was finde. Aber das wird meine Ersparnisse aufbrauchen.« Sie ließ sich auf die Couch plumpsen und stützte ihren Kopf in die Hände. Das war das Letzte, was sie brauchte. Obwohl sie ihren Eltern jeden Monat Geld schickte, um ihnen zu helfen, hatte sich ihr Sparkonto langsam gefüllt, und sie hatte gehofft, dass es jetzt, wo die Miete so günstig ist, noch schneller wachsen würde.

Aber nein.

Verdammtes Reh!

Sie wollte schreien, aber stattdessen stieß sie ein leises, frustriertes Wimmern aus.

Die Couch sank neben ihr ein. Er schlang seine Finger um ihre Handgelenke und zog ihre Hände von ihrem Gesicht weg. »Wofür sparst du? Ein Haus?«

»Nein.«

Heilige Scheiße, sie wollte dieses Gespräch nicht jetzt, nach dem sie sich gerade mit der Versicherungsgesellschaft gestritten hatte, führen. Er bekam es mit der Angst zu tun, wenn sie beim Sex versuchte, Augenkontakt zu halten. Das Letzte, was er brauchte, war, dass sie das B-Wort fallen ließ.

»Carly, wofür sparst du?«

Sie könnte lügen.

Oder sie könnte ihm einfach die Wahrheit sagen und die Würfel so fallen lassen, wie sie es wünschten. »Ein Baby.«

»Du willst dir ein Baby kaufen?«

Sie runzelte die Stirn über seine Frage. »Nein, ich will eins adoptieren.«

»Warum zum Teufel willst du das tun?«

Ihr klappte der Mund auf, dann schloss sie ihn wieder und starrte ihn an. »Weißt du, Matt, nicht jeder ist wie du. Ich möchte *sehr gerne* ein Kind haben. Ich weiß, das ist für dich vielleicht schwer zu verstehen.«

Sie löste ihre Hände von ihm, stand auf und ging erneut im Zimmer auf und ab. Sie musste ihre Frustration über die Situation abbauen. Schade, dass sie keine Läuferin war, sonst hätte sie einen langen, anstrengenden Lauf in Angriff genommen. Sie hatte zwar lange Beine, aber die waren definitiv nicht zum Laufen oder Joggen gemacht.

»Mir ist klar, dass manche Leute gerne …«

Sie unterbrach ihn mit einer Handbewegung. »Ich habe zwei Probleme. Das eine ist das Geld und das zweite ist, kein festes Zuhause und keinen Ehepartner zu haben. Vielleicht sind es sogar drei.« Sie wischte sich mit den Händen über das Gesicht und stöhnte. »Sie wollen, dass Adoptiveltern Stabilität haben. Ein Zuhause. Ich habe nichts davon!«

Sie blieb vor ihm stehen. Sie wartete darauf, dass er etwas sagte, aber er blieb still, sein Blick war nicht einmal auf sie gerichtet. Er schien irgendwo in seinem Kopf gefangen zu sein.

Manchmal wollte sie ihn einfach nur schütteln, um ihn aus seiner Starre zu reißen. »Jeden Tag werfen Menschen ihre Babys weg. Sie lassen sie in Krankenhäusern oder verdammt in Mülleimern zurück. Und ich kann nicht mal eins bekommen. Kein einziges! Ich habe so viel Liebe zu geben und niemanden, dem ich sie geben kann.« Sie holte tief Luft. »Ich kann sie nicht einmal dir geben.«

Oh, fuck! Sie wollte sich den Handballen gegen die Stirn schlagen, weil ihr die Worte rausgerutscht waren. Vor allem, als er sich versteifte. Und das machte sie noch wütender.

»Keine Sorge, ich gestehe dir hier nicht meine Liebe, Arschloch.« Sie stapfte aus dem Zimmer.

MATT SAß im Dunkeln auf der Kante seiner Pritsche. Er hatte keine Lust, eine der Laternen anzuzünden. Frustriert strich er sich mit der Hand über das Haar.

Zu sehen, wie Carly wegen ihrer Finanzen und dann wegen ihres Kinderwunsches zusammenbrach, hatte ihn härter getroffen als erwartet. Nachdem sie aus dem Zimmer gestampft war, verließ er den Raum und ging ins Diner, um allein zu Abend zu essen. Er hatte kurz daran gedacht, zu seinen Eltern zu fahren, aber er hatte keine Lust, sich mit ihnen auseinanderzusetzen.

Jetzt saß er hier in dem Zelt. Allein.

Die Stille war nicht gerade hilfreich. Die Gedanken rasten mit Warp-Geschwindigkeit durch seinen Kopf. Gedankenblitze an Carly. Erinnerungen an seine Touren. Erinnerungen, die er nur mit Mühe unterdrücken konnte.

Er war praktisch wie betäubt – abgeschaltet –, als die Marines ihn entlassen hatten. Das musste er auch sein, sonst hätte er den Verstand verloren.

Der Therapeut erklärte ihm, dass dies sein Bewältigungsmechanismus gewesen wäre … Menschen und Dinge auszublenden.

Aber etwas hat sich geändert.

»Matt.«

Dieses Etwas könnte die Person am Eingang zu seinem Quartier sein.

»Matt«, rief sie erneut durch die dicke Plane. Ihre Stimme klang rau, als ob sie geweint hätte. »Ich würde klopfen, aber es gibt keine Tür. Darf ich reinkommen?«

Er kämpfte gegen die Panik an, die in ihm hochzukochen drohte. Sie wollte in sein Quartier kommen, in seinen Raum. Selbst im Dunkeln wusste er, dass alles geordnet war, alles an seinem Platz. Alles war da, wohin es gehörte.

Ein Schmerz schoss seinen Arm hinauf und er merkte, dass er seine Fäuste fest geballt hatte. Er sprang auf und rief: »Nein. Ich komme gleich raus.«

Er hörte, wie sie auf der anderen Seite der Klappe ein Geräusch machte. Aber er wollte sie nicht hereinlassen. Er konnte nicht.

Mit einem tiefen Atemzug schlüpfte er durch die Klappe und schloss sie hinter sich. Das Licht, das von den Fenstern des Wintergartens fiel, reflektierte auf ihrem blonden Haar, aber ihr Gesicht blieb im Schatten. Er stand nur wenige Zentimeter von ihr entfernt, umgeben von ihrem süßen, weiblichen Duft. »Was ist los?«

»Nichts.« Sie schüttelte den Kopf. »Alles. Ich wollte mich entschuldigen.«

»Für was?«

»Für vorhin.«

Er hob ihr Kinn an und wünschte, er könnte ihr Gesicht deutlicher sehen. »Du musst dich für nichts entschuldigen.« Er strich ihr eine Haarsträhne von der Wange und spürte die Nässe. Sie hatte nicht nur geweint, sie weinte immer noch.

Er schloss die Augen und fluchte innerlich.

Carly war eine starke Frau, und zu sehen, wie sie sich selbst verlor, machte ihn fertig. Aber er verstand das Gefühl. Wenn alles zu viel wird, schaltet man entweder ab oder man sucht Trost.

Offensichtlich war sie auf der Suche nach Trost.

Bei ihm.

Jeder, der ihn kannte, würde das lächerlich finden. Sogar er selbst fand das. Aber hier war sie und bat ihn um etwas, das er ihr vielleicht nicht geben konnte. Und er hatte sie gewarnt.

Er konnte nicht alles für sie sein. Er konnte es einfach nicht.

Er zog sie an sich und drückte ihr einen sanften Kuss auf die Stirn. Als er sie in seine Arme nahm, drückte sich ihr Körper an ihn, und ihr Schluchzen wurde immer lauter.

Er flüsterte ihr ins Ohr: »Es wird alles gut werden. Wir werden eine Lösung finden.«

»Es ist so dumm«, schluchzte sie. »Es ist nur ein verdammtes Auto.«

»Es ist nicht nur das Auto.« Er rieb ihren Rücken. Bei diesem Zusammenbruch ging es wohl kaum um ein Auto. Es ging darum, die Kontrolle über ihr Leben zu verlieren. Um ihre finanziellen Belastungen. Ihren Wunsch, ein eigenes Kind zu bekommen.

Er konnte ihr nicht helfen. *Zum Teufel*, manchmal konnte er sich selbst nicht mal helfen. Er drückte seine Nase in ihr Haar und es roch nach Kokosnuss. Wie die Karibik, ein Ort, an den sie eines Tages reisen wollte, sich das aber nicht leisten konnte.

Er beugte sich hinunter, um ihre Knie zu umfassen, und schwang sie in seine Arme. Sie gab ein kleines Winseln von sich und er drückte sie fester an sich, bevor er auf das Haus zuging.

»Lass mich runter! Du kannst mich nicht tragen.«

»Ich kann und ich werde«, war alles, was er sagte,

entschlossen, ihr das Gegenteil zu beweisen. »Dreh den Knauf!«, sagte er, während er die drei Stufen zur Hintertür hinaufstieg. Als sie es tat, stieß er die Tür auf, drehte sich auf dem Absatz und stieß sie mit einem Knall wieder zu.

Er setzte sie auf die Couch und ließ sich neben ihr nieder, bevor sie sich bewegen konnte, um aufzustehen. Er legte sie beide hin, nahm sie wieder in die Arme und drückte ihr noch feuchtes Gesicht an seinen Hals.

»Matt«, murmelte sie gegen seine Haut.

»Schhh.« Er schloss die Augen und kämpfte gegen die unerwünschten Gefühle an, die an die Oberfläche drängten. Vor allem, als sie seufzte und ihren Körper an seinen schmiegte.

Er konnte sie trösten. Er konnte es schaffen. Auch wenn es nur für eine kurze Zeit war.

Kapitel Neun

Etwas Hartes und Heißes drückte gegen ihren Hintern. Mit einem Schreck wurde sie wach. Das rosafarbene Licht der aufgehenden Sonne kroch in den Wintergarten. Matts Schwanz war nicht das Einzige, das steif war. Sie bewegte sich, um ihre schreienden Muskeln zu entlasten, aber ihre Bewegung führte nur dazu, dass sich Matts Arm noch fester um ihre Taille schloss und er sie näher an seine Brust zog. Haarsträhnen kitzelten ihr Ohr, als sie sich mit seinem gleichmäßigen Atem hin und her bewegten.

Die Besorgnis, die sie gestern Abend wegen ihrer Finanzen, ihres Autos und ihrer Unfähigkeit, schwanger zu werden, empfand, schien sich mit Matts festem Körper, der sie umschloss, in Luft aufgelöst zu haben. Man könnte meinen, dass eine einfache Umarmung viel bewirken kann. Oder sexuelle Erlösung.

Oder beides.

Sie stupste ihren Hintern gegen seine Erektion. Wenn er nicht wach war, dann war es zumindest dieser Teil seines Körpers. Aber sie bekam keine andere Reaktion.

Sie stieß erneut gegen ihn, diesmal ließ sie ihre Hüften

einmal kreisen. Und noch einmal, nur um sicherzugehen, dass er auch wirklich aufmerksam war.

Sein Atem wurde flacher und die Hand, die sich um ihre Hüfte gelegt hatte, verkrampfte sich und seine Finger hielten sie an Ort und Stelle. Sie presste sich fester an ihn, und er stieß einen gutturalen Laut aus, der ihre Nippel augenblicklich zu Kieselsteinen werden ließ.

»Wir hatten keinen ...« Ihre Worte blieben ihr im Hals stecken. Sie versuchte es noch einmal. »Wir hatten letzte Nacht keinen Sex.«

»Nein, hatten wir nicht.« Seine Stimme klang leise und heiser, sie wusste nicht, ob es daran lag, dass er sie nicht benutzt hatte oder weil er erregt war. Auf jeden Fall löste er einen Nervenkitzel bis in ihre Zehenspitzen aus.

»Was willst du dagegen tun?«, fragte sie.

Sein leises Lachen brachte sie zum Lächeln.

»Was willst *du* dagegen tun?«, konterte er, während er mit einer Hand ihre Brüste über ihrem Shirt umfasste. »Sag mir, was du mit mir machen wirst.«

»Dich ficken«, murmelte Carly und wünschte, sie könnte sein Gesicht sehen.

»Du musst schon etwas genauer sein.«

»Wirklich?«

»Wirklich«, bestätigte er.

Sie stieß sich von ihm ab und richtete sich auf. Mit einem Blick über ihre Schulter sagte sie: »Mach dich nackt! Sofort!«

Sie kletterten beide auf ihre Füße und zogen sich langsam aus, während sie sich gegenüberstanden. Ihre Blicke trafen sich und wichen nicht voneinander, auch nicht, als er seine Militärhose über die Hüften schob. Sie kämpfte gegen den Drang an, ihm unter die Taille zu schauen, weil sie den Blickkontakt nicht unterbrechen wollte.

»Ich bin nackt«, verkündete er.

»Das bist du sehr wohl.« Sie unterdrückte ein Lächeln

und zeigte auf die Couch. »Hinsetzen!«

»Ja, Ma'am.« Und er setzte sich, seine Erektion in Richtung Decke zeigend.

Sie trat zwischen seine Schenkel und schob sie mit ihrem Knie weiter, bis sie direkt über ihm stand und in sein Gesicht sah. Seine Augen wurden dunkel, seine Lider schwer, sein Ausdruck angespannt.

»Das werde ich mit dir machen … Ich werde mich auf deinen Schwanz setzen und dich hart reiten. Ich werde meine Nägel in deine Haut graben und Spuren hinterlassen. Ich werde deinen Mund in Beschlag nehmen und dich nach Sauerstoff hungern lassen. Ich werde dich so fest beißen, dass du dich den ganzen Tag daran erinnern wirst, und sogar morgen noch. Und du wirst nicht nein sagen. Du wirst mich gewähren lassen. Du wirst mich um mehr bitten. Und dann, wenn ich fertig bin, wenn ich meine Befriedigung gefunden habe, dann, und nur dann, werde ich dich kommen lassen. Hast du mich verstanden?«

Ihre eigenen Worte überraschten sie, erregten sie. Sie wusste nicht, woher das kam. Sie war noch nie so fordernd einem Mann gegenüber gewesen. Aber als sie sah, wie seine Brust errötete und die Vorfreude in seinen Augen aufblitzte, wurde ihr klar, dass er es so wollte. Das machte ihn geil.

Er wollte, dass man ihm sagte, was er tun sollte.

»Hast du mich verstanden, Marine?«

Seine Nasenflügel flatterten und seine Finger krümmten sich auf seinen Oberschenkeln. Er bellte: »Ma'am, ja, Ma'am!«

Die Schärfe seiner Antwort jagte ihr eine Gänsehaut über den Körper. Sie nickte ihm knapp zu und kletterte auf die Couch, um sich mit gespreizten Beinen auf seine Schenkel zu setzen. Sie klammerte sich an seine Schultern, während sie sich über ihn erhob.

Er starrte geradeaus.

»Sieh mich an!«, befahl sie.

Er starrte ihr ins Gesicht und ein Muskel in seinem Kiefer zuckte wild. Als sie sich langsam hinabließ, griff er schnell unter sie, um sich an ihrer Öffnung auszurichten. Als die Krone seines Schwanzes an ihren Eingang stieß, schloss sie die Augen und hielt still, während das Verlangen, sich auf ihn zu stürzen, sie an den Rand des Unerträglichen trieb.

Ihre Augen sprangen auf. »Soldat …«

»Ich bin kein Soldat, ich bin ein Marine«, korrigierte er sie mit zusammengebissenen Zähnen.

»Du bist das, was ich dir sage.«

Sein Körper spannte sich an und seine Finger gruben sich in das Fleisch an ihren Hüften.

»Und im Moment bist du mein.« Sie ließ sich auf seinen Schoß sinken, ihr Gewicht zwang ihn tief hinein. Mit einem Keuchen drückte sie ihn fest an sich. Ihr Körper bebte vor Verlangen, als sie jeden Zentimeter seiner Härte in sich aufnahm.

Matt senkte seinen Kopf, nahm einen harten Nippel in den Mund und saugte ihn zwischen seinen Lippen. Sie wölbte ihren Rücken und neigte ihre Hüften leicht, um ihn tiefer in sich aufzunehmen. Die Zähne kratzten an ihrem Nippel und ließen sie bis ins Innerste erschauern. Dann setzte sie sich in Bewegung, hob und senkte sich und kontrollierte das Tempo komplett. Er packte ihren Hintern mit zwei Händen und drückte zu.

»Küss mich, Marine!«

Matt befreite ihren Nippel, ließ ihn glänzend und feucht zurück. Sie packte seinen Kopf und zog ihn zu sich, presste ihre Lippen auf seine, drang mit ihrer Zunge in seinen Mund ein, sog seinen Atem ein. Ihre Zungen kreuzten sich, kämpften. Aber sie ließ ihn den Kampf nicht gewinnen. Sie wurde schneller, ritt ihn und drückte sich hart auf ihn, bis er stöhnte und sie nicht nur den Kampf gewann …

Sie gewann den Krieg.

Als sie seinen Mund freigab, machte sie ihre Drohung wahr und versenkte ihre Zähne in seinem Hals, dann in seiner Schulter, um kleine Spuren zu hinterlassen. Sie markierte ihn als den ihren. Sie drückte sich gerade so weit von ihm weg, dass sie mit ihren Zähnen über sein Herz streichen konnte, dann biss sie zu. Er gab keinen Laut von sich, obwohl sie wusste, dass es wehtun musste.

»Sag mir, dass du mehr willst!«

»Ja, Ma'am.«

»Flehe mich nach mehr an!«

»Mehr … *bitte*!«

Sie fuhr mit ihrer Zunge über die Bisswunde und wanderte zu seinem Hals, wo sie mit ihren Lippen und ihrer Zunge über seine Halsader strich. Sie griff um ihn herum, grub ihre kurzen Nägel in seine Haut und fuhr mit ihnen über seine Schulterblätter.

Sein angespannter Unterkiefer und seine verengten Augen waren seine einzigen Anzeichen von Schmerz.

»Das gefällt dir.« Es war keine Frage, denn sie hatte keinen Zweifel daran, dass es ihm gefiel.

»Ja, Ma'am«, stieß er zwischen angespannten Lippen hervor.

Er ließ ihren Hintern los, packte ihr Haar und riss ihren Kopf nach hinten. Er presste seinen Mund auf ihren Hals und saugte kräftig daran.

Carly wimmerte und knallte sich immer wieder auf ihn. Der Höhepunkt wuchs in ihrem Inneren und breitete sich in Wellen aus. Sie keuchte und grub ihre Nägel tiefer ein.

Sein Schwanz zuckte. Aber sie war noch nicht fertig mit ihm. »Du bist bereit zu kommen, nicht wahr, Marine?«

»Ja, Ma'am.«

»Ich bin noch nicht fertig mit dir.« Sie beugte sich zu ihm hinunter, leckte an der Außenhaut seines Ohres entlang und nahm dann sein Ohrläppchen in den Mund, bevor sie es zwischen die Zähne klemmte. Sie zerrte daran und als sie es losließ, flüsterte sie: »Ich bin noch lange nicht fertig mit dir.«

Sie wippte auf ihm vor und zurück, wobei ihr Kitzler gegen sein Becken stieß. Sie konnte nicht genug Druck auf die empfindliche Stelle ausüben und stöhnte frustriert auf. Aus Verzweiflung drückte sie ihre eigenen Finger darauf, um ihn zu umkreisen und zu bearbeiten. Ihr Mund öffnete sich, ihre Augen schlossen sich und ihr ganzer Körper zog sich um ihn zusammen, bis sie sich schließlich ihrem Höhepunkt hingab und sich von ihm überrollen ließ, während sie aufschrie.

»Carly …«

Sie öffnete die Augen und sah ihn mit verzweifeltem Blick kämpfen. Sie umfasste seine Wangen und drückte ihm einen sanften Kuss auf die Lippen, bevor sie ihre Stirn an seine legte. »Jetzt darfst du kommen, Marine«, sagte sie sanft.

Mit einem Stöhnen hoben sich seine Hüften von der Couch ab und stießen sie leicht nach oben, während er sich mit rasendem Atem tief in ihr entlud.

Sie ließ ihre Stirn an seiner, schlang ihre Arme um seine Schultern und hielt ihn fest. Seine breiten Hände strichen über ihren Rücken und sie fühlte sich sicher in seinen Armen. Sie wollte sich nicht von seinem Schoß lösen. Sie wollte, dass er so lange wie möglich in ihr blieb. Als ihre Atmung ruhiger wurde, merkte sie, dass sie sich daran gewöhnen könnte, auf diese Weise die Kontrolle zu übernehmen.

Schließlich hob sie ihren Kopf von seinem und sagte: »Ich schaue mir mal deinen Rücken an.« Sie wollte nicht, dass sich dort, wo sie ihn gekratzt hatte, eine Infektion bildete.

»Es geht mir gut.«

»Woher willst du das wissen? Du kannst nicht sehen, was ich getan habe. Nicht mal ich kann es sehen.« Sie strich mit einem Finger über die Bisswunde auf seiner Brust, die sich über seinem Herzen befand. »Ich habe die Haut nicht verletzt, zum Glück. Du wirst nur einen blauen Fleck haben.«

Er hob eine Schulter leicht an. »Es ist nichts.«

Eine Bewegung erregte ihren Blick und sie richtete sich auf. Matts Vater schritt zielstrebig über den Hof und ging auf das Zelt zu.

»Heilige Scheiße!«

»Was?«

»Dein Vater«, antwortete sie und versuchte, die Panik aus ihrer Stimme zu halten.

Matt sprang auf und stieß sich dabei nicht nur ab, sondern hätte sie fast mit dem Hintern auf den Boden geschleudert. Er fing sie rechtzeitig auf und sie duckten sich beide. Durch die vielen Fenster im Wintergarten waren sie kaum zu übersehen, da es keine Vorhänge oder Jalousien gab.

»Matt!« Rons Stimme ertönte. »Matt! Bist du da drin? Beweg deinen Arsch hier raus, wenn du da drin bist.«

»Oh, fuck«, war alles, was Matt sagte, als er ihr ihren Kleiderstapel vor die Füße schob und sich dann in Rekordzeit seine Militärhose anzog.

Carly kämpfte, um in ihr Shirt zu kommen. Dann ihre Yogahose. Sie hatte keine Ahnung, wo ihr Höschen gelandet war. Das würde sie später suchen müssen.

»Matt!«

Sie drehten sich beide zu der Stimme um, als sie näher kam. Der ältere Mann stapfte die Hintertreppe hinauf und stand an der Glastür, von der aus er sie direkt ansah.

»Was treibste da, Junge?«

Carly spürte, wie die Hitze aus ihrer Kehle in die Wangen stieg. Da sie nicht auf frischer Tat ertappt worden waren, konnten sie die Sache möglicherweise herunterspielen und cool bleiben, wenn sie es versuchten.

Ron kam herein und starrte die beiden mit in die Hüften gestemmten Händen an. »Ihr beide seht aus wie die Hölle.«

Carly strich sich mit einer Hand durch ihr Haar und versuchte, das verknotete Chaos zu bändigen.

»Du bist ja ganz rot im Gesicht. Hast du eine Erkältung, Dr. Carly?«

»Nein, Mr. Bryson. Es geht mir gut.«

»Ich sagte doch schon, nenn mich Ron! Und jetzt sowieso, denn ich habe das Gefühl, dass du mich in naher Zukunft Paps nennen wirst.«

Carly klappte kurz die Kinnlade herunter, aber dann fing sie sich wieder. »Warum das?«

»Weil du dein Shirt auf links gedreht trägst.«

Matts Blick wanderte zu ihrem Shirt und sie schaute hinunter. Sie hatte ihr Shirt tatsächlich auf links gedreht.

Scheiße!

»Weißt du, es scheint, als wäre es für meine Jungs vorbei, sobald sie erwischt wurden.«

»Es gibt nichts zu erwischen, Paps«, sagte Matt.

Endlich. Ihr Komplize brachte endlich ein paar Worte heraus.

»Klar. Wie du meinst. Aber du solltest vielleicht duschen. Deine Ma wollte, dass ich dich zum Frühstück ins Dino's mitnehme. Sie dachte, wir könnten etwas so genannte *Bonding Time* gebrauchen.«

»Du sagst es Ma doch nicht, oder?«

»Dass du mit deiner *Mitbewohnerin* die Korken knallen lässt? Nein. Das wird zwischen uns und den Korken bleiben. Ich gebe dir zehn Minuten, um dich frischzumachen. Das sind acht Minuten mehr, als du im Trainingslager hattest. Los!«

»Ich muss mir etwas zum Anziehen …«

»Los!«, bellte Ron erneut.

Mit einem Stirnrunzeln joggte Matt aus dem Wintergarten in Richtung Zelt.

»Du solltest dich noch etwas mehr beeilen, Junge!«, brüllte Ron zur Tür hinaus.

Carly sah Matt kopfschüttelnd zu, wie er in seinem Zelt verschwand. Keine dreißig Sekunden später trug er einen ordentlichen Stapel Kleidung in seinen Armen und machte sich auf den Weg zurück zum Haus. Er hatte es aber offensichtlich nicht eilig.

Als er lässig an seinem Vater vorbeiging, schaute Ron auf seine Uhr. »Du wirst langsamer. Du hast noch acht Minuten Zeit.«

Matt winkte ihm abweisend zu und ging durch das Haus. Carly konnte die Treppe unter seinem Gewicht knarren hören.

»Alles klar, wird Zeit, dass ich mich für die Arbeit fertigmache«, sagte Carly und schenkte Ron ein kleines Lächeln.

»Wirst du die Dusche mit ihm teilen?«

Carly hielt inne. »Nein.«

»Dann hast du ein paar Minuten Zeit, während sich mein Schwachkopf von Sohnemann frischmacht. Setz dich!«

Sein Befehl erinnerte sie an den, den sie Matt keine fünfzehn Minuten zuvor gegeben hatte. Trotzdem setzte sie sich und fühlte sich wie eine Teenagerin, die nach Sperrstunde nach Hause kommt.

Matts Vater setzte sich nicht, sondern stand mit gespreizten Beinen und verschränkten Armen da, während er sie musterte. »Du scheinst eine gute Frau zu sein. Vor allem, weil du Ärztin bist und so. Und, verdammt, du hast mein erstes Enkelkind zur Welt gebracht.« Er hielt inne und Carly wartete auf das »Aber«. Und wie aufs Stichwort: »Aber ich hoffe, du weißt, womit du es hier zu tun hast.«

Dieser Satz enthielt viele unausgesprochene Worte. Trotzdem verstand Carly, wovor er sie warnen wollte. »Ich bin mir dessen bewusst.«

»Nicht, dass ich meinen Sohn nicht lieben würde, aber

ich sehe, wie der Einsatz dort drüben ihn beeinflusst hat. Er ist bei der Erfüllung seiner patriotischen Pflicht gegenüber seinem Land ein paar Schritte zu weit gegangen. Auch wenn ich stolz auf ihn bin, habe ich doch gleichzeitig Angst um ihn. Und ich muss dir sagen, dass mir als Marine und dreißigjährigem Polizeiveteranen nicht allzu viel Angst macht.«

Carly konnte die Besorgnis in seinem Gesicht sehen und die Angst in seiner Stimme hören. Matt hatte das Glück, eine so liebevolle Familie zu haben, das Glück, nach Hause kommen zu können. Zu Menschen, die ihn unterstützten.

»Du bist eine Ärztin …«, begann er.

Oh, jetzt geht das schon wieder los. Sie unterbrach ihn. »Eine Gynäkologin, Ron, keine Psychologin.«

Er nickte trotzdem, als ob es keine Rolle spielen würde. »Ja, aber du bist klug.«

»Klug wäre es, sich nicht mit deinem Sohn einzulassen.«

Ron schürzte seine Lippen und zog die Brauen zusammen. »Da hast du wahrscheinlich recht, Dr. Carly. Trotzdem finden manche Frauen meine Söhne unwiderstehlich. Frag nur Amanda und Leah. Sosehr sie auch versucht haben, dagegen anzukämpfen, sie konnten nicht entkommen.«

Carly schnaubte. »Ich bin mir nicht sicher, ob das eine glänzende Empfehlung ist.«

»Nein, das ist es nicht. Aber es ist die Wahrheit. Ich habe das Gefühl, du steckst jetzt schon fest.«

Komisch, sie hatte auch das Gefühl, dass sie feststeckte.

»Übrigens, da hängt ein Höschen vom Deckenventilator. Hast du Staub gewischt?« Er deutete nach oben.

Mit Grauen folgten Carlys Augen widerstrebend der Richtung, in die er zeigte. Jupp. Da war ihr hellbrauner Baumwollslip, der sich an der Ventilatorschaufel verfangen hatte. Sie stöhnte auf. Wenigstens drehte er sich nicht.

»Mary Ann muss dir ein paar von diesen sexy Slips besorgen, die sie für besondere Anlässe bei … ach ja, Victoria's Secret kauft. Ich bin mir sicher, dass die Matt besser gefallen würden. Musst ihr nur deine Lieblingsfarbe verraten.«

Carly ließ sich auf die Couch sinken und stützte ihren Kopf in die Hände, um Rons kristallblauen Augen auszuweichen, die sich in den Winkeln runzelten.

»Paps! Los geht's!«, brüllte Matt von der Vorderseite des Hauses.

Sie konnte hören, wie Matts Vater den ganzen Weg zur Haustür gluckste.

MATT SASS seinem Vater in Dino's Diner gegenüber und sah ihm zu, wie er mit vollem Mund sprach. Wenn sie das als Kinder getan hätten, hätte er ihnen eins über die Rübe gezogen. Wenn ihre Mutter es nicht zuerst getan hätte.

Er trank einen Schluck schwarzen Kaffee und dachte über den gestrigen Abend und auch über den heutigen Morgen nach, während sein Vater über das Beschneiden der Weihnachtsbäume und die Instandhaltung der Farm sprach. »Die *Bonding*-Zeit wurde schnell zu einer *Langweile-Matt-zu-Tode*-Zeit.«

Er unterdrückte ein Seufzen, das jedoch in ein Gähnen überging.

»Hast du letzte Nacht wieder nicht viel geschlafen?«

Sein Vater wusste, dass er nicht besonders gut schlief. Aber wenn er so darüber nachdachte, hatte er letzte Nacht den besten Schlaf gehabt, seit er zurück war. *Zum Teufel*, das war der erholsamste Schlaf, den er seit *Jahren* hatte. Und das, obwohl sie auf der Couch lagen und nicht in einem richtigen Bett. Allerdings hatte er schon lange nicht mehr in einem richtigen Bett geschlafen. Sein Feldbett reichte ihm völlig aus.

»Ich habe geschlafen«, antwortete er seinem Paps.

»Bist du sicher? Ich weiß ja nicht. Es ist wahrscheinlich ziemlich *hart*, viel Schlaf zu bekommen, wenn man eine so schöne Frau im Haus hat.«

Matt konnte nur mit Mühe verhindern, dass sein Kiefer auf den Tisch fiel. Manchmal hatte sein Vater keinen Filter. Kein Wunder, dass er sich so gut mit Amanda verstand. Die beiden konnten innerhalb von dreißig Sekunden die Ohren der ganzen Familie versengen und sie in Verlegenheit bringen. Ma schlug nie mehr vor, mit der ganzen Familie essen zu gehen. Sie hatte es auf die harte Tour gelernt.

»Paps, da ist nichts.«

»Das habe ich schon mal gehört.« Er schaufelte eine weitere Gabel voll Pancakes in seinen Mund. »Die sind nicht so gut wie die von deiner Mutter. Tatsächlich habe ich *Da ist nichts* schon zweimal gehört. Ich weiß nicht, warum deine Mutter vorgeschlagen hat, dass wir hierherkommen. Und jetzt habe ich ein Enkelkind bekommen und es wird eine weitere Hochzeit geplant. Siehst du, wie das abläuft?«

Matt schüttelte den Kopf und versuchte, dem verwirrenden Gesprächsverlauf seines Vaters zu folgen.

Ron deutete mit seiner Gabel auf Matts Teller mit Eiern, Bacon und Kartoffelpuffer. »Willst du nichts essen? Du musst essen.«

Matt sah auf sein abkühlendes Frühstück hinunter und schob den Teller an das Ende des Tisches, damit die Kellnerin ihn abholen konnte. Er zog seinen Kaffeebecher näher heran. »Ich hab' keinen Hunger.«

»Hast du dir heute Morgen keinen Appetit erarbeitet?«

Matt schloss seine Augen und zählte bis zehn. Oder er versuchte es. Er kam bis vier.

»Gott, ich wünschte, ich wäre so alt wie du. Die Sachen, die deine Mutter und ich …«

»Hey! Brrr! Brr! So etwas will ich nicht hören. Heilige Scheiße, Paps. Nein. Es gibt Dinge, über die man mit seinen Kindern nicht spricht.«

»Das ist doch etwas ganz Natürliches.«

»Ist mir egal. Nein. Tabu. Themenwechsel, bitte.«

Ron gluckste und ein Stück Pancake flog aus seinem Mund und hüpfte über den Tisch. Matt machte eine schnelle Bewegung, damit es nicht auf ihm landete.

»Okay, also. Worüber willst du reden? Deine Mutter will, dass wir bonden, also werden wir auch bonden, verdammt noch mal. Sonst macht die mir die Hölle heiß.«

»Kein Sex.«

»Okay, was dann?«

Die Glocke über der Eingangstür des Diners läutete und dann hörten sie ein hohes Quietschen … *und* Klatschen. Matt zuckte zusammen.

Teddy, der Besitzer von *Mähnen* auf der Main Street, eilte zu ihrem Tisch und hüpfte auf den Zehenspitzen, wobei sein aufgeregter Blick von Ron zu Matt hin und her sprang.

»Sieh mal an, was für ein Glück ich heute Morgen habe. Zwei, ja richtig, *zwei* Bryon-Böcke. Rutsch rüber, Hübscher.« Teddy drückte seine Hüfte in Matts Arm und Matt rutschte widerwillig zur Seite, damit der Mann sich in die Sitzecke quetschen konnte.

Je näher Matt an die Wand rückte, desto näher rutschte Teddy hinein, bis Matt praktisch eingeklemmt war.

»Wie geht es dir, Paps?«, fragte Teddy Ron.

»Es könnte nicht besser sein, denn ich frühstücke mit meinem Jungen und wir sind dabei, zu bonden.«

»Oooh. Bonden. Ich hoffe, ich störe nicht. Aber ich kann einem Bryson nicht widerstehen, wenn ich einen sehe.« Teddy tätschelte Matts Oberschenkel unter dem Tisch. »Und Matty, du bist der Einzige, der noch übrig ist. Ich gebe die Hoffnung nicht auf …«

»Zu spät«, sagte Paps »Der ist auch schon verloren.«

Teddys Augen weiteten sich und er stieß einen dramatischen Schrei aus, während er sich die Hand vor den Mund hielt. »Nein! Sag, dass das nicht wahr ist! Bitte sag mir nicht, dass du schon vergeben bist.«

Matt hätte fast gesagt, dass er es nicht ist, aber dann wurde ihm klar, dass er in eine Zwickmühle geraten würde, wenn er es Teddy gegenüber zugeben würde.

Verdammt, wenn du es tust, verdammt, wenn du es nicht tust. Am besten, du sagst einfach gar nichts.

Teddy wollte nichts anderes, als sich einen ›Bryson-Bock‹ angeln. Und Matt war einfach nicht dieser Typ. Und würde es auch nie sein.

»Siehst du?«, fragte Ron. »Er leugnet es nicht.«

Er hatte vor, seinen Vater zu töten. Paps wusste genau, was er da gerade tat.

»Also, wer ist es? Ich bin richtig eifersüchtig. Ich möchte ihr die Haare ausreißen und ihr Gesicht zerkratzen.«

Obwohl er wusste, dass Teddy nur scherzte, konnte er sich gut vorstellen, wie der Mann in einen Zickenkrieg verwickelt war und kratzte und biss.

»Es ist Dr. Carly«, ergänzte sein Vater vergnügt.

Matt verbarg ein Stöhnen, indem er einen Schluck von seinem schwarzen Kaffee nahm.

»Amandas Mumu-Doktor?«, fragte Teddy erstaunt.

Matt verschluckte sich und spuckte fast den heißen Kaffee auf den Tisch.

»Jupp. Ein und dieselbe«, antwortete Ron.

Matt konnte genauso gut unter den Tisch rutschen und sich verstecken, bis die beiden fertig waren. Er hatte vergessen, Teddy, ihr inoffizielles Familienmitglied, auf die gleiche Liste zu setzen wie seinen Vater und Amanda, wenn es um lose Mundwerke ging.

»Oooh. Ich würde ihren Job nicht wollen. Mumus sind nicht sonderlich attraktiv.«

Matt stellte seinen Becher vorsichtig auf den Tisch. Er wollte nicht riskieren, noch mehr zu trinken.

Beth, die Kellnerin, kam mit einer Kanne frischen

Kaffees an den Tisch. »Noch etwas, Matt?«

»Nein, danke.«

»Teddy, möchtest du eine Tasse?«

»Nein danke, Beth. Ich bin nur hier, um meine Bestellung abzuholen. Und um die neuesten Schlagzeilen zu erfahren.«

»Und was wäre das, Schätzchen?«

»Dass der letzte Bryson-Bruder vergeben ist!«

Heilige Scheiße!

»Was? Na, das ist ja deprimierend!«, rief Beth aus und verengte ihre Augen, während sie Matt ansah.

»Ich weiß!«, krähte Teddy. »Ich glaube, ich brauch' ein Taschentuch.«

»Oh.« Beth klopfte ihm auf den Rücken. »Du wirst den Richtigen schon finden, Teddy. Mach dir keine Sorgen.«

»Nicht in dieser Provinzstadt. Alle meine Träume sind jetzt geplatzt.« Mit einem lauten, vorgetäuschten Schluchzen und Krokodilstränen drehte er sich zu Matt um. »Bekomme ich nicht einmal einen Kuss, bevor es zu spät ist?«

Ron schnaubte von der anderen Seite des Tisches, als Matt Teddy entsetzt ansah. »*Heilige Mutter Gottes!* Nein.«

»Nur einen …« Teddy beugte sich vor und schürzte seine Lippen.

»Teddy, ich schwöre …«

Dann brach Teddys trauriges Gesicht in Gelächter aus. »Oh, du solltest dein Gesicht sehen, Matty. Ich habe dich voll erwischt.«

»Du bist ein Arschloch«, sagte Matt und stieß ihn hart an die Schulter.

»Ein Kuss hätte nicht geschadet«, sagte Ron, bevor er ein Stück kalten Speck von Matts weggeworfenem Teller nahm und es sich in den Mund schob.

Es gab nur eine Person, die Matt küssen wollte. Und diese Person war nicht Teddy.

Kapitel Zehn

MATT PACKTE den Ellbogen seines Gefangenen fester. Der Idiot war nicht nur betrunken, sondern auch streitlustig. Sogar so sehr, dass Marc mitgekommen war, um den Kerl zum Bluttest zu bringen. Matt vermutete, dass der Blutalkoholspiegel des Betrunkenen doppelt so hoch war wie der gesetzliche Grenzwert.

Er bezweifelte zudem, dass sich im Blut des Mannes nur Alkohol befand. In der Gegend gab es ein Meth-Problem, wie in den meisten ländlichen Gegenden.

Während sie den Test durchführten, musste er eine Krankenschwester bitten, die Kopfwunde des Mannes zu untersuchen. Der Idiot hatte darauf bestanden, seinen Kopf gegen das Rücksitzfenster zu schlagen. Zum Glück war es nicht zersprungen.

Obwohl das Krankenhaus klein war, schien die Notaufnahme so voll zu sein wie immer. Der Vollmond war schuld daran. Notärzte aller Art fürchteten diese Zeit des Monats.

Der Mann, den er begleitete, fluchte immer noch wie wild, und egal wie oft Marc oder Matt ihm sagten, er solle sich beruhigen, der Mann weigerte sich, zu kooperieren.

Nicht, dass sie erwartet hätten, dass sich das Arschloch plötzlich in einen Musterbürger verwandeln würde. Es wäre allerdings schön gewesen, wenn der Alkohol in seinem Körper ihn schläfrig gemacht hätte.

Leider war das nicht der Fall.

Matt wusste, dass er mit dem gefesselten Kerl allein fertig werden konnte, aber da sie von unschuldigen Menschen umgeben waren, die darauf warteten, an die Reihe zu kommen, zog er es vor, dass Marc sich beeilte, den Wagen zu parken und seinen Arsch so schnell wie möglich ins Gebäude zu bewegen.

»Denken Sie, Sie können sich wie ein Gentleman benehmen? Hier drinnen sind Frauen und Kinder.«

Der Mann stieß eine Reihe von Schimpfwörtern aus, auch solche, die Matt nie benutzen würde. Er musste zugeben, dass die Vielfalt der Flüche, die der Mann von sich gab, ihn fast beeindruckte. Fast.

»Warum bin ich im Krankenhaus?« Die Frage klang lallend und Spucke sammelte sich in den Mundwinkeln des Mannes.

Matt brauchte dem Mann zwar keine Erklärung zu geben, aber er tat es trotzdem. »Weil Sie sich geweigert haben, in den Alkoholtester zu pusten.«

»Na und, du schwanzlutschender Bulle? Und jetzt? Ich habe Rechte.« Sein Kopf wippte nach vorn, als ob er gleich ohnmächtig werden würde, und dann schnappte er wieder hoch.

»Ich habe sie Ihnen bereits vorgelesen«, sagte Matt grimmig und zog ihn zu einem leeren Sitzplatz, weit weg von den meisten wartenden Patienten und ihren Familien.

»Ich kann mich nicht erinnern.«

»Das glaube ich gern«, murmelte Matt. Er drehte seinen Kopf in Richtung der doppelten Glasschiebetüren und fragte sich, wo zum Teufel sein Bruder war. Im Ernst, es war ein Polizeiauto; er musste nicht legal parken, er musste nur von den Zufahrten der Krankenwagen Abstand halten.

Der Mann versuchte aufzustehen und Matt drückte ihn mit einem Ruck am Ellbogen zurück auf den Sitz.

»Bleiben Sie sitzen und bewegen Sie sich nicht!«

»Du bist ein Arschloch.«

»Das hat man mir schon gesagt«, antwortete Matt, ohne beleidigt zu sein.

In diesem Moment sah er eine große Blondine auf sich zukommen und stöhnte auf. Trotz ihrer gepflegten Frisur und ihres schlichten weißen Laborkittels konnte er seine Augen nicht von ihr lassen. Und das Letzte, was er im Moment brauchte, war eine Ablenkung.

Oder einen Ständer.

Fuck!

»Hey, was ist passiert?«, fragte sie mit hochgezogenen Augenbrauen, als sie auf ihn zukam und die beiden betrachtete. Sie musterte ihn von Kopf bis Fuß, nur mit ihren Augen. »Hat er dich mit Blut bespritzt?«

Matt stand nicht auf, denn sonst hätte er den Griff um seinen Gefangenen lösen müssen, und das konnte er nicht riskieren. Er schaute zu seinem feuchten Traum auf. »Nein. Alles gut.«

»Sieh an, sieh an. Bist du nicht eine zum Verbrennen heiße Braut?«

Carly warf einen flüchtigen Blick auf die blutende Kopfwunde des Mannes und schaute sich dann kurz im Raum um, bevor sie ihren Blick wieder auf Matt richtete. »Ihr werdet wohl eine Weile warten müssen. In der Notaufnahme ist heute mehr los als sonst. Das muss am Mond liegen.«

»Das sehe ich. Ich muss die Blutalkoholkonzentration des Mannes bestimmen, bevor sie anfängt zu sinken, und mir die Kopfwunde ansehen, bevor ich ihn zur zentralen Anmeldung bringe.«

»Du hast diese langen Beine, mit denen du mich umschlingen könntest …«

»Halt deine verdammte Klappe!«, knurrte Matt ihn an, wobei er seine Stimme so leise hielt, dass niemand in der Nähe ihn hören konnte.

»Du musst die blonden Haare runterlassen. Ich wette, du hast ein paar schöne Titten. Zeig ma' her!«

Matt war nicht der Einzige, der bei dieser Bemerkung erstarrte. Carly verzog das Gesicht.

»Ist das deine Braut, Bullenlutscher?«

Matt ignorierte ihn und grub seine Finger fester in den Arm des Mannes. »Warum gehst du nicht zurück an die Arbeit?«, schlug er Carly vor, um sie weit weg von dem betrunkenen Arschloch zu bringen.

Ihre Augenbrauen hoben sich bei seinem Vorschlag bis zu ihrem Haaransatz. Ja, sie schien nicht besonders gut Befehle entgegennehmen zu können; sie fühlte sich wohler, wenn sie welche gab.

Sie stemmte die Hände in die Hüften und warf ihm einen strengen Blick zu. »Ich warte auf eine meiner Patientinnen, die glaubt, dass sie in den Wehen liegt.«

Er wollte sie bitten, woanders zu warten und sich von diesem Kerl zu entfernen, aber er wusste, dass das wie eine Bleibombe einschlagen würde. Dann sprang das Arschloch ruckartig nach oben, löste sich aus seinem Griff und taumelte auf sie zu. Bevor Matt ihn packen konnte, stürzte der Betrunkene auf sie und stieß mit dem Kopf gegen ihr Kinn. Wie in Zeitlupe sah Matt, wie Carly auf den Boden fiel, wie ihr das Blut aus dem Mund rann, wie ihre Augen vor Überraschung weit aufgerissen waren und sein Gefangener in einem betrunkenen Haufen auf ihr landete.

Und das war das Letzte, was Matt sah.

Alles verschwamm und wurde dann schwarz.

MATT KONNTE NICHTS MEHR SEHEN. Er konnte nichts fühlen. Eine Stimme drang durch sein Gehirn. Weiblich. Panisch.

Dann eine männliche Stimme. Tief. Befehle brüllend. Fast genauso panisch.

Seine Sicht begann sich zu klären. Zuerst war es nur eine schmale Öffnung. Das Wenige, das er sehen konnte, erschien verschwommen, doch als sein Gehirn versuchte, die Stimmen zu verarbeiten und herauszufinden, zu wem sie gehören könnten, weitete sich die stecknadelartige Öffnung und er konnte ein Gesicht vor sich sehen. Lila. Ebenfalls panisch.

Eine Hand umklammerte den Hals dieser Person, die Finger waren so fest umschlungen, dass sie weiß waren. Was hatte diese Person getan, um das zu verdienen?

Die Stimmen wurden deutlicher und er konnte endlich einige Worte verstehen.

Seinen Namen. Sie schrien seinen Namen.

Er hatte keine Ahnung, was los war.

Hände zerrten an ihm. Sie waren stark, aber er war stärker.

Die Stimme seines Bruders brüllte Befehle. Sie sagte ihm, er solle aufhören. Irgendetwas über das Töten von jemand anderem.

Wer lag im Sterben? Er? Wie konnte er es sein? Er stand noch aufrecht, also konnte er es nicht sein.

Matt blinzelte. Seine Sicht klärte sich noch weiter. Es war *seine* Hand an der Kehle des Mannes. Seine Finger hielten ihn in einem tödlichen Griff und er hatte seinen Gefangenen am Hals an die Wand gepresst. Der Mund des Mannes öffnete und schloss sich wie ein Fisch auf dem Trockenen, aber es kamen keine Worte heraus.

»Matt!« Die Stimme von Carly. »Matt! Lass ihn los!«, flehte sie jemanden an.

Marc wiederholte genau dieselben Worte, dann: »*Um Gottes Willen*, Bruder, lass ihn los, bevor du ihn umbringst!«

Sie sprachen mit ihm. Nein, sie sprachen nicht. Sie sagten ihm, er solle loslassen. Er versuchte, seine Finger zu lösen, aber sie wollten nicht mitmachen. Es war, als ob die Verbindung zwischen seinem Gehirn und seiner Hand fehlte. Dann griff eine andere Hand nach seiner und zog an seinem Handgelenk. Jemand zerrte an seiner Schulter. Jemand zerrte an seiner Taille oberhalb des Dienstgürtels.

Matt blinzelte wieder. Er atmete. Er atmete tief ein, bevor er den Sauerstoff wieder ausstieß. Plötzlich war seine Hand nicht mehr an der Kehle des Mannes befestigt. Er starrte auf seine Finger hinunter, die immer noch in einer verkrümmten Position verharrten. Sie schienen kein Teil seines Körpers zu sein. Sie gehörten zu einem Fremden.

Er musste sich selbst sagen, dass er wieder atmen sollte. Wie durch einen Tunnel sah er, wie jemand den anderen Mann aus seinem Blickfeld wegzog.

Es wurde still. Sehr still. Außer, dass jemand hustete. Der Husten klang rau und schmerzhaft. Er erkannte dieses Geräusch, denn er war selbst schon einmal in dieser Situation gewesen. Einmal. Vor langer Zeit.

Er starrte auf den leeren Plastiksitz vor ihm. Warum stand er einfach so da? Wenn er in Gefahr war, musste er sich bewegen. Er musste in Deckung gehen. Er musste seine Einheit finden.

Ohne Vorwarnung krachten Geräusche um ihn herum und er zuckte zusammen, als er sich die Hände auf die Ohren schlug. Er ließ sich zu einem Ball auf den Boden fallen und versuchte, sich zu einem kleinen Ziel zu machen.

Er kniff die Augen zu und versuchte, die Geräusche zu verarbeiten und herauszufinden, was passiert war. Wo er sich befand.

»Matt.« Die Stimme klang weiblich, vertraut. Wieder Carly. Sie wiederholte seinen Namen noch einige Male. »Komm zurück! Es geht dir gut. Es geht mir gut. Es ist sicher.«

Er zwang sich langsam auf die Knie, den Rücken immer noch der Stimme zugewandt. »Wo bin ich?«

»Im Krankenhaus.«

Dann wurde ihm alles auf einmal klar. Er erinnerte sich, warum er hier war und mit wem er unterwegs war. Und der Grund, warum er einen Blackout gehabt hatte.

Er hielt sich an der Sitzfläche des Plastikstuhls fest, richtete sich auf und drehte sich um, um die Frau vor ihm zu betrachten. Ihr blondes Haar fiel in unordentlichen Wellen herunter und war nicht mehr zu einem ordentlichen Dutt gebunden. Ihr Gesicht wirkte blass und eine dünne Blutspur lief von ihrem Mundwinkel über ihr Kinn.

Dieser Wichser hatte ihr wehgetan.

Sein Gefangener hatte seine Frau verletzt. Er schaute sich um und konnte den Betrunkenen nirgends finden. Auch sein Bruder war nirgends zu sehen.

Dann stürmte sein Chief durch den Eingang der Notaufnahme, sein Gesicht eine Maske des Unmuts, der puren Wut. Als er die beiden entdeckte, kam er sofort zu ihnen gerast.

Er warf einen Blick auf Carly, nickte ihr einmal zu und durchbohrte dann Matt mit seinem Blick. »Was zum Teufel, Matt?«

Als Matt ihm nicht antwortete, drehte sich Max wieder zu Carly. »Können wir irgendwo hingehen, wo wir ungestört sind?«

Sie nickte. »Ja, kommt mit!« Sie begleitete sie durch die automatischen Doppeltüren, die tiefer in das Krankenhaus führten, und bog am ersten Gang rechts in einen leeren Korridor ein. Drei Türen später benutzte sie ihre Schlüsselkarte zum Durchziehen. Das Schloss klickte und sie stieß die Tür auf.

Max schob Matt durch den Eingang und drehte sich auf den Fersen, um Carly am Eintreten zu hindern. »Danke, Doc. Das sollte sich mal jemand ansehen.«

Selbst hinter Max stehend, konnte Matt sehen, dass Carly nicht gehen wollte.

»Es geht mir gut.«

»Wahrscheinlich schon, aber ich würde mich besser fühlen, wenn du dich untersuchen lässt.«

»Max …«

»Ich danke dir, dass du dieses Zimmer für uns gefunden hast. Wir werden nicht lange hier sein. Aber du musst dich jetzt um deine Angelegenheiten kümmern. Bitte!«

Carly starrte Max einen Moment lang an, die Hände auf den Hüften, dann fiel ihr Blick hinter ihn.

Matt zwang sich, ihr in die Augen zu sehen. »Es geht mir gut«, versicherte er ihr. »Geh und versorge dich! Und deine Patientin.«

Offensichtlich glaubte sie nicht, dass es ihm gut ging. Sie runzelte die Stirn und sah dann wieder zu Max. »Mach hier drinnen keine Dummheiten. Lass es mich nicht bereuen, dass ich dir diesen Raum überlassen habe.«

Max nickte. »Das werde ich nicht.«

Sie seufzte und ging. Max schloss die Tür und drehte sich zu Matt um.

»Was zum Teufel war das denn gerade? Ich brauche Antworten. Und ich brauche sie sofort. Verdammte Scheiße, Matt. So eine Scheiße darf nicht passieren. Ich bin ein Risiko eingegangen, als ich dich nach deiner krankheitsbedingten Entlassung bei den Marines wieder in die Truppe aufgenommen habe. Ich habe dir gesagt, dass eine der Bedingungen war, dass du eine Therapie machen musst. Machst du die?«

Max' Wut wirkte äußerst kontrolliert, obwohl Matt den Konflikt auf dem Gesicht seines Bruders sehen konnte. Max war sowohl sein Bruder als auch sein Chief. Auch wenn er persönlich von Matts Reaktion betroffen war, war ihm klar, dass er es wie sein Chief handhaben musste.

Eine schwierige Aufgabe und er verstand das Dilemma. Dennoch tat es ihm leid, dass er seinen Bruder in diese Situation gebracht hatte. »Ich weiß nicht, was passiert ist.«

»Das ist mir klar. Das ist ja das Beängstigende daran.« Max strich sich mit der Hand über sein kurzes Haar. Er atmete scharf aus und stapfte durch den winzigen Raum, in dem es nur einen leeren Schreibtisch und zwei Stühle gab. Max brauchte nur ein paar Schritte, bevor er sich umdrehen und in die andere Richtung gehen musste.

»Ich kann das nicht auf sich beruhen lassen, kleiner Bruder. Das kann ich nicht.«

Matt nickte. »Ich weiß.«

»Zum Teufel, du bist sowieso schon auf Bewährung. Ich kann dich auf der Stelle feuern.«

Seine Augen verfolgten Max, der sich wie ein gefangener Löwe bewegte. »Ich weiß. Ich würde es verstehen, wenn du das tust.«

»Das will ich nicht.«

Er schluckte die Galle hinunter. Die ganze Situation war schon schlimm, aber es wurde noch schlimmer, als Max schwierige Entscheidungen über seine eigene Familie treffen musste. »Ich weiß.«

Plötzlich blieb Max in der Mitte des Raumes stehen, drehte sich zu ihm um und verschränkte die Arme vor der Brust. Ein Spiegelbild von Matts eigenen Augen musterte ihn. »Ist das passiert, weil die Ärztin darin verwickelt war?«

Matt senkte seinen Blick und starrte auf die Stiefel seines Bruders. »Ich bin mir nicht sicher.«

»Du bekommst fünf Tage Freigang. Fünf. Wir werden ein ausführliches Gespräch führen, bevor du wieder auf Streife gehst. Während dieser fünf Tage musst du jeden Tag zum Therapeuten gehen. Ich werde um einen detaillierten Bericht bitten und du wirst ihm die Erlaubnis, ihn mir zu geben, erteilen.«

Matts Nasenlöcher weiteten sich und er sog die Luft ein. Er hasste es, zur Therapie zu gehen. Er wollte seine Gefühle nicht *teilen*. Er wollte keine Medikamente nehmen. Er wollte nicht, dass jemand versuchte, sein kaputtes Gehirn zu reparieren, indem er an seinem Geist herumfummelte.

Matt schloss seine Augen. Natürlich wollte er, dass es ihm besser ging. Er wollte nicht die Kontrolle verlieren. Er wollte keinen Blackout erleiden. Er wollte keine Flashbacks haben.

Niemand, der bei Verstand war, würde das wollen.

Er öffnete seine Augen und sah seinen ältesten Bruder an. Seinen Chief. Und dann sagte er schlicht: »Okay.«

Auch wenn es sich nicht wie eine Niederlage anfühlen sollte. Das tat es aber.

»Bruder oder nicht, wenn das noch einmal passiert, bist du gefeuert«, warnte Max. »Keine zweite Chance. Ich sollte dir auf der Stelle deine Waffe und deine Marke abnehmen, aber …« Er schüttelte den Kopf. »Ich lasse dir deine Würde, indem ich dir erlaube, sie zu behalten, bis du wieder auf dem Revier bist. Wenn du dort ankommst, lass deine Sachen in deinem Spind. Leg deinen Spindschlüssel auf meinen Schreibtisch und geh nach Hause, verflucht noch mal!« Er seufzte. »Ich bleibe hier und versuche, das Chaos zu beseitigen, das du angerichtet hast.« Max riss die Tür auf und sagte: »Los geht's.«

Matt folgte ihm auf den Flur und sah, wie Leah mit leiser Stimme mit Carly sprach. Sie schrieb etwas in ihr Notizbuch. Vermutlich befragte sie Carly zu dem, was passiert war. Beide blickten auf und sahen ihn besorgt an. Seine Finger ballten sich unwillkürlich zu Fäusten, als er sah, wie Carly einen quadratischen weißen Wattebausch auf ihre blutige Lippe presste.

Er war ein verdammtes Monster. Der heutige Abend hatte es bewiesen. Das Beste, was Carly für sich tun konnte, war, sich von ihm fernzuhalten.

Genau aus diesem Grund hatte er nicht gewollt, dass ihre Beziehung mehr als Sex war. Und als er einen Blackout hatte, als sie verletzt wurde, wurde ihm klar, dass sich die Beziehung vielleicht zu etwas anderem entwickelte.

Das konnte er nicht zulassen.

Kapitel Elf

SEIT DER NACHT im Krankenhaus waren einige Tage vergangen, und sie konnte nicht anders, als sich Sorgen zu machen, da es immer noch kein Zeichen von Matt gab. Na gut, sie war nicht nur besorgt, sondern auch ein bisschen panisch. Sie machte sich Sorgen, dass er etwas Unüberlegtes tun würde. Zum Beispiel sich selbst verletzen. Oder Schlimmeres.

Nach den ersten vierundzwanzig Stunden hatte sie Max angerufen, der ihr dann von seiner fünftägigen Suspendierung erzählte. Aber sein älterer Bruder hatte ihn auch nicht gesehen. Er sagte ihr, dass er sich keine Sorgen mache und Matt sich wahrscheinlich in ›diesem verdammten Zelt‹ versteckt habe.

Als Carly am zweiten Tag kein einziges Haar von ihm gesehen hatte, machte sie sich zunehmend Sorgen. Weder in der Küche noch im Bad. Er konnte entweder tot in seinem Zelt liegen … oder er war einfach verschwunden.

Die erste Möglichkeit machte ihr schreckliche Angst.

Also rief sie seine Eltern an. Sie rief Marc und Amanda an und schaute sogar in Teddys Salon vorbei. Keiner hatte ihn gesehen.

Sie ging sogar zur Polizeistation, um ein zweites Mal mit Max zu sprechen, der nur sagte: »Er wird schon wieder auftauchen.« Woraufhin Carly ihm einen bösen Blick zuwarf und frustriert davonstapfte.

Drei Tage nach ihrem letzten Besuch bei Max war Matt immer noch nicht zurück. Sie stand an der Spüle und starrte aus dem Fenster auf das sandfarbene Ungetüm in der Mitte des Gartens.

Sie wollte nicht in seine Privatsphäre eindringen. Sie gehörte nicht zur Familie. Sie war nicht einmal seine Freundin. Sie hatte wirklich kein Recht, sein Zelt zu betreten. Aber sie musste sich sicher sein, dass er nicht da drin war. Oder vielleicht hatte er einen Hinweis hinterlassen, wohin er gegangen war.

Irgendetwas. Egal was.

Allerdings fürchtete sie, was sie finden könnte. Sie könnte einen seiner Brüder anrufen, um das Zelt zu checken. Sie könnte die Polizei in Manning Grove anrufen und sie bitten, nach dem Rechten zu sehen. Aber auch das könnte Max unterbinden, weil er dachte, dass sie sich über nichts Sorgen machte.

Oder sie könnte die Sache einfach selbst in die Hand nehmen und sich nicht darum scheren, was die anderen dachten.

Bevor sie ihre Meinung ändern konnte, kramte sie in der Küchenschublade nach einer Taschenlampe und schaltete sie ein, um sicherzugehen, dass sie funktionierte. Obwohl es schon hell war, war sie sich nicht sicher, ob er drinnen überhaupt Licht hatte. Sie bezweifelte, dass es dort Elektrizität gab, da nicht einmal ein Verlängerungskabel zum Zelt führte.

Nachdem sie nervös ausgeatmet hatte, schritt sie entschlossen aus dem Haus zum vorderen Eingang des Zelts. Sie starrte es einige Augenblicke lang an und versuchte, den nötigen Mut aufzubringen, um einfach hineinzugehen und sich um das zu kümmern, was sie vorfinden würde. Ihr Herz klopfte so stark, dass sie es in ihrem Hals spüren konnte.

Sie war Ärztin. Sie konnte das schaffen.

Ob Ärztin oder nicht, sie hatte noch nie einen ihrer Liebhaber tot aufgefunden.

Und das wollte sie auch nicht.

Sie schnupperte an der Luft und vergewisserte sich, dass sie nichts Unangenehmes roch. Nur der seltsame Geruch von Segeltuch schlug ihr entgegen, aber ihr Magen drehte sich trotzdem um, als sie auf die Metalllasche des Reißverschlusses starrte.

»Scheiß drauf!«, platzte es aus ihr heraus, als sie nach der Lasche griff und den Reißverschluss so weit öffnete, dass sie einen Blick hineinwerfen konnte.

Dunkel wie die Hölle. Das hatte sie auch vermutet. Sie schnüffelte erneut. Nichts roch nach Verwesung, was ein gutes Zeichen und eine kleine Erleichterung war.

Sie leuchtete mit der Taschenlampe schnell in den Innenraum und das Licht prallte an einigen Dingen ab, aber das war auch schon alles.

Ohne die Klappe ganz zu öffnen, schlüpfte sie durch die Öffnung. Unzählige Gefühle durchströmten sie. Schuldgefühle, weil sie in seinen privaten Bereich eingedrungen war, Erleichterung, weil sie keine Leiche gefunden hatte, Angst, weil sie immer noch nicht wusste, wo er war. Außerdem war sie schockiert darüber, wie er in seinem sogenannten *Quartier* lebte.

Abgesehen von einer Truhe, einigen Laternen und einem grünen Feldbett mit Schlafsack schien der Rest des übergroßen Zeltes leer zu sein, obwohl es groß genug war, um eine kleine Pfadfindergruppe aufzunehmen, wenn man die Feldbetten richtig aufstellte.

In der Nähe seines Feldbettes waren ein paar kompakte, zusammenklappbare Tische aufgestellt. Auf einem stand ein kleines batteriebetriebenes Radio, auf dem anderen ein paar Bücher, obwohl sie sich nicht vorstellen konnte, dass man in dem schummrigen Raum lesen könnte. Ein paar Schuhe waren wie brave kleine Soldaten an der einen Zeltwand aufgereiht.

Es war alles sehr minimalistisch. Äußerst geordnet. Ordentlich. Präzise.

Sogar die Bücher schienen perfekt und in alphabetischer Reihenfolge gestapelt zu sein.

Sie richtete den Strahl der Taschenlampe in die Ecken, um sicherzugehen, dass sie nichts übersehen hatte. Sie sah keinen Hinweis darauf, wohin er gegangen sein könnte. Kein Hinweis darauf, wann er zuletzt hiergewesen war.

Nichts.

Seufzend ließ sie sich auf seine Pritsche sinken und das Gefühl des Grauens ließ sie nicht los. Sie beugte sich vor, um mit den Fingern über die Buchrücken zu streichen und die Titel zu lesen. Auf dem Stapel befanden sich ein paar Autobiografien und drei belletristische Werke von Autoren, von denen sie noch nie gehört hatte. Wahrscheinlich hatte er nie die Ecken der Seiten mit Eselsohren versehen, um seine Position zu markieren. Eines der Bücher rutschte aus der Reihe und sie richtete es schnell wieder aus.

Hatte er die Zwangsstörung schon vor der PTBS? Oder wurde sie durch das Trauma verursacht, das er durchgemacht hatte?

Sie konnte sich nicht einmal vorstellen, in seinem Kopf zu sein, und war sich sicher, dass es manchmal überwältigend sein musste. Wenn nicht sogar die ganze Zeit.

Ihre Augen brannten bei dem Gedanken, dass sie nicht wusste, wie sie ihm helfen konnte. Und dass es vielleicht nie einen Weg geben würde, ihm zu helfen. Es war möglich, dass es ihm nie besser gehen würde.

Wie könnte man die Tragödie, die man Jahr für Jahr in einem vom Krieg zerrissenen Land gesehen hat, einfach vergessen? Es nicht immer wieder durchleben. Ohne dass es deine Träume und deinen Schlafrhythmus beeinflusste.

Das konnte man nicht.

SELBST IN DER Dunkelheit der Nacht, mit nur dem Widerschein des Mondes und den entfernten Straßenlaternen, fühlte sich etwas anders an. Er stand vor seinem Quartier und betrachtete aufmerksam die Zeltklappe. Er hatte sie nicht so gelassen, denn er wusste es besser, als auch nur einen Zentimeter des Reißverschlusses offen zu lassen. Mäuse brauchten weniger Platz, um hineinzukommen. Und Nagetiere können in kürzester Zeit großen Schaden anrichten.

Jemand war da drin gewesen. Er hätte die Klappe mit einem Vorhängeschloss verschließen sollen. Aber er dachte, jeder in seiner Familie würde seine Privatsphäre respektieren. Sie wussten, wie wichtig sie für ihn war.

Jetzt konnte er nur an das Chaos denken, das ihn drinnen erwarten würde.

Hatten sie Sachen angefasst? Seinen Spind durchwühlt? Seine Kleidung durchsucht?

Seine Brust spannte sich an und seine Finger ballten sich zu Fäusten. Er atmete scharf aus und öffnete die Klappe, um hineinzugehen.

Er hielt inne und ließ seine Augen sich anpassen, bevor er zu einer der Handlaternen ging und sie einschaltete. Er hob den Arm und schwenkte das Licht auf den Bereich, in dem seine Sachen lagen.

Eine deutliche Einkerbung in seinem Schlafsack, wo jemand gesessen hatte, ließ sein Herz rasen. Sein Blick schweifte über die Klapptische, um zu sehen, was sonst noch durcheinandergeraten war. Wer auch immer im Zelt gewesen war, hatte seine Bücher angefasst. Er richtete sie neu aus, bevor er seine Truhe inspizierte. Alles darin war noch an seinem Platz. Auch seine Stiefel standen noch in Reih und Glied.

Nachdem er sich noch einmal umgesehen hatte, schaltete er die Laterne aus und sicherte das Zelt. Entschlossen ging er auf das Haus zu.

Wenige Augenblicke später ließ sich Matt leise in den Sessel in der Ecke des Hauptschlafzimmers fallen. Unter der Decke verborgen, waren nur ein Teil von Carlys Gesicht und ihre blonde Haarmähne zu sehen. Ihr Atem klang ruhig und gleichmäßig.

Er beneidete sie darum, dass sie wie eine Tote schlafen konnte. Wahrscheinlich träumte sie von Hundewelpen und Kätzchen. Im Gegensatz zu seinen …

Explosionen. Fehlenden Gliedmaßen. Schmutzigen Kindergesichtern, die mit schlammigen Tränen bedeckt waren. Armen, die sich hilfesuchend ausstrecken. Verwirrten Gesichtern, die nicht wussten, ob sie den Männern in Uniform trauen könnten. Den Fremden mit den Gewehren.

Und alle dachten, *er* wäre gebrochen. Was war mit all den Opfern des Krieges? All die Unschuldigen, die in die Fänge von Gier und politischem Scheiß geraten waren. Wie sollten diese jungen Seelen mit dem Tod und der Zerstörung leben, die sie gesehen hatten? Sie waren die wirklich Gebrochenen. Die, die für immer gezeichnet waren.

Er strich sich langsam mit der Hand über seinen Bürstenhaarschnitt und beobachtete Carly, die friedlich schlief. Er sollte wütend auf sie sein, weil sie seine Privatsphäre verletzt hatte und in seinen Raum eingedrungen war. Aber überraschenderweise war er es nicht. Vielleicht war das ein Zeichen dafür, dass die Therapie anschlug. Allerdings fragte er sich, ob er anders reagiert hätte, wenn es jemand anderer als Carly gewesen wäre.

Möglicherweise.

Sein Blick glitt an ihren unverwechselbaren Kurven entlang, die von der Patchworkdecke verdeckt wurden.

Die Anziehungskraft, die er spürte, wenn er sie ansah oder auch nur an sie dachte, war stark. Beängstigend stark. Er konnte keine Bindungen gebrauchen. Schon gar nicht mit einer Frau, die Kinder haben wollte.

Er klammerte sich gerade noch mit den Fingernägeln an die Vernunft, er brauchte die Komplikationen nicht, die eine Beziehung mit sich bringen würde. Nicht, dass Carly eine – wie er es definierte – typische Frau wäre. Sie war hart, anspruchsvoll. Und verdammt sexy. Vor allem, wenn sie Befehle brüllte.

Er holte tief Luft und sein Schwanz bewegte sich in seiner Hose.

Wenn er mit jemandem zusammen sein würde, dann mit jemandem wie ihr. Aber ohne das Problem mit dem Kind.

Fuck!

Er rieb sich die Schläfen. Warum, zum Teufel, dachte er überhaupt an so etwas?

Carly bewegte sich im Schlaf, drehte ihr Gesicht zu ihm und warf einen nackten Arm über ihren Kopf. Dann öffnete sie langsam die Augen. Sie blinzelte zweimal, keuchte und setzte sich aufrecht im Bett auf. Die Bettdecke und das Laken fielen herunter und sie war völlig nackt.

»Matt«, flüsterte sie zittrig und zog das Bettzeug schnell an ihre Brust.

»Nicht. Lass mich dich sehen.«

Sie zögerte nur einen Moment, bevor sie sie losließ und sie zurück um ihre kurvigen Hüften sinken ließ.

»Wo warst du?«, fragte sie mit vom Schlaf rauer Stimme.

Er schüttelte den Kopf. Er wollte nicht darüber reden.

»Ich habe mir Sorgen gemacht.«

»Es tut mir leid.« Und mit diesen vielen Worten war noch nicht einmal die Hälfte gesagt.

»Ich bin froh, dass es dir gut geht. Ich bin sicher, deine Familie wird erleichtert sein.«

»Sie haben sich Sorgen gemacht?« Wenn ja, dann würde ihn das überraschen.

Als sie zögerte, erkannte er die Wahrheit. Nein, sie waren nicht besorgt. Sie waren an sein seltsames Verhalten gewöhnt. Sie hatte nur versucht, nett zu sein. »Du musst dir keine Sorgen um mich machen. Ich habe die letzten einunddreißig Jahre überlebt. Ich bin sicher, dass ich noch mindestens einunddreißig weitere überleben werde.«

»Na ja, nach dem, was im …«

Er unterbrach sie. »Ja. Darüber will ich nicht reden.« Er hatte es in den letzten Tagen immer wieder mit seinem Therapeuten besprochen. Wenn er noch einmal über diesen Abend reden müsste, würde er …

Als Carly ihm ihre Hand entgegenstreckte, lösten sich seine Gedanken in Luft auf. Das war es, was diese Frau mit ihm machen konnte. Sie ließ ihn vergessen. Vergessen, dass er im Krankenhaus einen Nervenzusammenbruch hatte. Vergessen, dass er in Therapie war. Vergessen, dass es Krieg gab. Vergessen, dass sie sein Quartier ohne seine Erlaubnis betreten hatte.

Jetzt wollte er nur noch tief in ihr versinken, sich in ihrer feuchten Hitze vergraben.

Er stand auf und entledigte sich methodisch seiner Stiefel und seiner Kleidung. Ihr ungeduldiges Seufzen entging ihm nicht, aber sie hielt ihn auch nicht davon ab, das zu tun, was er tun musste. Er wollte sich nicht von der Unordnung ablenken lassen, sondern sich auf die Frau vor ihm konzentrieren. Und das konnte er nur tun, wenn kein Chaos in der Nähe lauerte.

Als seine Stiefel ordentlich unter dem Stuhl hinter ihm verstaut und seine Kleidung sorgfältig auf dem Sitz gestapelt war, bewegte er sich zum Rand des Bettes und ließ seinen Blick über ihren Körper schweifen. Ihre vollen Brüste mit den harten Gipfeln, ihre sanft geschwungenen Lippen, die weichen Rundungen ihrer Hüften, die unter der Bettdecke kaum sichtbar waren.

»Willst du mich?«, fragte er sie. Er kannte die Antwort. Ihr geöffneter Mund und ihre prallen Nippel sagten es ihm. Aber er musste die Worte hören.

»Ich will dich nicht nur, Matt. Ich brauche dich.«

Er schloss für einen Moment die Augen und dachte über ihre Worte nach. Ohne sie zu öffnen, fragte er: »Warum?«

»Warum nicht?«

Er öffnete seine Augen und betrachtete ihr Gesicht. »Du solltest mich weder wollen noch brauchen, Carly.«

»Und ich frage dich noch einmal: Warum nicht?«

Er flüsterte: »Weil ich nicht zu gebrauchen bin.«

Ihr Blick wechselte von erhitzt zu traurig und enttäuscht. »Das ist nicht wahr.«

»Du kennst mich noch nicht lange genug, um zu diesem Schluss zu kommen.«

»Ich weiß es, weil ich es fühle …« Sie legte ihre Handfläche auf ihr Herz. »Hier.«

»Dein Instinkt kann falsch sein.«

»Die Intuition einer Frau ist nie falsch. Aber manchmal machen wir den Fehler, nicht auf sie zu hören.«

»Das kann ein tödlicher Fehler sein.«

»Nicht in diesem Fall.«

Er kletterte auf das Bett und rückte näher. Er berührte sie zwar nicht ganz, aber er war nah genug, um die Wärme ihres Körpers zu spüren und ihren erregten Duft wahrzunehmen.

Sie wollte ihn.

Auf Händen und Knien spreizte er ihre Beine und begegnete ihr von Angesicht zu Angesicht. Ihr Gesichtsausdruck wirkte nicht mehr traurig, als sie sich gegenseitig anstarrten, denn keiner wollte der Erste sein, der die Verbindung unterbrach.

»Ich bin nicht zu gebrauchen«, wiederholte er.

»Bullshit.« Der Fluch war leise, fast ein Seufzer.

Er beugte sich vor, bis seine Lippen nur noch eine Haaresbreite von ihren entfernt waren. »Ich kann nicht repariert werden.«

»Sagt wer? Du bist der Einzige, der das glaubt.«

Als sie ausatmete, atmete er sie ein. »Es könnte gefährlich sein.«

»Ich habe keine Angst.«

»Das solltest du aber.«

Ein entschlossener Blick ging über ihr Gesicht. »Ich weigere mich, Angst zu haben.«

Er presste seinen Mund auf ihren und trennte ihre Lippen mit seiner Zunge. Er erforschte ihr Inneres, entlang der Zahnkanten, zeichnete ihre Lippen nach und spielte mit ihrer Zunge. Sie stöhnte in seinen Mund und legte ihre Finger seitlich an sein Gesicht, um ihn näher an sich zu ziehen.

Er rutschte zwischen ihre Beine, grub seine Hände in ihr Haar, hielt die langen Strähnen fest und übernahm die Kontrolle. Mit einer Neigung seines Kopfes presste er ihre Münder fester zusammen. Er stürmte ihren Mund und sie akzeptierte ihn bedingungslos. Der Griff um sein Gesicht hielt ihn fest, auch als er den Kuss unterbrach.

Als sie beide nach Atem rangen, unterdrückte er seine Überraschung über die intensiven Gefühle, die ihn durchströmten. Er schob sie beiseite; er wollte nicht herausfinden, was sie waren. Nicht jetzt.

Allerdings musste nicht nur er sich Sorgen machen, dass er gefährlich und außer Kontrolle war. Sie war auch gefährlich. Er befürchtete, dass sie ihn in sich einsaugen und er vielleicht nie wieder entkommen könnte. Wie Treibsand.

»Matt.«

Er öffnete seine Augen, von denen er bis dahin gar nicht gemerkt hatte, dass er sie geschlossen hatte.

»Komm aus deinem Kopf heraus!«

Ihr Befehl brachte ihn zum Lächeln. Mit einem schnellen Kuss auf ihre Lippen bewegte er sich von ihr weg und zog das Bettzeug weg, um ihre langen Beine freizulegen. In seiner Ungeduld, diese Schenkel um sich zu haben, holte er tief Luft.

»Was willst du?«, fragte er.

»Dass du mich fickst.«

»Da musst du schon etwas genauer sein«, sagte er und wiederholte die gleiche Forderung wie beim letzten Mal, als er sie im Wintergarten gefickt hatte.

Ihre Mundwinkel verzogen sich. »Hart.«

Und seine auch. »Und?«

»Tief.«

»Wie kann ich dich ficken, wenn du noch aufrecht sitzt?«

Schnell rutschte sie auf dem Bett auf den Rücken, drehte dann ihren Kopf zu ihm und grinste. »Besser?«

Ihr sinnliches Lächeln schoss wie ein Blitz durch ihn. Ein scharfer Schmerz landete in seiner Brust. Mit geweiteten Nasenflügeln saugte er den dringend benötigten Sauerstoff ein. Er spürte, wie seine Kontrolle plötzlich, aber definitiv ins Wanken geriet. Das dringende Bedürfnis, sie zu beschützen, sie zu seiner Frau zu machen, wurde zu viel.

Als er sich neben sie schob, merkte er, dass sein Körper zitterte. Würde sie es merken, wenn er sie berührte? Aber er musste sie berühren.

Falls sie sein Zittern, seine Schwäche spüren konnte, kommentierte sie nichts. Er strich mit einem zittrigen Daumen über ihre Unterlippe, dann umfasste er eine Brust und nahm einen harten Nippel in den Mund. Er saugte kräftig und nahm ihren anderen Nippel zwischen Daumen und Zeigefinger, drehte, zwickte und zog ihn. Ihr Rücken krümmte sich und sie schrie seinen Namen.

Sie krallte sich an seinen Schultern fest und grub ihre Fingernägel tief ein, während er mit seiner Zunge erst über den einen, dann über den anderen Gipfel fuhr und sich einen Weg zwischen den beiden Brüsten bahnte.

Ein Laut der Frustration entkam ihr. Sie zog an ihm und versuchte, dass er sein Gewicht über sie verlagerte. Ohne einen Nippel loszulassen, tat er, was sie wollte, bis er auf zittrigen Armen über ihr schwebte und mit seiner Zunge die Konturen ihrer Brüste umkreiste.

Mit weit gespreizten Beinen machte sie ihm Platz, als er sich zwischen ihren Schenkeln niederließ. Er schob eine Hand zwischen ihre Körper und erkundete ihr feuchtes Fleisch, den Beweis für ihr Verlangen und ihre Erregung.

Er streichelte ihren Kitzler und sie wand sich unter ihm, schob ihre Hüften nach oben und flehte ihn ohne Worte an, sie zu nehmen. Er stieß mit der Kuppe seines Schwanzes gegen sie, bis sie sich öffnete, und versank dann langsam tief in der feuchten, seidigen Hitze und der Enge. Der Rausch der Lust wurde überwältigend und er hielt inne, um sich zu sammeln. Carly wimmerte, krallte ihre Nägel in seinen Hintern und stemmte ihre Hüften gegen ihn, während er darum kämpfte, ruhig zu bleiben.

Allein die Tatsache, dass ihre Zungenspitze über ihre Unterlippe leckte, brachte ihn dazu, sich mit einer unerwarteten Verzweiflung zu bewegen. Je härter er stieß, desto feuchter und wärmer wurde sie. Ihr Inneres umschloss seinen Schwanz wie eine Faust, ihre Muskeln wippten an seinem Schwanz auf und ab und machten ihn verrückt. Ihre Schenkel drückten seine Hüften so fest zusammen, dass sie zitterten.

Als sie unter ihm auseinanderfiel, zog sie ihn noch tiefer in sich hinein und trieb ihn noch näher an den Rand des Abgrunds. Die Geräusche des Höhepunkts, die ihren

Lippen entwichen, ließen ihn aufstöhnen. Er versuchte, seiner Erlösung zu widerstehen. Das sollte noch länger dauern. So viel länger.

Er wollte ihr noch mehr bieten.

Er schloss die Augen und versuchte, seine Atmung zu verlangsamen, aber der Sog der Erregung machte es unmöglich.

Sein Verlangen nach nichts anderem als nach ihr in diesem Moment, in dieser Sekunde, in diesem Leben, ließ ihn härter und schneller in sie stoßen, bis sein Atem schwer wurde und sein Körper glitschig, während er wieder und wieder in sie eindrang. Ihre Finger gruben sich tiefer in sein Fleisch, um ihn zu ermutigen, sie noch härter und schneller zu nehmen.

Sie schrie noch einmal auf, als eine weitere Welle des Orgasmus sie und ihn überrollte, und er stöhnte und entlud sich schließlich tief in ihr. Sein Schwanz pulsierte heftig in ihrem weichen, geschwollenen Inneren.

Bevor die letzte Welle abebbte, nahm er ihren Mund und beanspruchte sie als sein Eigentum. Und zwar nur sein.

Dann geriet sein Verstand außer Kontrolle. Sein Herz raste. Sein Körper brach in kalten Schweiß aus.

Und er konnte nicht mehr richtig atmen.

Sein letzter Gedanke war … *Oh fuck, nicht schon wieder.*

DAS BEWUSSTSEIN SPRUDELTE um ihn herum, als würde er in einen Pool ein und dann wieder auftauchen, um die Oberfläche des Wassers zu durchbrechen. Obwohl seine Ohren immer noch klingelten, hörte er ihre Stimme. Vielleicht war er gestorben und in den Himmel gekommen.

Ja, klar.

»Matt. Matt.«

Er hatte wieder einen Blackout gehabt. *Fuck!*

Es fühlte sich an, als läge ein kalter Waschlappen auf seiner Stirn und als wäre sein Kopf auf etwas Weiches und Warmes gestützt. Er blinzelte seine Augen auf.

Carlys Schoß. Und sie trug ihren seidigen Morgenmantel.

»Oh, Gott sei Dank«, sagte sie, suchte sein Gesicht ab und fuhr mit den Fingern über seine Wange. »Ich war so …« Sie legte Daumen und Zeigefinger zusammen, bis sie sich fast berührten. »Kurz davor, einen Krankenwagen zu rufen.«

Er wollte sich aufsetzen, um seinen Verstand zu sammeln, aber sie drückte seine Schultern wieder nach unten. »Nein, nicht aufstehen.«

Seine Diktator-Doktorin nahm plötzlich einen zittrigen Atemzug, und als sie ihn wieder freigab, kam er als Schluchzen heraus. Ihr Körper bebte, während sie weinte und die Tränen in Strömen über ihr Gesicht flossen. Er hob eine Hand und wischte sie weg, doch es folgten schneller mehr, als er mithalten konnte.

Sie weint wegen mir. Mir. Warum?

»Zuerst dachte ich, du hättest einen verdammten Herzinfarkt«, sagte sie zwischen zwei Schluchzern. »Heilige Scheiße, Matt … du hast mich zu Tode erschreckt!«

»Es tut mir leid«, flüsterte er, seine Stimme war kaum zu hören. Er leckte sich über die Lippen und holte tief Luft. »Was ist passiert?«

»Ich weiß es nicht.« Sie schniefte und rieb sich mit dem Handballen in die Augen. »Du bist auf mir zusammengebrochen und dann warst du bewusstlos. Ich glaube, du hattest eine Panikattacke.«

Eine Panikattacke. Der Beweis dafür, dass es ihm nicht besser ging. Ein Beweis dafür, dass der Gang zum Therapeuten reine Zeitverschwendung war.

Super. Heftige Blackouts. Traumabedingte Zwangsstörung. Und jetzt Panikattacken. Konnte es noch schlimmer werden?

Er könnte seinen Job verlieren.

Er könnte jemanden verletzen.

Ja, es könnte noch schlimmer werden. Viel schlimmer.

Er richtete sich auf und dieses Mal ließ Carly ihn gewähren. Er setzte sich neben sie, nahm sie in die Arme und drückte ihr einen Kuss auf die Stirn. »Tut mir leid, dass ich dich erschreckt habe.«

Sie schüttelte den Kopf, das Schluchzen ließ nach, aber die Tränen sickerten immer noch aus ihren Augenwinkeln. Zum Glück aber in einem langsameren Tempo. Er wischte ihr mit dem Daumen eine Träne von der Wange.

»Max sagte, er habe darauf bestanden, dass du diese Woche jeden Tag zur Therapie gehst. Warst du dort?«

Matt seufzte und zog sie fester an seine Seite. »Ja.«

»Hilft es?«

Er runzelte die Stirn. »Ich weiß es nicht.«

»Hattest du schon mal eine Panikattacke?«

Er zögerte. Er glaubte es nicht, aber er konnte nicht sicher sein. »Nein.«

»Matt ...«

Er atmete tief ein und aus. »Hör zu, ich will nicht darüber reden. Vergiss es!«

Sie nickte und drehte ihren Kopf in seinen Nacken, um ihn zu küssen. Es fühlte sich so gut an, so richtig. Er legte seine Finger um ihren Hinterkopf und hielt sie dort fest.

»Du schläfst heute Nacht bei mir«, murmelte sie in seine Halsbeuge.

»Ich komm schon klar.«

Sie zog sich leicht zurück, um zu sagen: »Ich akzeptiere kein Nein als Antwort.« Sie seufzte und ihr Atem kitzelte auf seiner Haut. »Entweder du schläfst hier oder ich komme mit dir in dieses verdammte Zelt.«

Er drückte seinen Mund auf ihren Kopf und lächelte in ihr Haar. Er liebte es, wenn sie sich herrisch benahm.

Aber er musste ganz ehrlich zu ihr sein …

»Ich habe manchmal Albträume«, warnte er sie.

»Das ist mir egal.«

»Ich will dir nicht wehtun.«

»Das wirst du auch nicht.«

»Es gibt keine Garantie dafür, dass ich es nicht tue.« Er schluckte schwer. Er würde ihr nie wehtun wollen, aber manchmal hatte er keine Kontrolle über sich.

Scheiß auf diesen Therapeuten! Warum gab es für Leute wie ihn keine schnelle Lösung? Ohne sich mit Drogen vollzupumpen.

»Ich werde es riskieren«, sagte sie.

»Ich bin es nicht wert«, warnte er.

»Das werde ich selbst beurteilen.«

Kapitel Zwölf

MATT SAß am Esstisch seiner Eltern und schaute zu seinem ältesten Bruder hinüber.

»Bist du bereit, wieder an die Arbeit zu gehen?«, fragte Max.

»Ja.«

Max, der gerade sein Chief – nicht Bruder – war, schaute ihn direkt an und kam auf den Punkt. »Hast du getan, worum ich dich gebeten habe?«

Matt schaute sich am Tisch um und beäugte alle, die sich das Gesicht vollstopften. Sie schienen alle mit der Gabel oder dem Glas auf halbem Weg zum Mund innezuhalten und auf seine Antwort zu warten. Alle außer seinem Vater natürlich. Nichts kam seinem Essen in die Quere. Offensichtlich konnte er Multitasken – essen und gleichzeitig zuhören – im Gegensatz zu allen anderen.

»Gibt es irgendjemanden an diesem Tisch, der nicht weiß, wie deine Bedingungen lauteten? Ich schätze, ich darf keinen Funken Privatsphäre erwarten?«

Sein Vater deutete mit einer Gabel in Richtung von Amandas Bruder Greg. »Greg hat wahrscheinlich keine

Ahnung. Und Hannah natürlich auch nicht, aber sie sitzt ja auch nicht offiziell mit am Tisch.«

Matts Blick hüpfte von Amandas behindertem Bruder zu der kleinen Hannah, die in ihrer Babytrage auf dem Boden hinter Max und Amanda schlief.

»Super«, murmelte er.

»Schatz, jeder hier sorgt sich um dich. Wir sind eine Familie. Du brauchst dich nicht zu schämen«, sagte seine Mutter vom Kopfende des Tisches aus.

»Ich schäme mich nicht, Ma«, sagte er ihr mit einem finsteren Blick.

»Ja, wir wissen alle schon, dass du verrückt bist«, sagte Amanda und schaufelte eine Gabel voll Süßkartoffelauflauf in ihren Mund. »Stimmt's, Schatz?«, fragte sie ihren Mann.

Max warf ihr nur einen scharfen Blick zu, drehte sich dann wieder zu Matt und öffnete den Mund, um etwas zu sagen. Zwei Sekunden später schloss er ihn wieder und zuckte mit den Schultern. »Jupp.«

»Du musst wieder an die Arbeit gehen, Bruder«, sagte Marc neben ihm. »Leah und ich haben genug von den Überstunden. Das Geld ist ja ganz nett, aber zum Teufel, wir haben kaum Gelegenheit, uns zu sehen, geschweige denn zu fi…«

Leah schlug ihrem Verlobten eine Handfläche auf den Mund. »Wenn du sagst, was ich denke, steckst du tief in der Scheiße.«

»Scheiße!«, rief Greg von der anderen Seite des Tisches und hüpfte auf seinem Platz. Er fuchtelte wild mit den Armen, sodass Max eine Hand abwehrte, um nicht eine gescheuert zu bekommen.

»Oh, Mann, jetzt geht das wieder los«, murmelte Amanda.

»Ach, jetzt komm, du hast schon viel Schlimmeres gesagt«, erinnerte Marc sie.

»Greg, am Esstisch sagt man nicht ›Scheiße‹«, schimpfte Ron den Jüngeren streng aus.

»Scheiße«, flüsterte Greg und schenkte dann allen ein breites Lächeln.

Mary Ann stieß einen lauten Seufzer aus. »Ich kann es kaum erwarten, dass Hannah auch ein Papagei wird. Ich kann es jetzt schon hören. Schimpfwörter in Stereo bei den Feiertagsmahlzeiten«, sagte Mary Ann und schüttelte den Kopf. »Und deshalb können wir nicht in der Öffentlichkeit essen gehen.«

»Dein Essen ist sowieso viel besser als jedes Restaurant, Ma«, sagte Matt zu ihr.

»Warum hast du Carly nicht eingeladen?« Sie starrte ihn mit einem scharfen Blick an.

Ihm wurde heiß, als sich alle Augen auf ihn richteten. »Warum sollte ich sie einladen?«

Sein Vater, der rechts neben seiner Mutter am anderen Ende des Tisches saß, lachte und konzentrierte sich darauf, an seiner Roastbeefscheibe zu sägen. Er steckte sich ein Stück in den Mund und grinste ihn an, bevor er sagte: »Warum solltest du nicht?«

»Paps …«

»Sohn, das ist nur höflich. Auch wenn sie nur deine *Mitbewohnerin* ist.«

Die Art und Weise, wie sein Vater ›Mitbewohnerin‹ sagte, ließ alle Augen wieder auf ihn springen. Matt konzentrierte sich daraufhin auf die passenden Salz- und Pfefferstreuer, die in der Mitte des Tisches standen.

Scheiße! Fuck! Verdammt!

»Gibt es etwas, das ich wissen sollte?«, fragte seine Mutter vom anderen Ende des Tisches.

»Nein, Ma. Nichts.«

»Ron?«, fragte sie ihren Mann mit verengten Augen.

»Nein.« Und dann zwinkerte sein Vater seiner Mutter zu.

Verdammter Mistkerl.

Ein Gefühl des Grauens überkam Matt, als sich die Augen seiner Mutter weiteten. Er konnte förmlich sehen, wie ihr die Hochzeitspläne durch den Kopf gingen.

»Lass dich von ihm nicht verarschen, Ma. Da läuft nichts«, versicherte er ihr.

»Okay, wie du meinst«, antwortete sie und lächelte auf ihren Teller hinunter.

»Verarschen!«, wiederholte Greg lautstark.

»Fuck!«, fluchte Matt. Dieses Abendessen entwickelte sich zu einer Katastrophe.

»Fuck!«, wiederholte Greg.

»Danke«, sagte Amanda mit einem sarkastischen Ton zu Matt.

»Ignorier ihn einfach«, sagte Max zu seiner Frau.

»Woher weiß er immer, welche Wörter die schlechten sind?«, murmelte Matt zu Max.

Max zuckte nur mit den Schultern und widmete sich wieder dem Essen.

»Wie schläfst du?« Leah lehnte sich dicht an ihn heran und erkundigte sich.

Auch das war kein Thema, das er am Esstisch vor seiner Familie besprechen wollte. Ehrlich gesagt hatte es ihn überrascht, dass er heute Morgen nach fünf Stunden festen Schlafes aufgewacht war. Aber er wachte auch mit Carly in seinem Arm auf. Und mit einer schmerzhaften Erektion. Trotzdem war es das zweite Mal seit Ewigkeiten, dass er anständig geschlafen hatte. Das erste Mal war gewesen, als sie zusammen auf der Couch im Wintergarten schliefen.

Wenn er allein in seinem Quartier war, war sein Schlaf immer unruhig. Ständig hatte er Flashbacks und Albträume. In manchen Nächten stand er auf und lief einfach herum. In anderen Nächten sprang er in seinen Truck und fuhr stundenlang, bis er völlig erschöpft war.

Selbst bei völliger Erschöpfung konnte er manchmal nicht ruhig schlafen.

Er spielte mit dem Gedanken, den Therapeuten um Schlaftabletten zu bitten. Aber andererseits wollte er keine Medikamente nehmen. Er hasste es sogar, Aspirin zu nehmen.

Aber wenn er mit Carly schlief, war es ganz anders. Das hieß nicht, dass die Nacht mit ihr der Grund für die gute Erholung war, es konnte auch einfach nur Zufall sein.

Klar.

»Leah hat dich etwas gefragt, Arschloch«, sagte Marc und beugte sich um seine Verlobte herum vor, um ihm einen bösen Blick zuzuwerfen.

Wie aufs Stichwort neigte Greg sein Gesicht zur Decke und schrie: »Arschloch!«

Amanda stöhnte auf, Max lachte und Matt warf seinem mittleren Bruder einen finsteren Blick zu. »Es geht mir gut.«

»Wann immer du reden willst …«, sagte Leah mit leiser Stimme dicht an seinem Ohr.

Matt nickte. Sie war die einzige Person, mit der er reden konnte und die ihm tatsächlich zuhörte. Sie hörte ihm *richtig* zu und verurteilte ihn nicht.

In diesem Moment meldete sich Hannah mit einem Wimmern zurück in den Wachzustand.

Matt schob seinen Stuhl zurück, als seine Wirbelsäule von dem Geräusch steif wurde. Er schoss auf die Beine und wandte sich an seine Mutter. »Tut mir leid, Ma, ich muss gehen. Danke für das Essen.«

Sie schaute stirnrunzelnd auf seinen halb aufgegessenen Teller. »Bleibst du nicht zum Nachtisch?«

Baby Hannahs Wimmern verwandelte sich in einen wütenden Schrei und er zuckte zusammen, während sich seine Schultern anspannten.

»Nein, ich muss gehen.«

Max warf ihm einen besorgten Blick zu. »Sie wird sich beruhigen, wenn Amanda sie stillt.«

»Das ist es nicht.«

Natürlich war es das. Und der Gesichtsausdruck von Max bewies, dass er das ebenfalls wusste.

Er schnappte sich seinen Teller und ging in Richtung Küche, wobei er versuchte, nicht jedes Mal zusammenzuzucken, wenn das Baby tief einatmete und sich die Lunge aus dem Leib schrie. Wie konnte etwas so Kleines so ohrenbetäubend sein?

»Warum lädst du Carly am Wochenende nicht zum Essen ein?«, rief seine Mutter, als er um die Ecke verschwand.

Er tat so, als würde er sie nicht hören, und nachdem er seinen Teller abgekratzt und in die Spüle geschüttet hatte, rannte er förmlich aus dem Haus.

Als er die Verandastufen hinunterlief, stieß er fast mit Teddy zusammen.

Teddy hob seine Handflächen, um nicht umgeworfen zu werden. »Wow, wow, Hübscher. Warum hast du es so eilig?«

»Was machst du denn hier?«

»Na ja, wenn du es unbedingt wissen willst, Ma hat mich zum Essen eingeladen. Leider kam in letzter Minute noch eine Kundin, die eine neue Blauspülung brauchte, aber ich dachte mir, dass ich wenigstens zum Nachtisch vorbeikomme.« Teddy legte den Kopf schief und lauschte. »Sind das Hannahs gesunde Lungen, die ich da höre?«

»Jupp.«

Teddy zog die Stirn in Falten. »Jetzt verstehe ich, warum du es so eilig hast, dich aus dem Staub zu machen. Aber deine Mutter hat ihren Kokosnusskuchen gemacht. *Verdammter Mist.*« Er stemmte eine Hand nachdenklich in die Hüfte. »Hmm. Ja. Ihr Kokosnusskuchen ist das Heulen vielleicht wert. Ich muss mir wohl ein paar Ohrstöpsel leihen, sonst heule ich gleich mit.«

»Mach du das«, sagte Matt, als er an ihm vorbeiging.

Teddy griff nach seinem Arm und stoppte ihn so an der Flucht. »Warte mal, Matty. Alles in Ordnung mit dir?«

Matt wusste, dass der Mann nicht nach exakt diesem Moment fragte. Er meinte, nach dem Vorfall im Krankenhaus. »Jupp.«

»Du weißt, dass ich mich um dich sorge, oder? Du weißt, dass ich zwar scherze, dass ich einen von euch Bryson-Jungs heiraten will, aber ihr seid wie meine Brüder. Eure Familie ist meine Familie. Ich bin sehr dankbar, dass ihr mich so akzeptiert, wie ich bin.«

Matt blickte sehnsüchtig zu seinem Truck hinüber. Die Flucht schien so nah und doch so fern. Er schloss kurz die Augen und seufzte, während Teddy fortfuhr.

»Und ich akzeptiere dich auch so, wie du bist. Ich wollte nur, dass du das weißt. Genauso wie Amanda und Leah und alle anderen, die vom selben Blut sind.«

Matt starrte auf Teddys Hand auf seinem Arm, bis der Mann ihn schließlich losließ und seine Handflächen zur Kapitulation hob. »Na gut. Du musst gehen? Dann geh! Wenn du mal jemanden zum Reden brauchst, weißt du ja, wo du mich findest. Friseure sind die besten Zuhörer.«

Matt runzelte die Stirn. Warum meldeten sich plötzlich alle freiwillig, um sein Ansprechpartner zu werden? »Ich dachte, das wären Barkeeper.«

Teddy wedelte mit einer Hand in der Luft. »Nein, wir sind die Besten. Barkeeper kommen erst an zweiter Stelle.«

»Ich werde das im Hinterkopf behalten.«

Der andere Mann zuckte mit den Schultern und ging die Treppe hinauf.

Matt ging ein paar Schritte auf seinen Toyota zu, blieb dann stehen und rief Teddy nach: »Hey! Ich wollte dir nur sagen, dass ich dein Angebot zu schätzen weiß.«

Er schenkte ihm ein breites Lächeln. »Jederzeit. Auch wenn du mich nicht heiraten willst, werden wir für immer

Brüder sein.« Und dann lachte er und warf Matt einen Kuss zu.

Matt stöhnte bei dieser Geste auf und flüchtete kopfschüttelnd zu seinem Truck.

MATT PARKTE den Truck neben der Garage und starrte auf das Haus. Unten war das Licht an und er konnte annehmen, dass Carly zu Hause war. Als er heute Morgen aus ihrem Bett geschlüpft war, hatte sie noch geschlafen. Er hatte ihre Gliedmaßen vorsichtig von seinen gelöst, um sie nicht zu wecken.

Aber andererseits schlief sie auch wie eine Tote.

Wenn er immer so einen erholsamen Schlaf hatte, könnte es verlockend sein, jede Nacht in ihrem Bett zu bleiben.

Er hätte sie heute Morgen wecken und wieder in sie eindringen sollen, bis sie zum Höhepunkt gekommen wäre. Aber sie musste noch arbeiten gehen und er wollte sie nicht stören.

Aber das, was sie heute Morgen verpasst hatten, ging ihm jetzt nicht mehr aus dem Kopf.

Würde sie dazu bereit sein?

Sein Schwanz war auf jeden Fall hellwach und sehr erregt.

Nachdem er sich zurechtgerückt hatte, stieg er aus seinem SUV. Er schloss die Haustür auf und lauschte vorsichtig, um zu sehen, wo sie war.

Das Geräusch einer Gabel, die über einen Teller schabt, kam aus der Küche und er ging in diese Richtung. Als er die Tür erreichte, blieb er stehen. Sie saß mit dem Rücken zu ihm und aß ein paar Reste. Sie aß allein und hatte niemanden zum Reden, während er das selbstgekochte Essen seiner Mutter genossen hatte.

Er war so ein Arschloch.

Was hätte es geschadet, sie mit einzubeziehen? Nichts, außer der Qual, den hoffnungsvollen Blick seiner Mutter zu sehen.

»Willst du nur so hinter mir stehen oder kommst du auch rein?«, fragte sie, ohne sich umzudrehen.

Er trat ein, ging quer durch den Raum und lehnte sich an den Küchentresen, sodass er ihr gegenüberstand. Er betrachtete sie, während er die Arme über der Brust und die Beine an den Knöcheln verschränkte. Strähnen ihres blonden Haares fielen aus ihrem zerzausten Dutt und sie trug ihre türkisfarbene Brille, die die dunklen Ringe unter ihren strahlend grünen Augen noch verstärkten.

Aber sie sah trotzdem verdammt sexy aus. Seine Brust spannte sich an.

»Hast du schon gegessen?«, fragte sie.

Er nickte, aber sie konzentrierte sich auf ihren Teller. »Ja. Bei meinen Eltern.«

Ohne aufzusehen, stocherte sie in dem, was er jetzt als Tiefkühlgericht, und nicht als Resteessen, erkannte.

»Tut mir leid.«

Diesmal hob sie den Kopf und sah ihn überrascht an. »Was denn?«

»Dass ich dich nicht eingeladen habe.«

Sie blinzelte, dann runzelte sie die Stirn. »Warum solltest du dich verpflichtet fühlen, mich einzuladen?« Sie winkte mit ihrer Gabel zwischen den beiden hin und her. »Hier geht's doch nur um Sex, richtig?«

Richtig.

Als er nicht antwortete, fragte sie noch einmal und starrte ihn dabei an. »Richtig, Matt?«

»Richtig. Nur Sex«, antwortete er schließlich, ohne ihren Blick zu erwidern.

»Du bist heute Morgen früh verschwunden. Wie geht es dir?« Sie legte ihre Gabel auf den Teller, nahm einen

Schluck von dem, was wie Eistee aussah, und richtete ihren Blick auf ihn.

»Gut.« Er betrachtete den Linoleumboden. Seltsam, dass er noch nie auf das Muster geachtet hatte.

»Glaubst du, die Panikattacke war nur ein Zufall?«

Er zuckte mit den Schultern. »Ich weiß es nicht.«

»Na, du bist ja heute wieder mal ein richtiges Plappermaul.« Sie schüttelte den Kopf, stieß sich vom Tisch ab und stand auf.

»Tut mir leid«, murmelte er.

»Hör auf, dich zu entschuldigen. Es gibt keinen Grund, sich zu entschuldigen.« Sie hob eine Schulter zu einem halben Achselzucken. »Wenn dir nicht nach Reden zumute ist, dann rede eben nicht.«

Sie brachte ihren Teller zur Spüle und war damit nur noch wenige Zentimeter von ihm entfernt. Sie war nah genug, dass er ihre Körperwärme spüren und ihren weiblichen Duft wahrnehmen konnte. Er wehrte sich dagegen, einen kräftigen Atemzug zu nehmen. Das könnte als etwas seltsam rüberkommen.

Nicht, dass er sonst so normal wäre.

Sie spülte ihren Teller ab und räumte ihn in den Geschirrspüler. Als sie sich aufrichtete, drehte sie sich zu ihm um.

»Hast du das Baby gesehen?« Ihr Gesicht wurde bei der Erwähnung von Hannah sofort weicher.

»Ja.«

»Wie macht sie sich so?«

»Sie macht hauptsächlich Lärm.«

Carly schnaubte. »Das tun Kinder meistens.«

Sie hatte recht. Kinder konnten sehr laut sein.

Als er sich vorstellte, wie Hannah in ihrer Babytrage weinte, drückte er die Augen zu und versuchte, die Erinnerung an rennende, schreiende Kinder zu verdrängen. Viele von ihnen. Zu viele von ihnen. In Panik. Verängstigt. Verzweifelt. Keiner von ihnen wollte in diese Situation geraten, in diesen Horror, in dieses Leid.

Es gab eine Erinnerung, die er nie vergessen würde. Niemals. Dieses Bild hatte sich für immer in sein Gehirn eingebrannt.

Keine Babys. Keine Babys mehr.

»Keine Babys«, sagte er, als er zu zittern begann.

»Was?«

»*Keine Babys.*«

Ihre Hand griff plötzlich nach seinem Arm. Er versuchte, seine Augen zu öffnen, um in die Gegenwart zurückzukehren. Aber dieses Baby …

Der Säugling. Er war nicht viel älter als Hannah und lag mit dem Gesicht nach unten im Schlamm. Zu still. Kein Leben. Allein.

So unglaublich allein.

Und die Leute rannten. Zerstreuten sich. Sie ignorierten das verlorene Leben. Sie traten über ein vergessenes Kind, weil sie sich selbst retten wollten.

Es war, als ob sich niemand um die Unschuldigen kümmerte.

»Es ist nicht fair, hilflose Wesen in diese Welt zu bringen. Wir konnten nichts tun, um sie zu schützen. Nichts.«

»Ich bin sicher, ihr habt alles getan, was ihr konntet.«

»Es war nicht genug. Niemals genug.«

Matt stieß einen röchelnden Atem aus. Seine Hände umklammerten den Tresen hinter ihm. Wann hatte er seine Arme nach unten bewegt?

Er öffnete die Augen, und Flecken schwebten über seinem Blickfeld. Er konnte Carly nicht sehen. Er konnte es nicht. Er strengte sich an. Er wusste, dass sie in seiner Nähe war, denn er spürte ihre Hand auf seinem Arm.

Aber er konnte sie nicht sehen.

Er konnte nur die Schlammpfütze sehen. Den Schmutz, den Dreck, die Toten.

»Ich will zurück.«

Hatte er das laut gesagt? Seine Worte klangen wie in einem Tunnel. Ein langer, hohler Tunnel.

Kapitel Dreizehn

»Was? Das kannst du nicht!« Plötzlich war Carly diejenige, die in Panik geriet. Ihr Herz pochte in ihrer Brust, als sie sah, wie sich Matts Gesicht verhärtete, seine Haut blass wurde und seine Augen kalt und distanziert wirkten.

Sein Adamsapfel hüpfte, als er hart schluckte. »Ich *muss* zurückgehen.«

»Nein.« Sie schüttelte unnachgiebig den Kopf. »Nein, musst du nicht.«

»Es gibt dort noch so viel zu tun. Wir sind noch nicht fertig. Alles ist ein einziges Chaos. So viel Zerstörung. Der Tod. Wir müssen ihnen helfen.«

Sie legte ihre Handfläche auf seine Brust. Sie musste seine Aufmerksamkeit erregen, ihn dazu bringen, auf ihre Worte zu hören. »Matt, hör mir zu! Es ist nicht deine Verantwortung. Du kannst nicht die Schuld für das auf dich nehmen, was da drüben passiert ist oder immer noch passiert.«

»So viele Kinder sind gestorben. So viele Leben verloren.«

»Es ist *nicht* deine Schuld.«

»Wir kämpfen nicht für unsere Freiheit. Es ist Gier. Schlicht und einfach.«

»Und das wird sich nie ändern.« Traurig, aber wahr.

Aber Matt hörte nicht zu. Er war immer noch in seinen Gedanken gefangen. »Ich habe Menschen zurückgelassen. Ich habe meine Einheit verlassen.«

»Du hattest keine Wahl.«

»Ich könnte zurückgehen«, flüsterte er.

»Sie lassen dich nicht wieder einrücken.« Vor allem, wenn es sich um eine dauerhafte Entlassung wegen Dienstunfähigkeit handelte. Soweit sie wusste, war dies aufgrund seiner psychischen Probleme geschehen. Aber jetzt war nicht der richtige Zeitpunkt, ihn daran zu erinnern.

»Ich kann auch allein zurückgehen.«

Carly stockte der Atem. Ihr Herz zog sich zusammen und eine plötzliche Hilflosigkeit überflutete sie. *Wieder einmal* fragte sie sich, wie sie jemanden, der so kaputt war, wieder in Ordnung bringen konnte.

Und sie erinnerte sich *wieder einmal* daran, dass sie es nicht konnte.

Als Ärztin war es am schwierigsten, das zu verstehen. Sie konnte nicht in seinen Kopf eindringen. Sie allein hatte nicht die Macht, ihn zu heilen.

Sie konnte ihn nur lieben, ihn unterstützen und für ihn sorgen, in der Hoffnung, dass er eines Tages reagieren würde – *könnte*. Dass er erkannte, wie sehr ihn die Menschen und die Familie um ihn herum liebten. Ihn ehrten. Sich um sein Wohlergehen sorgten. Sie verurteilten ihn nicht für die Dinge, die er aus Verzweiflung tun musste, um zu überleben.

Er musste verstehen, dass er immer noch etwas bewirken konnte. Nur eben von zu Hause aus.

Dann wurde es ihr klar. Sie hatte sich gerade selbst eingestanden, dass sie ihn liebte. Konnte das überhaupt möglich sein? Sie kannte ihn erst seit ein paar Wochen, und der Mann war ein völliges und totales Chaos.

Sie betrachtete ihn. Er war ein wunderschönes Chaos, aber trotzdem ein Chaos.

Das war nicht das, was sie auf ihrem Teller gebrauchen konnte.

Ihr Ziel war es, Geld zu sparen, eine Wohnung zu kaufen, ein Baby zu adoptieren und eine erfolgreiche Praxis zu führen.

Und nicht, sich um … *ihn* zu kümmern.

Sowie seine Probleme.

Wann war also aus dem ›nur Sex‹ mehr geworden?

Er redete weiter und sie hatte keine Ahnung, was er murmelte, während sie seine Lippenbewegungen beobachtete. Wahrscheinlich redete er immer noch davon, dass er zurück nach Übersee in dieses Höllenloch gehen würde.

Und sie drehte durch wegen der Gefühle, die sie für ihn haben könnte. *Falls* die überhaupt echt wären.

Das Letzte, was sie jetzt gebrauchen konnte, war, es ihm zu sagen. Er würde völlig ausrasten. Ganz zu schweigen davon, dass er wahrscheinlich wieder verschwinden würde. Sie musste ihre sogenannten Gefühle für sich behalten. Es zwanglos halten. Und dann, wenn sie finanziell wieder auf den Beinen war, sich einfach aus seinem Leben zurückziehen.

Schnell, leise und schmerzlos.

Ein schroffes Lachen brach über ihre Lippen. Wem wollte sie etwas vormachen?

Matts sich bewegende Lippen erstarrten zu einem schmalen Schrägstrich und er starrte sie an, ohne zu blinzeln. *Scheiße!* Wahrscheinlich dachte er, dass sie über etwas, das er gesagt hatte, herzlos gelacht hatte.

Carly beobachtete ein Muskelzucken in seinem Unterkiefer. Plötzlich verschwand das Zucken, er blinzelte und seine Miene entspannte sich.

Sie hatte immer noch ihre Handfläche auf seiner Brust

und sein Herz schlug gleichmäßig unter ihrer Hand. *Poch, poch, poch.*

Er wollte zurückgehen.

Sie erkannte, dass es nicht aus egoistischen Gründen war, sondern aus selbstlosen Motiven. Er sorgte sich tatsächlich mehr um andere als um sich selbst. Er würde den letzten Rest Verstand opfern, um den Wehrlosen, den Unschuldigen, den Schwachen zu helfen. Trotz seiner PTBS war er ein besserer Mensch als jeder andere, den sie je kennengelernt hatte. Sich selbst eingeschlossen. Sie fragte sich, ob er sich dessen überhaupt bewusst war.

Ja, er hatte Tendenzen zur Gewalt. Ja, er konnte launisch und ein Arschloch sein. Aber er würde sein Leben für jemanden geben, wenn es sein müsste. Tief in diesem schwarzen Stück Kohle glänzte ein Diamant.

Er sah sie stirnrunzelnd an. »Warum guckst du mich so an?«

»Wie denn?«, fragte sie und ihre Lippen verzogen sich zu einem Lächeln.

»Ich weiß es nicht, aber es ist merkwürdig.«

»Willst du sagen, dass *ich* merkwürdig bin? Dann musst du vielleicht mal in den Spiegel schauen.«

Seine Lippen zuckten und die Ecken seiner hellblauen Augen zogen sich zusammen. »Ich schaue lieber dich an.«

Sie schüttelte den Kopf über seinen Versuch, das Thema zu wechseln, trat von ihm zurück und brachte den Tisch zwischen sich und ihn. Es war Zeit, realistisch zu werden. Und das würde ihm wahrscheinlich nicht gefallen. Und er würde es auch nicht gut aufnehmen.

»Du musst die Idee, dorthin zurückzugehen, aufgeben. Wenn nicht für dich, dann denk an deine Mutter. Es würde sie umbringen.«

Sein kleines flüchtiges Lächeln verwandelte sich schnell in ein finsteres Gesicht. Er blinzelte. Einmal. Zweimal. »Nein, das würde es nicht.«

»Doch, Matt. Ich glaube, du weißt nicht, wie schwer es für sie war. Es war schon schlimm genug, als ihre ersten beiden Söhne zum Militär gingen. Sie war stolz und hatte erwartet, dass sie in die Fußstapfen deines Vaters treten würden. Aber glaubst du nicht, dass sie erleichtert aufgeseufzt hat, als sie nur eine Tour gemacht haben? Dann ging ihr Baby. Und kam nur nach Hause, um die Polizeiakademie zu besuchen, gerade lange genug, um sich einen Platz bei der Polizei zu verdienen, und verschwand dann eines Tages. Sie fand heraus, dass du dich wieder gemeldet hast. Und dann kamst du jahrelang nicht mehr zurück. Man schickte dich in die Abgründe der Welt. Und du entscheidest dich – *du entscheidest dich, Matt* – dortzubleiben, anstatt nach Hause zu deiner Familie zu kommen. Was glaubst du, wie sie sich als Mutter dabei fühlt?«

»Woher weißt du das alles?«, fragte er fassungslos und sein Gesicht war wie eine versteinerte Maske.

»An dem Tag, an dem du mich bei deinen Eltern abgesetzt hast … An dem Tag, an dem du hartnäckig behauptet hast, ich hätte eine Gehirnerschütterung, hat deine Mutter über ihre Jungs geredet und geredet. Sie liebt dich mehr, als du denkst. Jeden von euch. Aber *du* warst derjenige, über den sie am meisten geredet hat. Als sie einmal angefangen hatte, konnte sie nicht mehr aufhören. Ich hielt deine Mutter im Arm, als sie weinte. *Sheiße*, ich spürte ihren Schmerz. Er zerrte an meinem Herzen. Sie denkt, dass sie dich irgendwie im Stich gelassen hat. *Sie* fühlt sich wie eine Versagerin, Matt.«

Matt bedeckte sein Gesicht mit den Händen und wandte sich ab. »Hör auf!«

»Sie versteht bis heute nicht, warum du dortgeblieben bist, anstatt nach Hause zu kommen. Sie gibt sich selbst die Schuld.«

»Carly, hör auf! *Hör auf!*« Seine Stimme klang hinter

seinen Händen gedämpft, aber es gab keinen Zweifel, dass ihre Worte ihn zerrissen.

Auch wenn die Wahrheit schmerzte, musste er sie wissen.

»Alles, was sie wollte … alles, was sie *will*, ist das Beste für dich. Sie will nichts weiter, als dass du glücklich bist.« *Verdammt*, sie fühlte sich beschissen, weil sie ihn dazu drängte, aber wenn es ihn davon abhielt, etwas Dummes zu tun, dann sollte es so sein.

»Ich habe gesagt, du sollst *aufhören*!«, schrie er und ließ seine Hände fallen. Sein Gesicht war rot und wütend. Vielleicht auch ein wenig verzweifelt.

Carly war froh, dass der Tisch zwischen ihnen stand. Sie glaubte nicht, dass er sie jemals absichtlich verletzen würde. Versehentlich? Da konnte sie sich nicht so sicher sein.

Er trat einen Schritt vor und sie taumelte zurück, als er seine Hände auf den Tisch schlug. So fest, dass der schwere Tisch tatsächlich wackelte. »Warum tust du mir das an?« Seine Frage klang leise und schmerzhaft.

Ihr Herz krampfte sich in ihrer Brust zusammen. »Ich tue es dir nicht an. Ich tue es *für* dich.«

»Fick dich, Carly! Fick dich, verdammt noch mal!«, spuckte er wutentbrannt aus. Er schnappte sich die Kante des Tisches und warf ihn um, bevor er durch den Wintergarten hinausstürmte.

Eine Sekunde später hörte sie die Hintertür zuschlagen und die Fenster klappern.

Sie folgte ihm nicht. Sie achtete nicht darauf, wohin er ging. Nachdem sie den Tisch auf die Seite gelegt hatte, hob sie ihre Hände vor sich. Sie zitterten.

Sollte sie Max anrufen? Ihn vielleicht vorwarnen? Aber sie machte sich Sorgen, seinen Job zu gefährden. Die dünne blaue Linie schien im Moment genau das zu sein … dünn.

Carly richtete den Tisch auf und schob die Stühle

zurück, bevor sie nach oben in ihr Zimmer ging. Ihr Herz fühlte sich schwer an und ihr Kopf pochte.

Sie saß auf der Bettkante, immer noch leicht zitternd, und machte sich Sorgen, dass sie ihn zu weit getrieben hatte. Sie wollte nur, dass er zur Vernunft kam. Dass er erkannte, dass er bei seiner Familie, die ihn liebte, sein musste. Ohne die Unterstützung seiner Familie und Freunde würde er niemals gesund werden.

Sobald er sich beruhigt hatte, würde sie sich dafür entschuldigen, dass sie so hart vorgegangen war. Allerdings war sie sich nicht sicher, ob harte Liebe in seinem Fall funktionieren würde. Da es zwischen ihnen ›nur Sex‹ sein sollte, war es ja nicht so, dass sie ihre Beziehung riskierte.

Wenn er ihr nicht verzeihen würde, könnten sie einfach weiterziehen. Keine große Sache, richtig?

Richtig.

Carly lehnte sich auf dem Bett zurück und starrte an die Decke. Sie lauschte ihrem eigenen Atem, der ein- und aus ihrer Lunge strömte, während sich ihre Nerven langsam beruhigten. Ihre Kopfschmerzen begannen zu verschwinden.

Sie brauchte eine heiße Dusche. *Zum Teufel*, eher ein heißes Bad. Sie brauchte Zeit zum Einweichen, um ihren Kopf freizubekommen.

Sie schreckte auf, als ihre Tür aufflog und gegen die Wand knallte. Matt stand im Türrahmen und atmete schwer.

Carly setzte sich auf und wusste nicht, ob sie erschrocken oder erleichtert sein sollte, dass er zu ihr zurückkam. Vielleicht war Angst angemessener, nachdem sie den finsteren Ausdruck auf seinem Gesicht gelesen hatte.

Er stürmte zum Bett, riss sich das Hemd vom Leib und warf es hin. Er trat seine Stiefel in die Ecke des Zimmers und riss sich die Socken herunter. Innerhalb von Sekunden lagen seine Cargohose und seine Boxershorts zu seinen Füßen.

Sie blieb wie erstarrt auf dem Bett sitzen und fragte sich, ob er gekommen war, um sie zu ficken oder zu bestrafen.

Mit einer Handfläche auf jeder ihrer Schultern schob er sie auf den Rücken und kletterte über sie. Er blieb auf Händen und Knien und klemmte sie zwischen seinen Gliedern ein.

»Als ich heute Abend nach Hause kam, war mein erster Gedanke, dich zu ficken. Und, verdammt noch mal, ich werde dich ficken.«

Ein Kribbeln lief Carly den Rücken hinauf. Sie zitterte und ihre Nippel verhärteten sich zu festen Kugeln. Sie versuchte, ihm zu antworten, etwas zu sagen, aber aus ihrem offenen Mund kam nur ein Keuchen, als er ihre Handgelenke packte und ihre Arme über ihrem Kopf fixierte.

»Ich weiß, wie gerne du die Kontrolle hast, Doc. Aber nicht heute Abend. Nicht jetzt. Du stehst unter meiner Gnade. Du willst verdammte Psychospielchen mit mir spielen? Dann musst du für das Spiel bezahlen.«

Er führte ihre beiden Handgelenke in eine Hand und riss ihr Haar mit der anderen Hand zurück. Das, was von ihrem Dutt übrig geblieben war, löste sich in seinen Fingern, während er ihren Nacken mit Gewalt beugte und ihr Haar als Halt benutzte.

Ihre Lippen trennten sich und ihr Atem wurde flach und schnell. Dieser Mann hatte nichts Sanftes an sich. Sein Körper, sein Benehmen, sein Schwanz. Er war definitiv nicht hier, um Spielchen zu spielen.

»Die einzige Zeit, in der ich Frieden finde, ist, wenn ich tief in dir vergraben bin, wenn ich in deinen Armen schlafe. Das ist es, was du mit mir machst. Das ist der Einfluss, den du auf mich hast. Das ist deine Macht über mich. Also fick dich und deinen kleinen Schuldtrip, den du da unten abgezogen hast. Fick dich! Du kannst mich nicht brechen. Ich bin schon gebrochen, verdammt!«

Der Laut, den er von sich gab, ließ sie erschaudern, denn er erinnerte sie an ein verwundetes Tier. Das dringende Bedürfnis, ihn zu trösten, überkam sie. Aber das war nicht das, was er wollte. Nicht jetzt.

Er wollte eine harte, explosive, überwältigende Erlösung. Daran hatte Carly keinen Zweifel, als er mit einer Hand an ihrer Kleidung zerrte und das T-Shirt, das sie trug, in Stücke zerfetzte. Zum Glück hatte sie ihren BH ausgezogen, als sie sich nach der Arbeit umgezogen hatte, sonst hätte er ihn auch noch zerstört. Er riss ihre Leggings auf halbe Höhe ihrer Oberschenkel herunter. Um sie ganz auszuziehen, musste er ihre Handgelenke loslassen. Und sie war sich nicht sicher, ob er das tun würde.

Aber er tat es. Er bewegte sich an ihrem Körper hinunter und streifte ihr die schwarze, hautenge Hose von den Beinen, sodass sie völlig nackt auf dem Bett lag.

Sie bedeckte sich nicht und hatte auch nicht den Wunsch, ihm zu entkommen. Stattdessen hieß sie ihn komplett willkommen, spreizte ihre Beine und streckte ihre Hand aus.

Er ignorierte sie und schüttelte den Kopf, als er sich wieder über sie beugte. Er brachte seinen Kopf auf die gleiche Höhe wie ihren und ihre Blicke trafen sich. Sein Atem ging schnell, seine Augen blickten ein wenig wild, sein Kiefer war angespannt.

»Mit mir spielt man keine Spielchen, Carly.«

»Ich spiele keine Spielchen.«

»Versuch nicht, mich zu verarschen!«, warnte er und hielt sich knapp über ihr.

»Das tue ich nicht. Ich versuche, dich dazu zu bringen, die Realität zu sehen.«

Er schüttelte wieder den Kopf, dieses Mal langsam. »Es

geht nur um Sex. Nichts weiter. Ich will nicht, dass du versuchst, mich zu reparieren.«

»Das tue ich nicht.«

Ein Fluch brach aus ihm heraus. »Bullshit!«

Carly schloss für einen Moment die Augen und versuchte, die Intensität seines Blicks zu unterbrechen.

»Ich bin nicht dein Patient. Ich bin nicht dein Projekt.«

Sie nickte, ohne sich zu trauen, etwas anderes zu sagen.

»Zwing mich nicht, dir das noch einmal zu sagen.«

Sie begegnete seinem Blick wieder.

»Hast du das verstanden?«, fragte er.

»Ja«, antwortete sie mit einem zittrigen Atemzug.

Plötzlich änderte sich sein ganzes Verhalten. Er verlangte etwas. Er wollte etwas von ihr.

Aber was?

Dann wurde ihr klar, was es war. Matt wollte nicht die Kontrolle haben. Nicht hier. Nicht jetzt. Es war nur seine Wut, die das verlangt hatte. Aber tief im Inneren war das nicht sein wahrer Wunsch.

»Lass mich los!«, befahl sie und nahm ihm die Kontrolle ab, um sie in ihre eigenen Hände zu bekommen.

Ein erschrockener Atemzug entkam ihm und seine Augenlider senkten sich.

»Sofort!«, befahl sie.

Sein harter Körper schien sich zu verflüssigen, als er auf ihre Seite fiel.

»Auf den Rücken!«, befahl sie. Eine Gänsehaut überzog sie, als er tat, was man ihm sagte. Sie ging auf die Knie und schob sich in den schmalen Platz zwischen den Schenkeln des Mannes. »Spreiz' deine Beine noch weiter!«

Er tat es und sie fasste den Ansatz seines Schwanzes an. Sie drückte ihn fest zusammen, sodass sich die Krone verdunkelte.

»Du denkst, du kommst nach Hause und fickst mich?

Das hast du falsch verstanden. Dieser Schwanz gehört mir, wenn ich ihn will. Hast du mich verstanden?«

Er sagte nichts, aber seine Lippen trennten sich. Seine Brust hob und senkte sich mit jedem schnellen Atemzug.

Mit ihrer anderen Hand packte sie seinen Sack und drückte fast genauso fest zu. »Die auch. Meins.« Mit einem Ruck an beiden Händen sorgte sie dafür, dass sich seine Hüften von der Matratze hoben und er stöhnte. »Alles meins.«

Sie senkte sich, bis ihre Lippen knapp über der geschwollenen Eichel waren, und flüsterte: »Ich mache damit, was ich will.«

Als sie ihn in ihren Mund nahm, entspannte sich sein Körper und schmolz ins Bett. Mit ihrer Zungenspitze umspielte sie die Eichel und schmeckte die salzigen Lusttropfen. Sie leckte seine Länge, saugte an der Eichel und nahm ihn dann wieder tief in sich auf. Zumindest so tief, wie sie seine Länge aushalten konnte, was nicht alles war. Während sie ihn an ihm saugte, leckte und mit den Zähnen über den Scheitel kratzte, zuckte und bewegte sich sein Körper bei jedem Streicheln und Liebkosen.

Er sagte kein Wort, aber die kleinen Laute, die er von sich gab, machten sie wahnsinnig, machten sie feucht und verursachten einen Schmerz zwischen ihren Beinen. Sie saugte härter, schneller, drückte die Wurzel fester zusammen, bis seine Hüften aus dem Bett schossen und er sie am Haar packte und daran zerrte.

»Nein. Nein. Nicht weiter!«, stöhnte er.

Sie ließ ihn los, sein Schwanz glänzte von ihrem Speichel. »Wunderschön«, murmelte sie und bewunderte ihn, bevor sie sich wieder zurück auf die Knie schob und sich dann mit gespreizten Beinen auf seine Hüften setzte. Sie griff zwischen sich und ihn und hielt ihn fest, während sie langsam auf seinen geschmeidigen Schaft sank. Als sie den Ansatz erreichte … als es nichts mehr von ihm zu nehmen gab, fielen ihr die Augen zu und sie genoss das volle Gefühl von ihm tief in ihr.

In diesem Moment wurde ihr klar, dass sie keinen anderen als ihn wollte. Nur ihn. Verkorkst oder nicht.

Dann betrachtete sie ihn. Seine Augen wurden glasig, sein Mund öffnete sich, sein Gesicht entspannte sich. Sie beugte sich vor und legte beide Handflächen auf seine muskulöse Brust, ohne sich um den Druck ihres Gewichts auf ihm zu sorgen. Er war stark und kräftig. Das Äußere war perfekt. Das Innere nicht so sehr.

Zum Teufel, niemand war perfekt. Jeder hatte seine Fehler. Seine waren vielleicht nur ein bisschen schwieriger zu ertragen.

Das Leben war für Carly noch nie einfach gewesen. Warum sollte es bei ihrem Partner anders sein?

Sie hob und senkte ihre Hüften und bewegte sich in einem wahnsinnig machenden langsamen Tempo. Sein Schwanz traf genau die richtigen Stellen, während sie ihr Becken über ihm kippte und kreisen ließ. Als er nach ihren beiden Nippeln griff, um sie zu zwirbeln, zu ziehen und bis an ihre Grenzen zu dehnen, stürzte sie sich hart auf ihn, sodass sie beide stöhnten und keuchten und sich ihre Blicke trafen sich … hielten inne … pausierten.

Seine Lippen verzogen sich zu einem kleinen Lächeln und sie erwiderte die Geste, erleichtert, dass er wieder Matt war, ihr Liebender, und nicht Matt, die gequälte Seele. Sie schaukelte hin und her, ihr Lächeln wurde breiter, während sich seins in eine Grimasse verwandelte. Er ließ ihre Brüste los und griff nach ihren Hüften. Er versuchte nicht, ihre Bewegungen zu kontrollieren, sondern hielt sie nur fest, während er seine Augen schloss und schrie. Sein Hals wölbte sich, als er seinen Kopf zurückwarf und seine Fingerspitzen sich in ihr Fleisch gruben.

»Matt. Matt. Ich komme gleich. Ich will, dass du mich ansiehst.«

Als sie sich erhob, begegnete er noch einmal ihrem Blick und hielt ihn fest, als sie selbst aufschrie, weil der Orgasmus sie überkam und die Krämpfe bis zu ihren Zehen reichten.

Aber sie hörte nicht auf. Sie hatte noch nicht genug von ihm.

Er sagte, dass er sich friedlich fühlte, wenn er in ihr war. Und sie wollte ihm mehr davon geben. Das war das Einzige, was sie für ihn tun *konnte*.

»Fick mich!«, forderte sie in einem bestimmenden Ton.

Blitzschnell hatte er sie auf den Rücken gedreht, sein Schwanz steckte noch immer tief in ihr.

Er stieß hart und schnell zu und schob sie mit jedem Stoß weiter nach oben, bis ihr Kopf gegen das Kopfteil knallte. Er hielt nur kurz inne, um sie wieder nach unten zu ziehen, und fing dann von vorn an, sie mit voller Hingabe zu ficken. Sein Blick wanderte von ihren Brüsten, die bei jeder Bewegung wippten, zu ihrem Gesicht. Dann richtete er sich so weit auf, dass er beobachten konnte, wie ihre Körper ineinander übergingen, während er in sie eindrang. Wieder und wieder.

»Fick mich härter!«, schrie sie ihn an.

»Ich kann nicht«, stieß er mit zusammengebissenen Zähnen hervor.

»Tu es!«, schrie sie und akzeptierte kein Nein als Antwort.

Er zog eine Grimasse und packte ihr Gesicht an den Seiten, bevor er seinen Mund auf ihren presste, mit seiner Zunge in sie eindrang und ihre Unterlippe zwischen seinen Zähnen einklemmte.

Er fickte sie nicht härter. Er wurde langsamer. Er wurde weicher. Sein Kuss wurde sanft, als er über ihre Wangen strich. Seine Hüften fielen in einen Rhythmus, der sie an Liebe erinnerte, nicht an reines, wildes Ficken.

Er zog seinen Mund ein Stück weit weg, gerade genug, damit er sie einatmen konnte, und sie ihn.

Er drang in sie ein, er verließ sie. Ihr Atem hallte in der Bewegung ihrer Hüften wider.

»Ich …«

»Schhh«, flüsterte sie, weil sie keine Geständnisse hören wollte.

Er drückte seine Stirn an ihre, schloss die Augen und schaukelte gegen sie wie eine sanfte Welle ans Ufer. Ihr Herz brach für ihn. Für den Schmerz, den er täglich ertragen musste. Für seine gequälten Gedanken und Erinnerungen. Wenn dies der einzige Frieden war, den er finden konnte, wollte sie nicht, dass er ihn mit Worten zerstörte.

Seine Hände fanden die ihren und sie verschränkten ihre Finger ineinander.

Ihr Höhepunkt war dieses Mal keine Explosion. Stattdessen baute er sich langsam auf, ein Köcheln, das von ihrem Zentrum ausgehend nach außen drängte, um ihn zu überrollen und ihn in den tosenden Wellen mitzureißen.

Mit einem letzten Stoß kam er zum Stillstand, während sie um ihn herum zuckte und seinen Namen in einem gebrochenen Atemzug flüsterte.

Dann tropfte etwas Nasses auf sie. Ein Tropfen. Zwei. Sie schaute erschrocken zu ihm auf. Er hatte die Augen zusammengekniffen, die Lippen aufeinandergepresst und er …

Weinte.

Sie verdrängte ihren Schock und flüsterte seinen Namen. Er bewegte sich nicht und reagierte nicht. Sie strich ihm mit dem Daumen über die Wange und sammelte die Tränenspuren auf der Spitze ihres Daumens. Sie wollte ihm sagen, dass er nicht weinen sollte und dass alles gut werden würde.

Aber sie wusste nicht, ob das jemals der Fall sein würde.

Jeder Tag schien für ihn eine Reise zu sein.

Und jetzt auch für sie.

»Matt«, flüsterte sie erneut, als seine Arme unter seinem

Gewicht zitterten. Sie ließ ihre Hände über seine Schultern gleiten und zog ihn zu sich herunter. Er wehrte sich nicht, sondern ließ sich bereitwillig in ihre Arme fallen. Sie schmiegte sich fest an ihn und wünschte sich, sie könnte seinen Schmerz für ihn absorbieren, ihm zumindest einen Teil der Last abnehmen.

Er drückte sein Gesicht in ihren Nacken und hielt sie fest. Wären die Tränen nicht gewesen, hätte sie nicht gewusst, dass er weinte. Männer wie er wollten sich so etwas oder irgendeine vermeintliche Schwäche wahrscheinlich nicht eingestehen. Aber sie verstand sein Bedürfnis zu weinen. Es konnte eine reinigende Wirkung mit sich bringen.

Sie hatte es selbst oft genug getan.

Als sie erfahren hatte, dass sie unfruchtbar war. Als ihr Mann sie verließ. Als sie erfuhr, wie schwierig und teuer es war, ein Kind zu adoptieren. Als sie keine andere Wahl hatte, als in dieses Höllenloch einer Pension zu ziehen, und alles hoffnungslos schien.

Sie drückte seinen Kopf an sich und streichelte seinen Rücken, fuhr mit den Fingern die Vertiefung seiner Wirbelsäule entlang und folgte dann den Linien seiner imposanten Tätowierung, bis sein Atem ruhiger wurde. Dann drückte sie ihn weiter an sich, als sein Körper an ihr erschlaffte, und sie ein leises Schnarchen hörte.

Sie wackelte unter seinem Gewicht hervor, aber bevor sie sich zu weit bewegen konnte, legte sich sein Arm um ihre Taille und zog sie zurück. Er murmelte etwas im Schlaf und sie lächelte sanft.

Sie strich mit den Fingern über sein kurzes Haar, um die Ohrmuschel herum und an seinem Kiefer entlang, dann schloss sie die Augen und hoffte, dass sie genauso schnell einschlafen würde wie er.

Kapitel Vierzehn

MATT WACHTE RUCKARTIG auf und wusste einen Moment lang nicht, wo er war. Er lag eng an etwas oder jemanden gepresst, der warm und weich war.

Carly.

Er warf einen Blick auf den Radiowecker auf dem Nachttisch. Die bernsteinfarbenen Ziffern leuchteten 2:04 Uhr.

Er drehte sich auf den Rücken und starrte in der Dunkelheit an die Decke, wobei er einen Arm unter seinen Kopf legte. Er wollte nicht an seinen Ausbruch denken. Der erste, als er wütend war, der zweite, als er weinend zusammenbrach.

In der Liebe und im Krieg wird nicht geweint.

Richtig. Was für eine komplette Unwahrheit.

Als Marine und Polizist sollte er alles aushalten können, was man ihm vorwarf. Nur bei der Frau, die fest neben ihm schlief, war das nicht der Fall. *Sie* ging ihm unter die Haut.

Zum ersten Mal überhaupt sehnte er sich danach, mit seinem Therapeuten zu sprechen. Er brauchte einen Rat ... was er wegen ihr tun sollte. Er könnte einen seiner Brüder fragen, aber er wollte sich nicht mit ihnen auseinanderset-

JEANNE ST. JAMES

zen. Oder er könnte mit Leah reden. Aber er wollte auch nicht, dass sie von seinem persönlichen Konflikt erfuhr.

Für jeden anderen wäre es einfach.

Aber bei ihm schien es alles andere als das zu sein.

Die meisten Männer treffen sich mit einer Frau, hatten Sex, verliebten sich, heirateten, gründeten eine Familie …

Nicht unbedingt in dieser Reihenfolge.

Er wollte es einfach halten. Einfach nur Sex. Doch je mehr ›nur Sex‹ er mit ihr hatte, desto komplizierter wurde es.

Deshalb hatte er sich jahrelang darauf beschränkt, nur mit seiner eigenen Faust zusammen zu sein. Simpel. Einfach. Ordentlich. Emotionslos. Kein Fallen. Kein Treibsand. Keine Hoffnung. Keine Zukunft.

Er strich sich mit der Hand über das Haar. Um sich abzulenken, musste er wieder an die Arbeit gehen. Diese Auszeit hatte ihn umgebracht. Sie gab ihm viel zu viel Zeit zum Nachdenken. Max hatte seine vorübergehende Suspendierung als Bestrafung vorgesehen. Und das war sie in mehr als nur einer Hinsicht.

»Es wird Zeit, dass du mich loslässt, damit ich pinkeln gehen kann. Meine Blase schreit.«

»Tut mir leid, du hättest was sagen sollen.«

»Ich wollte dich auf keinen Fall aufwecken. Meinst du, du wirst wieder einschlafen können?«, fragte sie.

Er hob seine Schulter leicht an und ließ sie dann wieder fallen. »Ich weiß es nicht.«

»Wir können es versuchen, nachdem ich auf dem Töpfchen war«, sagte sie, schob die Decke von ihren langen, knackigen Beinen und ging auf den Flur zu.

Er wollte ihr sagen *Komm schnell zurück, denn das Bett fühlt sich ohne dich leer an.*. Aber er befürchtete, dass er dann sagen würde *Ich fühle mich leer ohne dich.*. Stattdessen hielt er den Mund und behielt seine Gedanken für sich.

Halt es einfach, Dummkopf!

Sie verschwand nur für ein paar Augenblicke, bevor sie zurückkam und unter die Decke kroch. Er machte sich selbst auf den Weg ins Bad und als er zurückkam, hielt er in der Tür inne, als er sie unter der Bettdecke vergraben sah.

Sie hob die Ecke an. »Komm schon! Worauf wartest du noch?«

Mit einem knappen Nicken, mehr zu sich selbst als zu ihr, betrat er das Zimmer und kletterte zu ihr ins Bett.

Sie stieß einen großen, zufriedenen Seufzer aus, als sich ihre Körper berührten, ihre Arme ineinander verschlungen waren und ihre Hände die perfekten Stellen zum Festhalten fanden.

***

»Du schienst entspannter zu sein«, sagte Marc zu ihm und schob sich den sperrigen Dienstgürtel bequemer über die Hüften.

Matt knöpfte sein Uniformhemd zu, holte seinen Gürtel aus dem Spind und konzentrierte sich darauf, ihn durch die Gürtelschlaufen zu ziehen. »Tu ich das?«

»Pussy hat diese Wirkung auf einen.«

Er stoppte das Einfädeln des Gürtels und schaute zu seinem Bruder auf. »Was hast du gerade gesagt?«

Marc streckte seine Handflächen aus und ging lachend einen Schritt zurück. »Ich habe nur Spaß gemacht.«

Max drängte sich in die kleine Umkleidekabine. »Wovon redet ihr Scheißkerle gerade?«

»Dass Matt flachgelegt wird«, meldete sich Marc.

»Nein, darüber reden wir nicht«, sagte Matt und drehte seinen Brüdern den Rücken zu. Er setzte sich auf die Holzbank und zog sich seine schwarzen Einsatzstiefel an. Es war ein gutes Gefühl, nach einer Woche wieder die Uniform anzuziehen.

Als er seine Hosenbeine über den knöchelhohen Stiefeln

zurechtrückte, meldete sich eine Frauenstimme. »Na, wenn das nicht ein verdammt leckeres Männer-Sandwich ist, weiß ich nicht, was es ist.«

Amanda.

Matt stand auf, zog seine Hose hoch und stellte sich seiner Schwägerin. »Was machst du hier?«

Sie hielt die kleine Hannah in ihren Armen. Das Kind war wach, aber zum Glück ruhig.

»Ich hole meinen hübschen Mann ab und setze Hannah bei den Eltern ab, damit wir etwas *Zeit für uns* haben.« Sie wackelte mit den Augenbrauen.

»Kannst du es so schnell schon wieder tun?«, fragte Marc erstaunt. »Ich frage nur für einen Freund.« Dann lachte er.

»Warum? Planst du bald deine eigenen Babys?«, fragte Max und klopfte Marc auf den Arm.

»Nope. Leah hat im Moment keinen Mutterinstinkt. Und ich werde sie nicht dazu ermutigen.« Er wandte sich an Amanda und sagte: »Lass sie Hannah nicht zu oft halten. Ich will nicht, dass ihre Hormone verrückt spielen.«

»Du meinst, es gibt auch Frauen ohne verrückte Hormone?«, fragte Max und lachte.

»Scheiße. Ich muss mal schnell auf die Toilette.« Sie schob Hannah in Matts Richtung. »Kannst du sie mal kurz halten?«

Matt sah das Baby an, als wäre es ein Stück rohe Leber. Auf keinen Fall wollte er dieses Ding halten.

Max, der zu sehr damit beschäftigt war, seine Zivilkleidung anzuziehen, hatte keine Hände mehr frei und Marc schob sich schnell an Amanda vorbei zur Tür. »Ich fange mit der Patrouille an, wenn du auf das Baby aufpasst.« Dann verschwand er in Windeseile.

Der Penner. Er wollte das Baby auch nicht halten.

Amanda schob Hannah wieder zu ihm hin. »Komm schon. Sie wird dir nicht wehtun. Und du wirst sie auch nicht kaputtmachen. Sie hat ganz weiche Knochen. Frag mich nicht, woher ich das weiß.«

Max kicherte und drehte ihnen den Rücken zu, während er sein Hemd auszog.

»Hier.« Sie drückte das Baby gegen seine Brust. »Nimm sie, sonst fällt sie runter, wenn ich loslasse.«

Verdammt noch mal! Sie war die sturste Frau, die er je getroffen hatte. »Es tut mir so leid, dass du dich mit so etwas täglich auseinandersetzen musst«, sagte er zu Max.

»Ach, stell dich nicht so an!«, rief Amanda ihm entgegen.

Dann ließ sie Hannah los und Matts Instinkt, das Kind zu beschützen, setzte ein. Er drückte das Kind in seinen Armen an seine Brust und versuchte, nicht in ihr Gesicht zu schauen.

»Siehst du? Gar nicht so schlimm. Ich bin gleich wieder da.« Und mit diesen Worten verschwand sie.

»Kannst du dein Kind nehmen?«, flehte er Max an.

»Wenn ich mit dem Umziehen fertig bin.« Sein älterer Bruder warf einen Blick über seine Schulter. »Sieht so aus, als würde sie dich tatsächlich mögen. Kaum zu glauben.«

Widerwillig blickte Matt auf Hannahs Gesicht hinunter. Ihre kleinen geschwungenen Lippen waren getrennt und ihre Fäuste zuckten unkontrolliert, was ihn an Greg erinnerte. Sie stieß einen leisen, kleinen Laut aus. Wie ein Gurren.

Matts Nasenlöcher weiteten sich, als er nach Luft rang und seine Sicht schwankte. »Wirst du dieses Ding nehmen?« Er versuchte, die Panik aus seiner Stimme zu verbannen, aber es fiel ihm schwer. Er konnte die plötzliche Versteifung seiner Wirbelsäule nicht kontrollieren und seine Ohren begannen zu klingen.

Max drehte sich zu ihm um. »Sie ist kein *Ding*. Sie ist meine Tochter.«

Matt schloss die Augen und seine Finger umklammerten

das Baby fester. »Tut mir leid. Tut mir leid. Bitte. Nimm sie einfach!«

Dann waren Max' Hände da und rissen sie aus seinen Armen. »Was ist los mit dir?«

Matt konnte seinen Bruder nicht ansehen. Er konnte seine Nichte nicht ansehen. Er konnte seinen Mund nicht mehr richtig bewegen. »Ich … Ich …«

»Matt, hör auf damit!«

»Ich will nur zur Arbeit gehen«, spuckte er schließlich aus.

»Dann geh, verdammt noch mal! *Mein Gott!*«

Matt drehte sich um und rannte aus dem Zimmer und den Flur hinunter, Max' Stimme folgte ihm. »Sie ist doch nur ein Baby.«

Amanda schaute ihn überrascht an, als er sich an ihr vorbei zur Hintertür schob. »Es tut mir leid«, murmelte er ihr zu.

»Was denn?«, fragte sie.

Anstatt ihr zu antworten, schlug er mit den Handflächen auf den Türriegel und trat in das Nachmittagslicht hinaus. Er sog die Luft in seine Lungen ein und drehte sein Gesicht in die warmen Sonnenstrahlen.

Die Wärme und die frische Luft spülten die Reste seiner Panik weg. Die Muskeln in seinem Brustkorb lockerten sich und er saugte den Sauerstoff in einem normalen Tempo ein.

Er zog sein Handy aus der Hemdtasche und scrollte durch seine Kontakte.

»Dr. Stephens«, kam die Stimme, die ihn augenblicklich beruhigte.

»Wir können keinen Sex mehr haben«, sagte er ihr in aller Eile.

Er hörte ein leichtes Zögern am anderen Ende der Leitung. »Was?«

»Wir können nicht mehr ficken.«

»Äh. Warum?«

»Weil du ein Baby willst.«

Er hörte ein Rascheln durch das Telefon und dann klangen ihre nächsten Worte gedämpft, als würde sie sich den Mund zuhalten. »Du redest Unsinn. Wovon zum Teufel redest du?«

»Du willst ein Baby«, wiederholte er und wünschte, sein Gehirn würde einen Sinn ergeben.

»Okay. Und? Was hat das damit zu tun, dass wir Sex haben? Ich kann nicht schwanger werden.«

Das wusste er. Er wusste es. Aber das war nicht der Grund, aber er konnte seine Gedanken nicht ordnen, um es ihr zu erklären. Er konnte es selbst nicht einmal begreifen.

Er war ein Arschloch.

Das war ihm klar.

Er versuchte, das Beste, was ihm in seinem Leben passiert war, loszuwerden. Das Einzige, das ihm das Gefühl gab, vollständig zu sein.

Und das alles nur, weil er Amandas Baby in seinen Armen gehalten hatte. Und das machte ihn verdammt wütend. Er schüttelte den Kopf und versuchte, einen Funken Verstand zu sammeln.

»Matt, geht es dir gut?«

»Nein«, sagte er stöhnend. »Nein. Mir wird es nie gut gehen.«

»Sag das nicht«, flüsterte sie barsch.

»Aber es ist wahr.«

»Matt, sag das nicht! Ich liebe dich. Es wird alles gut.«

Er nahm das Telefon von seinem Ohr und starrte es entsetzt an. Jetzt spielte ihm sein Gehirn wirklich einen Streich.

Er hielt den Hörer wieder an sein Ohr. Hatte er sich eingebildet, was sie gesagt hatte? »Was?«

»Ich liebe dich«, wiederholte sie langsam.

»Nein.«

»Doch. Ich liebe dich.«

»Nein. Das kannst du nicht.«

»Aber ich tue es.«

»Fick dich, Carly! Das kannst du nicht!«, schrie er. Er schleuderte das Telefon über den Parkplatz und sah zu, wie es auf dem Bürgersteig in Stücke zerbrach. Er holte tief Luft, drehte sich um und stieß einen Schrei aus, der die Milch zum Gerinnen bringen könnte.

»Zieh dich um und geh verdammt noch mal nach Hause. Ich will dich mindestens eine weitere Woche nicht sehen.«

Matt drehte sich nicht um. Er konnte es nicht. Er wollte den tadelnden Blick in den Augen seines Bruders nicht sehen. Er wollte das Entsetzen in Amandas Augen nicht sehen. Es war schon schlimm genug, dass er wusste, dass diese Blicke existierten.

Er ließ seinen pochenden Kopf hängen und nickte, seine Lungen brannten, als er keuchte. Fast hätte er sich entschuldigt … schon wieder. Aber er hielt sich zurück. Er stand in der Mitte des Parkplatzes und starrte auf den Bürgersteig, während er Max und Amanda dabei zuhörte, wie sie das Baby ins Auto luden und wegfuhren. Als er allein war, kehrte er zur Wache zurück und ging hinein, um sich seiner Uniform zu entledigen.

Und seines Stolzes.

MIT JEDEM TAG, an dem Carly nach Hause kam und den Truck nicht sah, wurden die Enttäuschung, die Angst und die Traurigkeit größer und hinterließen einen tiefen Schmerz in ihr.

Sie hätte es ihm nie sagen dürfen. Sie wusste, dass er ausflippen würde.

Und sie hatte recht.

Dumm, dumm, dumm.

Allein die Tatsache, dass sie ihm gesagt hatte, dass sie ihn liebte, hatte ihn wieder einmal um den Verstand gebracht. Sie wusste nicht, warum sie es getan hatte.

Ach ja, richtig. Er versuchte, sie wegzustoßen, und sie wurde verzweifelt. Jeder andere Mann hätte sich vielleicht geschmeichelt gefühlt. Aber Matt war nicht wie jeder andere Mann.

In der letzten Woche hatte Mary Ann sie ein paar Mal zum Essen eingeladen, aber sie konnte seinen Eltern nicht gegenübertreten. Auch wenn sie nicht wussten, was genau passiert war.

Sie wussten nur, dass er verschwunden war.

Wieder einmal.

Sie konnte ohnehin nichts essen. Ihr Magen fühlte sich schmerzhaft leer an, wenn sie daran dachte, dass er vielleicht getan hatte, was er angedroht hatte. Zurück ins Ausland zu gehen. Zurück in den Aufruhr und den Schmerz. Zurück zu etwas Vertrautem.

Und es wäre alles ihre Schuld.

Sie könnte nicht damit leben, wenn er verletzt oder getötet werden würde.

Max hatte sie jeden Tag angerufen und gefragt, ob sie ihn gesehen hatte. Und jeden Tag, bevor er auflegte, versuchte er, sie zu beruhigen, indem er sagte: »Er wird schon wieder auftauchen.«

Das klang nicht sehr vielversprechend. Die Leute tauchten immer wieder auf. Allerdings manchmal nicht auf die wünschenswerteste Art und Weise.

Wie ein Roboter ging sie jeden Tag zur Arbeit, besuchte ihre Patientinnen, lauschte den Herztönen der Föten und gab Ratschläge. In dieser Woche hatte sie sogar ein Baby zur Welt gebracht, und ihre übliche Begeisterung darüber, ein neues Leben auf die Welt zu bringen, war verschwunden.

Als ihr Telefon auf dem Tresen klingelte, eilte sie hin und schaute auf die Anrufer-ID. Mit zitternden Fingern nahm sie es in die Hand und wischte über den Bildschirm.

Sie konnte nicht einmal Hallo sagen.

Sie hörte sein Atmen am anderen Ende der Leitung und wollte vor Erleichterung zusammenbrechen.

Wenigstens war er noch am Leben.

»Es tut mir leid.«

Ihre Wut kochte hoch, weil er sie so beunruhigt hatte. »Hör auf, dich ständig zu entschuldigen«, schnauzte sie. Dann holte sie tief Luft und beruhigte sich. »Wo bist du? Und wenn du Irak oder Afghanistan sagst – oder verdammt noch mal, Syrien – dann fliege ich sofort hin und erwürge dich.«

Sie wünschte, sie würde scherzen, aber das tat sie nicht.

»Ich wollte dich nur wissen lassen, dass es mir gut geht.«

»Sag mir, wo du bist.« Sein Schweigen veranlasste sie, das Telefon noch fester zu drücken. »Matt …«

»Es geht mir gut, Carly.«

Nein, das stimmte nicht. Es ging ihm nicht gut. Menschen verschwanden nicht einfach so von ihren Liebsten.

Sie hörte Stimmen im Hintergrund.

»Ich muss jetzt auflegen.«

»Warum? Zwingt dich jemand, aufzulegen?«

»Ich muss gehen.«

»Matt. Sag mir, wo du bist!« Ihre Worte klangen laut ausgesprochen vielleicht ruhig, aber in ihrem Kopf schrie sie. »Hast du wenigstens mit Max gesprochen?«

»Ja.«

Die Leitung war tot.

Sie starrte auf den Bildschirm, als er dunkel wurde. Schnell drückte sie die Einschalttaste und scrollte durch ihre Kontakte, bis sie Max' Nummer fand.

Seine schroffe Begrüßung brachte ihr ein Gefühl der Erleichterung.

»Wo ist er?«, fragte sie.

»Was?«

»Max, sag mir, wo er ist.« Sein Zögern brachte sie dazu, schreien zu wollen. »Ich weiß, dass du es weißt, er hat mir gesagt, dass er mit dir gesprochen hat.«

Max verbarg die Überraschung in seiner Stimme nicht. »Du hast mit ihm gesprochen?«

»Ja. Gerade eben. Aber nur für ein paar Sekunden.«

»Ich habe versucht, mich da rauszuhalten, aber jetzt muss ich fragen … Was läuft da zwischen euch beiden?«

Carly öffnete ihren Mund und schloss ihn mit einem Schnalzen. Ein Desaster, das wollte sie sagen.

»Was auch immer es ist, es löst etwas aus.«

Carly schloss die Augen und hielt sich das Telefon ans Ohr, aber sie konnte nicht sprechen.

»Doc?«

»Ich weiß es nicht«, flüsterte sie. »Ich meine … Ich weiß … *Ach, fuck.*«

»Hm. Klingt so, wie meine Beziehung mit Amanda angefangen hat. Es war einer dieser *Oh-verdammt-noch-mal-fuck-was-machen-wir-hier-eigentlich-verfluch-nich-mal*-Starts. Ich kann nicht behaupten, dass es einfach war. Und glaub mir, ich bin mir sicher, dass der Umgang mit Matt doppelt, dreifach, verdammt, eine Million Mal chaotischer ist als das, was ich mit Amanda erleben musste.« Er lachte, dann wurde er schnell wieder nüchtern. »Carly, hör zu. Ich habe das Gefühl, dass zwischen euch beiden etwas Großes vor sich geht. Trotzdem muss er mir die Erlaubnis geben, dir zu sagen, wo er ist.«

»Und die hat er nicht gegeben«, flüsterte Carly ins Telefon und umklammerte es fester.

»Ich habe nicht gefragt. Aber ich verspreche, dass ich es tun werde.«

Sie nickte, dann wurde ihr klar, dass Max sie nicht sehen konnte. »Bitte.«

Er räusperte sich. »Ähm … Hast du dich in meinen Bruder verliebt?«

Sie ließ sich auf einen der Küchenstühle sinken. »Ich glaube schon«, sagte sie leise.

»Oh, Scheiße. Wie ist das denn passiert?«, fragte er. »Ich meine, du brauchst mir nicht zu sagen, wie so etwas passiert. Ich denke, ich versuche herauszufinden, wie sich jemand in diese wandelnde …« Er blies einen lauten Atemzug aus. »*Katastrophe* verlieben kann.«

»Er ist keine Katastrophe.«

»Oh, Scheiße, du bist echt verliebt.«

Sie seufzte. »Okay, er ist eine Katastrophe. Aber er ist ein guter Mensch.«

Max seufzte. »Er ist ein Arschloch. Und weißt du warum? Weil er sich das alles selbst zuzuschreiben hat. Er hatte mehrmals die Möglichkeit, nach Hause zu kommen. Er hat es nicht getan. *Er* hat diese Entscheidung getroffen. Niemand sonst.« Seine Stimme wurde schwer und er zögerte. »Aber im Ernst, er hat wirklich ein gutes Herz. Aber davon wirst du ihn nicht überzeugen können. Ich habe mit seinen COs gesprochen …«

»COs?«

»Commanding Officers, also seine Kommandanten«, erklärte er. »Ich habe versucht, ihn zu verstehen, herauszufinden, was er durchgemacht hat, um ihm zu helfen. Er ist mein kleiner Bruder, mein Blut. Es tut mir weh, ihn so zu sehen.«

Carly ließ ihren Kopf in ihre Hand sinken. »Mir auch.«

»Wenn du meinen Rat willst, solltest du ihn einfach in Ruhe lassen. Erspare dir den ganzen Kummer und Schmerz.«

»Ich will deinen Rat nicht.«

»Ja, das habe ich auch nicht erwartet. Aber er war umsonst und du hast ihn trotzdem bekommen.«

»Liebe ist scheiße«, stöhnte sie.

»Ja, vielleicht. Es ist wie ein Tattoo. Es tut höllisch weh, bis es verheilt ist, und dann merkst du, dass es das am Ende wert war. Es verwandelt sich in ein Kunstwerk. Manchmal ist es ein beschissenes Kunstwerk, aber es ist ein Kunstwerk, das du für den Rest deines Lebens schätzen kannst.«

»Das ist die beschissenste Analogie.«

Max lachte am anderen Ende des Telefons. »Ich weiß. Ich bin schlecht in solchen Sachen.«

»Amanda ist eine glückliche Frau«, sagte sie leise und meinte es ernst.

»Nee, ich bin der Glückliche. Und wir haben Glück, dass du unser Mädchen zur Welt gebracht hast. Willkommen in der Familie, Doc. Du hast eine ziemlich beschissene Fahrt vor dir. Also halt dich gut fest!«

Und mit diesen Worten legte er auf.

Vergiss den Sicherheitsgurt für diese Fahrt! Sie brauchte einen dieser Fünf-Punkt-Gurte für Rennwagen.

Kapitel Fünfzehn

CARLY BEOBACHTETE, wie Amanda in der Küche der *Boneyard Bakery* umherlief. Die kleine Hundekeksbäckerei, die die Frau von Grund auf selbst aufgebaut hatte, war beeindruckend.

Sie hockte mit Hannah im Arm auf einem der Edelstahltische. Das Baby schlief tief und fest und sie wollte es nicht wecken. Allerdings wurde das Kind immer schwerer und heißer.

Der Säugling war trotzdem ein Schatz. Der Schmerz in ihrer Brust wurde größer, als sie auf das Gesicht des Babys hinunterblickte, das im Schlaf seine kleinen, bogenförmigen Lippen trennte.

»Du musst sie nicht die ganze Zeit halten«, sagte Amanda, während sie einen großen Sack Mehl herausholte, um eine neue Ladung Teig zu machen. »Ich weiß, dass sie sich nach einer Weile so schwer wie ein Zementblock anfühlt.«

»Ich möchte es aber.«

»Hast du in letzter Zeit etwas von ihm gehört?«, fragte Amanda, während sie den Rest der Zutaten zusammensuchte.

Es gab keinen Zweifel, wen Amanda meinte. »Nein. Nicht seit diesem einen kurzen Telefonat.«

Amanda schüttelte den Kopf. »Tut mir leid.«

»Es ist schon einen Monat her. Weißt du, wo er ist?«

Amanda zögerte und wich ihrem Blick aus. »Ja.«

»Aber du darfst es mir nicht sagen.«

»Ich möchte es. Aber das muss Matt entscheiden.«

Carly nickte. Als Ärztin verstand sie die Sache mit der Privatsphäre, aber jetzt, da es sie selbst betraf, gefiel ihr das nicht. Ganz und gar nicht.

»Bin ich der Grund für das, was passiert ist? Bin ich der Grund, warum er gegangen ist?«, fragte Carly.

Amanda lachte, unterbrach ihre Arbeit und stemmte die Hände in die Hüften. »Zum Teufel, nein. Du wirst niemals die Schuld für Matts Handlungen auf dich nehmen.«

Hannah seufzte im Schlaf und schmatzte mit den Lippen. Carly lächelte auf das Bündel in ihren Armen hinunter. Wie konnte jemand von so unschuldig und unwissend wie Hannah es war, zu so beschädigt und außer Kontrolle wie Matt werden?

Das Leben. Das Leben tat einem das an.

Und manchmal kam es auf dich zu wie ein rasender Güterzug und du hattest keine Zeit, aus dem Weg zu springen, bevor er dich traf.

»Max hat mir von dem Gespräch zwischen dir und ihm erzählt«, gestand Amanda.

»Das dachte ich mir schon.«

»Sei nicht sauer, wir erzählen uns alles«, sagte Amanda, während sie sich wieder mit dem Industriemixer beschäftigte.

»Ich verstehe das. Ich bin nicht sauer.«

»Er hat gesagt, dass er dich in der Familie *willkommen* geheißen hat. Ich nehme also an, dass du genauso am Arsch bist wie Leah und ich.« Sie schnaubte. »War nur ein Scherz. Max war das Beste, was in mein Leben getreten ist … Na ja, neben Greg … Oh, und seiner verrückten Familie. Und diesem verdammten Hund.« Sie neigte ihren Kopf zu Chaos, dem schwarz-weißen Border Collie, der sich schlafend in einem Hundebett zusammengerollt hatte und mit seinen Beinen und seinem Gesicht zuckte, während er in seinen Träumen Häschen jagte.

»Ich habe Max gesagt, dass du eine glückliche Frau bist.«

Die andere Frau schnaubte und wischte sich das Mehl auf ihrer Schürze ab. »Und ist er vor Lachen in Ohnmacht gefallen?«

»Nein, er sagte, er sei der Glückliche.«

Sie hielt mit einem Messbecher, der über der großen Edelstahlschüssel schwebte, inne. Dann schaute sie zu dem Baby in Carlys Armen hinüber. »*Verdammt*, ich liebe diesen Mann«, flüsterte sie.

»Und das sieht man«, sagte Carly zu ihr.

»Du willst Kinder?«, fragte sie und schüttete Tasse für Tasse Mehl in die Schüssel, wodurch sich eine Staubwolke bildete.

»Ja. Aber ich kann nicht …« Carlys Stimme verstummte.

»Was kannst du nicht?«

»Kinder haben.«

Amanda drehte sich überrascht zu ihr um. »Verdammt!« Sie wischte sich mit dem Handrücken über die Stirn und hinterließ dabei eine Mehlspur auf ihrer Haut. »Ich würde fragen, warum nicht, aber ich glaube nicht, dass das eine Rolle spielt. Aber vielleicht ist das gut für euch beide, denn Matt hat dieses … *Problem* … mit Kindern … oder Babys, anscheinend. Oder wer weiß das verdammt noch mal schon. Du hättest ihn sehen sollen, als ich ihn vor einem Monat gebeten habe, Hannah zu halten.«

»Und er hat es getan?«

»Ja, aber erst, als ich ihn gezwungen habe. Max sagte, er

sei total ausgeflippt, als wäre er in eine Art Panikmodus oder so etwas geraten. Das war an dem Nachmittag, als wir ihn auf dem Parkplatz wie eine Furie schreien hörten. Er hat auch sein Handy zertrümmert. Es war irre. Du hättest seinen Gesichtsausdruck sehen sollen. Es war, als hätte er einen Geist gesehen. Deshalb hat Max ihn nach Hause geschickt. In dem Zustand, in dem wir ihn gefunden haben, konnte er nicht auf Streife gehen.«

Carly dachte an das alberne Telefonat zurück. In dem sie ihm gestand, dass sie ihn liebte. Jetzt ergab alles einen Sinn … irgendwie. Sie runzelte die Stirn. Kein Wunder, dass er davon gesprochen hatte, dass er keine Babys haben wollte.

»Da hast du's: Ihr passt perfekt zusammen. Du kannst keine Kinder bekommen und Matt will keine. Du musst dich nur mit seinen anderen … *Problemen* auseinandersetzen.«

»Ja, aber ich *will* …«

Die Hintertür der Bäckerei öffnete sich abrupt und Carly blinzelte auf die Silhouette in der Tür. Ihr stockte der Atem, als sie auf die Füße stieg. Amanda kam schnell zu ihr und nahm ihr Hannah sanft aus den Armen.

Matts Augen huschten von Carly zu Hannah und dann wieder zu Carly.

Einen ganzen Monat lang hatte er nichts von sich hören lassen und dann tauchte er einfach auf? Als ob nichts wäre.

»Hat irgendjemand vor etwas zu sagen?«, fragte Amanda, während sie Hannah in ihre Trage setzte. »Oder werden wir uns alle nur in unangenehmem Schweigen anstarren?«

Matt begegnete Carlys Blick und hielt ihn fest, sodass sich die Härchen in ihrem Nacken aufstellten. Irgendetwas war anders an ihm. Er wirkte dünner im Gesicht, doch seine Augen schienen klarer zu sein.

»Wir müssen reden«, sagte er, seine Stimme war tief und klar, aber emotionslos.

Amanda stöhnte laut auf. »Das ist so ziemlich der schlimmste Satz, den es *jemals* in der Geschichte der Menschheit gegeben hat. Konntest du es nicht irgendwie anders angehen?«

Matt ignorierte sie und wartete auf eine Antwort von Carly. Entweder würde sie ihm sagen, er sollte zur Hölle fahren, oder sie könnte ihm zur Tür hinaus folgen, um eine Diskussion zu führen. Im Moment war es eine schwierige Entscheidung zwischen diesen beiden Möglichkeiten. Ihr Herz sagte ihr, dass sie sich anhören sollte, was er zu sagen hatte. Ihr Kopf sagte ihr, sie sollte ihm sagen, er sollte einen langen Marsch von einem kurzen Steg machen. Doch ihr Körper entschied für sie, als sie nach vorn schritt und aus der Tür ins Tageslicht trat.

»Viel Glück«, murmelte Amanda ihr zu, als sie die Tür der Bäckerei hinter ihnen schloss.

Dann waren sie allein.

»Komm mit!«, sagte er. Als sie zögerte, fügte er hinzu: »Bitte.«

Mit einem Nicken ging sie hinter ihm ein kurzes Stück zu der Scheune neben der Bäckerei. Er schloss die Tür auf und wartete darauf, dass sie eintrat. Nachdem sie eingetreten war, kam er in das schummrige Innere und schloss die Tür hinter sich.

Er stand einige Augenblicke lang mit dem Gesicht zum Eingang, mit dem Rücken zu ihr. Dann spannte sich sein Körper an und er drehte sich zu ihr um.

Er öffnete den Mund und sie schnitt ihm das Wort ab. »Wenn du noch einmal sagst, dass es dir leidtut, werde ich schreien. Sag es nicht!«

Er schloss abrupt seinen Mund und nickte. Er ging zu einem großen Haufen losen Strohs hinüber, starrte es kurz an und ging dann zu einem verbeulten Metallschrank. Er schnappte sich etwas, das wie eine alte Decke aussah, und breitete sie über dem Haufen aus.

Wenn sie es nicht besser wüsste, würde sie denken, dass sie ein romantisches Picknick veranstalteten.

Aber das hier war weder romantisch *noch* ein Picknick.

»Ich weiß, dass du mir keine Antworten schuldest, aber ich frage trotzdem … Wo warst du?«

Er streckte ihr seine Hand entgegen und sie starrte sie einen Moment lang an, bevor sie sie ignorierte, sich daran vorbeischob und auf der Decke niederließ. Das war es doch, was er wollte, oder? Dass sie sich setzte? Das konnte sie auch gut allein.

Seufzend ließ er sich neben ihr nieder, die Beine angewinkelt, die Unterarme gekreuzt und auf den Knien abgestützt. Er presste die Stirn auf seine Arme und starrte zwischen seinen Oberschenkeln nach unten.

»Ich bin weggegangen«, murmelte er.

Carly breitete frustriert ihre Arme aus. »Ach was? Warum bin ich hier, wenn du nicht mit mir reden willst?«

»Ich muss mit dir reden«, sagte er leise.

Sie schaute ihn aufmerksam an. »Dann rede!«

Er hob den Kopf und starrte nach vorn. »Ich war in einem stationären Programm.«

»Was für ein Programm?«

»Für Veteranen mit PTBS.«

»Hat Max dich dazu gezwungen?«

Er schüttelte den Kopf und wandte sich dann endlich ihrem Blick zu. »Nein. Ich habe mich selbst angemeldet.«

Ihr Herz setzte einen Schlag aus, als er das zugab. Sie blinzelte schnell und wünschte sich, das plötzliche Brennen in ihren Augen loszuwerden. »Wird Max dich feuern?«

»Ich hoffe nicht.«

Carly hoffte das auch nicht. Der Mann brauchte ein Ziel im Leben, und wenn man ihm das wegnahm, würde er vielleicht nichts mehr haben.

»Du hättest es mir sagen können«, sagte sie.

»Ich wollte …«

»Aber du hast es nicht getan.« Sie hob ihre Handfläche. »Entschuldige dich nicht, verdammt noch mal.«

Er lachte leise und neigte den Kopf. »Okay, werde ich nicht.«

Carly betrachtete sein Gesicht, als er lachte, die Art und Weise, wie seine Augen lebendig wurden, wie sich die Haut in den Ecken kräuselte und wie sich seine Lippen hoben. Ihr Herz schmolz dahin und in diesem Moment verliebte sie sich noch mehr in ihn.

Das war sein wahres Ich. Er war nicht sein PTBS. Er war nicht seine Zwangsstörung. Diese Probleme definierten nicht seine Persönlichkeit. Sein Lachen, seine Liebe, seine Fürsorge für andere und nicht für sich selbst machten ihn zu dem, was er war. Das war es, in das sie sich verliebt hatte. Wenn sie einen Blick auf den wahren Matt erhaschte, egal wie kurz er war, war das der Teil von ihm, den sie am meisten liebte.

Sie legte eine Hand auf seinen Arm, der erste Kontakt, seit er zum zweiten Mal verschwunden war. »Hat es geholfen?«

»Ich glaube schon.«

»Aber du bist dir nicht sicher?«

»Nein. Um die vollen dreißig Tage zu bleiben, haben sie von mir verlangt, dass ich die Medikamente nehme, die ich bisher vermieden habe. Ich glaube, es hilft.«

»Es ist keine Schwäche, Medikamente zu nehmen, Matt. Manchmal sind sie nur eine helfende Hand. Ein Schritt in die richtige Richtung.«

»Ja«, sagte er, plötzlich wieder grimmig. Er drehte sich noch einmal zu ihr. »Willst du die Wahrheit hören?«

Sie hielt den Atem an und nickte.

»Ich habe Panik bekommen, als ich vorhin nach Hause

kam und du nicht da warst. Ich dachte, du wärst weg. Ich könnte es dir nicht verübeln, wenn du das getan hättest.«

»Ich bin nicht diejenige, die verschwindet, Matt.«

Er schloss seine Augen, nickte und schluckte schwer. »Das habe ich verdient.«

»Es sollte dich nicht so ausflippen lassen, wenn dir jemand sagt, dass er dich liebt.«

»Das kannst du nicht.«

»Ich kann was nicht?«

»Mich lieben.«

»Aber das *tue* ich. Ich liebe dich, Matt. Warum kannst du das nicht akzeptieren?«

Er zuckte zusammen. »Das kannst du nicht. Du hast es versprochen.«

Er dachte, es wäre so einfach. Carly wollte lachen, aber sie tat es nicht. »Du kannst mir nicht sagen, dass ich dich nicht lieben kann. So funktioniert das nicht.«

»So muss es aber funktionieren.« Er zögerte, dann flüsterte er: »Weil ich dich nicht zurücklieben kann.«

Sie stieß einen lauten Seufzer aus. »Ich weiß. Aber ich habe nie versprochen, mich nicht in dich zu verlieben«, erklärte sie. »Ich habe nur versprochen, dass ich nicht mehr von dir verlange, als du bereit bist zu geben.«

»Ich will dich nicht verletzen.«

Sie hielt inne. Das war nicht das erste Mal, dass er das erwähnte. »Meinst du körperlich oder emotional?«

»Beides.«

»Körperlich wirst du mich nicht verletzen.« Das wusste sie genau. Bei den Gefühlen könnte es anders aussehen.

»Das weißt du doch gar nicht.«

»Doch, Matt. Ich weiß es. Ich habe keine Angst vor dir. Ich kann sehen, wer du tief im Inneren bist. Auch wenn du das nicht siehst.«

»Du kennst mich doch kaum«, beharrte er.

Carly zog die Augenbrauen hoch und dann frustriert

zusammen. Sie kannte ihn gut genug. Vielleicht glaubte er es nicht und sie weigerte sich, darüber zu streiten. »Du hast recht. Aber selbst in der kurzen Zeit, in der wir uns kennen und Zeit miteinander verbracht haben, kann ich dich deutlicher sehen als du dich selbst.«

»Ich bin hoffnungslos.«

Einen Moment lang wusste sie nicht, was sie darauf antworten sollte. »Haben sie dir das in dem Programm gesagt?«

»Nein.«

»Dann stimmt es auch nicht. Und außerdem darfst du nicht so denken. Du hast so viel zu geben. Überlege dir, was du für deine Gemeinde tun kannst, nicht nur als Mitbürger, sondern auch als Officer. Es liegt dir im Blut, zu dienen.« Sie kniete sich vor ihm hin und achtete darauf, dass er ihrem Blick nicht ausweichen konnte. »Weißt du was, Matt? Du denkst, du bist kaputt. Tja, ich bin auch kaputt.« Sie legte eine Hand auf ihren Unterleib. »Diese Gebärmutter wird nie Kinder gebären.« Sie fasste sich an beide Brüste. »Diese werden nie ein Neugeborenes ernähren. Wir müssen beide mit dem klarkommen, was das Leben uns gegeben hat. Ob es uns gefällt oder nicht.«

»Es tut mir leid, dass du nie Kinder haben wirst.«

Carly stieß einen kleinen Schrei aus.

Matt hob kapitulierend die Hände und zuckte zusammen. »Es tut mir leid, dass ich mich entschuldigt habe. *Ach, fuck!* Sorry.« Er zog eine Grimasse und fing an zu lachen. Er lachte aus vollem Halse und ließ sich zurück auf die Decke fallen.

Einen Moment lang dachte Carly, dass er vielleicht seine Medikamente anpassen müsste. Trotzdem konnte sie nicht anders, als zu lächeln und mitzulachen. Sein Lachen war ansteckend. »Du bist so ein Arschloch!«, schrie sie ihn zwischen den Lachern an.

Er hielt sich den Bauch, während sein Körper bei jedem

unkontrollierten Glucksen einen Schluckauf bekam. »Es tut mir leid, dass ich ein Arschloch bin.« Er lachte noch lauter, fast schon keuchend.

»Das sollte es auch!« Mit einem Glucksen fiel sie auf ihn und umarmte ihn fest.

»Es tut mir leid, dass ich verschwunden bin.« Sein Lachen verstummte schnell. Er strich ihr das Haar aus dem Gesicht, umfasste ihre Wange und blickte ihr tief in die Augen. »Es tut mir leid, dass ich nicht in der Lage bin, dich zurückzulieben.« Seine tiefe Stimme wurde zu einem leisen Flüstern. »Es tut mir leid, dass du dich in jemanden wie mich verliebt hast.« Er strich ihr eine lange Haarsträhne hinters Ohr. »Weil du etwas viel Besseres verdient hast.« Seine letzten Worte wurden an ihren Lippen ausgesprochen.

Sie wich nur einen Hauch von ihm zurück. »Unterschätze dich nicht, Matt.«

Schnell rollte er sich mit ihr herum, bis er sie unter sich gedrückt hatte. »Ich sag' dir eins. Ich werde versuchen, ein besserer Mensch zu sein. Ich verspreche, meine Medikamente zu nehmen und zur Therapie zu gehen. Und eines Tages … eines Tages verdiene ich vielleicht deine Liebe.«

»Du musst mir versprechen, dass du nie wieder verschwindest. Egal, was passiert, du bleibst hier, um die Dinge zu klären. Du kannst dich nicht bessern, indem du wegläufst.«

Seine kristallblauen Augen bohrten sich in sie. »Diesmal war es aus einem guten Grund.«

Sie wusste das. Wirklich. *Jetzt.* Aber die Art und Weise, wie er gegangen war, hatte sie beunruhigt.

»Du kannst immer mit mir reden. Wenn dich etwas bedrückt und du es klären musst, komm zu mir.«

»Ich will dir nicht zur Last fallen.«

Carly schüttelte den Kopf. »Das wirst du auch nicht. Wenn ich es nicht wollte, würde ich es nicht anbieten.«

»Womit habe ich dich verdient?«

Ihre Lippen verzogen sich zu einem Lächeln. »Du bist fantastisch im Bett.«

Seine Augenbrauen schossen fast bis zu seinem Haaransatz. »Oh, das ist es also?«

»Jupp.«

»Nur der Sex?«, stichelte er und seine Augen funkelten.

»Nur Sex«, bestätigte sie.

»Sonst nichts?«

»Nee. Das reicht. Das ist alles, was du wolltest, oder?«

»Jupp, du nackt unter mir und ich tief in dir, damit du dich windest und schreist, wenn du mehrfach kommst.«

»Oh, es hat also nicht damit zu tun, wenn ich oben bin? Oder wenn ich dir Befehle gebe? Du reagierst auf jeden Fall auf meine Befehle wie ein braver kleiner Marine.«

Seine Augen verdunkelten sich, während er sie musterte. »Ich kann mich nicht erinnern, dass du mir jemals einen Befehl gegeben hast.«

»Wirklich?«

»Wirklich«, sagte er amüsiert hinter seinen schweren Liedern.

Carly entging nicht, dass sein hartes Glied gegen ihren Oberschenkel drückte. Es war einen Monat her, dass sie körperlichen Kontakt hatten. Seit einem Monat hatten sie sich nicht mehr in den Armen gehalten. Seit einem Monat war kein Teil von ihm mehr in ihr gewesen.

»Vielleicht brauche ich eine kleine Erinnerung vom Diktator-Doktor «, schlug er vor.

Sie verpasste ihm einen Schlag auf den Arm. » Diktator-Doktor? So nennst du mich also?«

»Seitdem ich dich am ersten Tag im Krankenhaus in Aktion gesehen habe.«

»Hat dich das angemacht, Marine?«, fragte sie und fuhr mit ihrer Handfläche über seine harte von Jeans verdeckte Länge.

Er stieß gegen ihre Hand. »Ja.«

»Hmm. Vielleicht brauchst du eine kleine Erinnerung daran, wie sehr du es magst, wenn ich dir sage, was du tun sollst.«

»Ich bin sehr vergesslich.«

Sie drückte sich hoch, um ihre Beine über seine Taille zu legen und ihn zu betrachten.

Er griff nach oben und strich ihr das Haar aus dem Gesicht und über ihre Schultern. »Weißt du, wie schön du bist?«, fragte er, kaum mehr als ein Flüstern. Er fuhr mit einem Knöcheln seiner Finger über ihre Wange.

»Ich fühle mich schön, wenn ich mit dir zusammen bin.« Sie rieb ihr Becken langsam gegen ihn.

Seine Lippen trennten sich und ein lauter Atemzug entwich. »Einer meiner Therapeuten sagte, Sex sei gut für die Psyche.«

Carly zog eine Augenbraue hoch und unterdrückte ein Lachen. »Hat er das gesagt, hm?«

»Jupp. Und zwar viel davon.«

»Ich würde mich nicht gegen die Anweisung deines Arztes stellen wollen. Das wäre nicht klug.« Sie legte ihre Hände auf seine Brust und brachte ihre Lippen über seine.

»Nein, das wäre es nicht«, murmelte er und starrte auf ihren Mund. »Wann kommst du zu dem Teil mit dem Befehlen?«

Carly biss sich auf die Unterlippe, um nicht zu lachen. »Jetzt. Bist du bereit?«

»O ja.«

»Küss mich, Marine!« Der Befehl kam nicht so kraftvoll rüber, wie sie es beabsichtigt hatte. Stattdessen klang es wie ein Seufzer.

»Ja, Ma'am«, sagte er ebenso leise, bevor er ihren Mund mit seinem eroberte.

Sie übernahm die Kontrolle, schob ihre Zunge zwischen seine geöffneten Lippen, erforschte sein Inneres und stieß mit ihrer Zunge gegen seine, bis sie sich einen kleinen Ringkampf lieferten. Sie bewegte ihre Hüften auf ihm auf und ab, während sie sich küssten, bis er in ihren Mund stöhnte.

Er zog sich keuchend zurück. »Ma'am.«

»Ja?«

»Darf ich mich ausziehen?«

»Noch nicht, Marine.«

Seine glasigen Augen verfinsterten sich.

»Zuerst musst du mich ausziehen«, sagte sie ihm.

»Ja, Ma'am.«

»Entschuldige bitte! Hast du mich angemessen angeredet?«

»Ja, Ma'am!«, bellte er dieses Mal laut.

»So ist es besser.«

Er nahm sich die Zeit, ihr Stück für Stück die Kleidung auszuziehen. Ihre ärmellose, geknöpfte Bluse, ihre schwarze Caprihose. Er zog ihr die Sandalen aus und streichelte dabei ihre Füße mit seinen geschickten Fingern.

Alles, was er auszog, faltete er ordentlich zusammen und legte es auf einen Stapel auf die Ecke der Decke. Carly sagte nichts, während sie ihm bei seiner Routine zusah. Sie war überrascht, wie geduldig sie war, obwohl sie ihn so sehr wollte. Und es kam ihr wie eine Ewigkeit vor, seit sie das letzte Mal intim gewesen waren.

Die Vorfreude steigerte ihre Spannung jedoch noch weiter. Sie seufzte, als er endlich ihren BH öffnete und seine Finger kurz ihre Brüste streichelten, nur für ein paar Sekunden, obwohl sie so viel mehr wollte.

Er griff in den Gummizug ihres Höschens. Nur einmal hätte sie gerne ein sexy Höschen an, wenn er sie auszog. Aber jedes Mal, wenn sie mit ihm schlief, kam es unerwartet.

Sie nahm sich vor, alle ihre Baumwollslips in die Mülltonne zu werfen und nur noch feminine, sexy Unterwäsche zu kaufen. Vielleicht würden sie nicht praktisch sein, aber sie wollte sexy und verführerisch für ihn aussehen.

Nicht, dass es ihn zu interessieren schien, welche Unterwäsche sie trug.

Als sie schließlich völlig nackt war, half er ihr zurück auf die Decke und sank zwischen ihren Füßen auf die Knie. »Ich habe eine Bitte, Ma'am«, sagte er so knapp, als wäre er im Ausbildungslager.

»Was ist deine Bitte, Marine?«

»Ich würde dich gerne schmecken.«

Carly lächelte und betrachtete den Mann zu ihren Füßen, der immer noch vollständig bekleidet war. Sie wünschte sich nichts sehnlicher, als dass er seinen Mund auf sie legte. Okay, das stimmte nicht. Sie wollte so viel mehr. Aber was er vorschlug, klang nach einem guten Anfang.

Ein sehr guter Anfang, dachte sie, als er sich zwischen ihre Beine beugte und ihre Schenkel weiter auseinander drückte.

»Darf ich, Ma'am?«

»Du darfst«, antwortete sie und ihre Stimme brach, weil er nicht auf ihre Erlaubnis wartete. Er ließ seine Zunge zwischen ihre feuchten Schamlippen gleiten, streichelte und neckte sie. Er schnippte mit der Zunge über ihren Kitzler und umkreiste ihn mit der Spitze, bevor er seine Lippen auf sie presste und an der empfindlichen Knospe saugte.

O ja, dieser Mann weiß, was er tut.

Alle Gedanken verließen ihr Gehirn, als sie aufschrie und ihre Hüften näher an seinen Mund heranführte. Er schob seine Hände unter ihren Hintern, hielt sie hoch und mit nichts anderem als seinen oralen Fähigkeiten, durchfuhr sie ein Orgasmus. Sie krallte sich mit ihren Fingern in die Decke und schrie unverständliche Worte, Geräusche und vielleicht sogar seinen Namen. Möglicherweise schrie sie sogar zu ein oder zwei Göttern, als er nicht aufhörte. Seine Lippen und die Bewegungen seiner Zunge wurden intensiver, konzentrierter und innerhalb von Sekunden pochte ihre Pussy mit einem weiteren Höhepunkt.

Ihr Kitzler wurde nach dem *zweiten Mal* so empfindlich, dass sie ihn anschrie, er sollte aufhören, und sich an seinen Schultern festkrallte, um ihn dazu zu bringen, sich über sie zu bewegen.

Er wehrte sich, lag immer noch zwischen ihren Beinen und schaute ihren Körper hinauf, um ihren Blick zu erwidern. Seine Lippen glänzten von ihrer Erregung und er lächelte zufrieden.

»Und, wie schmecke ich, Marine?«

»Nach Himmel. Süßem, süßem Himmel.«

Er krabbelte an ihrem Körper hoch und bevor sie ihn aufhalten konnte, presste er seine Lippen auf ihre. Sie konnte sich selbst auf seinem Mund schmecken und es ließ ihren Unterkörper vor Verlangen pochen.

»Darf ich mich jetzt ausziehen, Ma'am?«, fragte er an ihren Lippen. Er arbeitete sich langsam an ihrem Kiefer entlang und knabberte an ihrer Haut. Er küsste ihren Hals hinunter und saugte dann an ihrem Nacken, sodass sie sich gegen ihn krümmte. Er schob sein mit Jeans bekleidetes Knie zwischen ihre Beine und drückte gegen ihren geschwollenen und einsatzbereiten Hügel, wobei er sie mit dem rauen Stoff in einem Rhythmus bearbeitete, der sie verrückt machte. Sie brauchte ihn jetzt.

Sie wollte nicht einmal darauf warten, dass er sich auszog. Aber sein Körper war wunderschön, besonders dann, wenn sie jede Linie und jede Fläche, jedes Muskelpaket und jede Bewegung seines Körpers sehen konnte.

Carly beschloss auf der Stelle, dass er nackt sein musste. Am besten schon gestern. Warum hatte sie ihn nur warten lassen?

Sie zerrte an seinem T-Shirt und zog es ihm halb über den Kopf, bis es stecken blieb. Er half ihr schnell, es auszuziehen. Als er ohne Shirt dastand und sie die Konturen seiner harten Muskeln unter seiner Haut sehen konnte, wurde sie fast zu einer Pfütze. Sie strich mit ihren Fingern über seine Schultern, seine Arme, genoss seine Männlichkeit und wurde noch feuchter, weil sie ihn mehr denn je wollte.

»Zieh sofort die Jeans aus, Marine. Und zwar zügig.«

Er sprang auf, schnappte sich sein T-Shirt und begann es ordentlich zu falten. Dieses Mal … dieses Mal hatte sie keine Geduld für seine Zwangsstörung. Sie verbiss sich einen frustrierten Schrei. Aber er bemerkte ihren Gesichtsausdruck und warf das Shirt mit einem gekünstelten Lächeln zur Seite.

Sie konnte sich vorstellen, wie er sich selbst eine kleine Rede hielt und sich selbst versuchte einzureden, dass er seine Kleidung dort lassen konnte, wohin er sie geworfen hatte. Dass sie nicht in Ordnung sein musste.

Seine Finger krampften sich für einen Moment zusammen und wieder auseinander, dann riss er an seiner Jeans und schälte sie von seinen schlanken Beinen. Er landete fast auf seinem Hintern, als er von einem Fuß auf den anderen hüpfte und sich die Jeans um die Knöchel bündelte, bis er sich von seinen Stiefeln und Socken befreite. Er warf einen kurzen Blick auf seine abgelegten Klamotten, schüttelte dann den Kopf und ließ sich auf Hände und Knie über Carly fallen.

Sie war stolz auf ihn, denn sie wusste, wie sehr er damit kämpfte, seinen Drang, alles aufzuräumen, loszulassen. Sie schenkte ihm ein aufmunterndes Lächeln, und er schenkte ihr ein breites, strahlendes Lächeln zurück.

»Zwei«, sagte sie und hielt ihm zwei Finger entgegen.

Er warf ihr einen fragenden Blick zu.

»Mindestens zwei weitere Orgasmen, Marine. Schaffst du das?«

»Ja, Ma'am. Ich werde mein Bestes geben.«

Daran hatte sie keinen Zweifel. Er war hart wie ein Stein an ihrem Schenkel. So nah und doch so fern. Als er einen ihrer Nippel in den Mund nahm und seine Zunge um die

Kuppe wirbelte, beschloss sie, dass sie noch ein paar Sekunden auf das eigentliche Ereignis warten konnte.

Sie drückte ihre Brüste zusammen, um ihn zu ermutigen, beiden die gleiche Aufmerksamkeit zu schenken. Er löste sich von einem Nippel, nahm ihn zwischen Daumen und Zeigefinger und zwirbelte ihn kräftig, was einen Blitzschlag bis zu ihren Zehen verursachte. Seine Finger setzten ihre lustvolle Tortur fort, während sein Mund zum anderen Nippel wanderte und seine Zungenspitze den äußeren Hof umspielte.

Der Druck in Carlys Innerem wuchs ins Unerträgliche. Sie brauchte ihn in sich, er musste sie ausfüllen. Als hätte er ihre Gedanken gelesen, schob er seine Hüften zwischen ihre Schenkel und glitt langsam in sie hinein, ohne ihre empfindlichen Nippel freizugeben.

Sie warf ihren Kopf zurück und rief laut seinen Namen. Eine Hand griff nach seinem Hinterkopf, die andere krallte sich in seinen Hintern, während er immer wieder quälend langsam in sie eindrang. Sein Körper bewegte sich in einem sanften Rhythmus, der sie dazu veranlasste, ihn innerlich und äußerlich fest zu umklammern.

Er hob seinen Kopf, sodass ihre Nippel glitzerten, und stöhnte. »Du bist so feucht, so eng. Wenn ich nicht schon wahnsinnig wäre, würdest du mich dahin treiben.«

»Das ist eine gute Art von Wahnsinn, und ich spüre ihn auch«, sagte sie und ließ ihre Hand über seine Wange gleiten. »Mach weiter so, Marine, dann wirst du mich in ein oder zwei Sekunden zum Kommen bringen.«

»Ich gebe mein Bestes, Ma'am.« Mit einem kräftigen Hüftschwung drang er tief in sie ein und brachte ihre Augen zum Flattern.

Jeder Stoß seines Schwanzes wurde härter und tiefer, aber ebenso quälend langsam. Sie keuchte auf, grub ihre Nägel in seinen Hintern und schlang ihre Beine fester um ihn. Er füllte sie vollständig aus, und es stimmte, er trieb sie mit seinen präzisen Bewegungen in den Wahnsinn.

»Der Erste, Marine«, sagte sie mit angehaltenem Atem, als ihr Höhepunkt explodierte und ihre Finger und Zehen sich verkrampften, um in seinem Fleisch Halt zu finden, während ihre Hüften unter ihm nach oben schnellten. »*Oh, fuck!*«, schrie sie auf.

»Du willst nur zwei?«, fragte er, wobei seine tiefe Stimme in der Nähe ihres Ohrs etwas angestrengt klang. Er hielt inne und ließ sie eine Sekunde lang Luft holen.

»Zwei sind akzeptabel. Drei sind ein Bonus. Mehr als das wäre außergewöhnlich.« Sie konnte nicht glauben, dass sie immer noch Gedanken und Sätze bilden konnte.

»Du verlangst nicht viel«, flüsterte er gegen ihre Haut und lachte leise.

Ein spontaner Gedanke kam ihr in den Sinn. »Glaubst du, dass hier jemand reinkommen könnte?« Sie warf einen kurzen Blick zur Tür.

»Darüber machst du dir jetzt Sorgen? Du bist kurz davor, einen weiteren Orgasmus zu haben, ist dir das wirklich wichtig?«

Mit einem Lächeln wölbte sie ihren Rücken unter ihm. »Tu dein Bestes, damit es mir nicht wichtig ist.«

»Ist das ein Befehl?«

»Zum Teufel, ja, das ist es, Marine.«

Er nickte, grinste und verpasste ihr einen heftigen Stoß, der sie atemlos, entkräftet und definitiv vergesslich werden ließ. Sie konzentrierte sich auf nichts anderes als auf ihn und das, was er mit ihr machte. Die Geräusche, die zwischen seinen geöffneten Lippen zu hören waren. Der Druck auf ihre empfindliche Klitoris, wenn er sich fast ganz aus ihr herauszog und dann wieder gegen sie stieß. Das Klatschen ihrer Haut, wenn sie sich berührten, sorgte dafür, dass sich ihre Zehen krümmten und ihre Augen unscharf wurden.

In diesem und den folgenden Momenten gab es nichts auf der Welt außer ihm.

Ihr Matt. Ihr Marine.

Nachdem der zweite Höhepunkt direkt in den dritten überging, hörte sie auf zu zählen. Seine Ausdauer war fast mehr, als sie ertragen konnte. Ihre Körper wurden rutschig, ihr Atem ging schwer und ihre Glieder zitterten.

Sie war kurz davor, um Gnade zu winseln, als sie merkte, dass er auf ihre Erlaubnis wartete, um zu kommen ... dass sie seine Erlösung zuließ.

»Matt, komm für mich!«, forderte sie ihn auf.

Zwischen zusammengebissenen Zähnen sagte er: »Nur, wenn das hier außergewöhnlich war.«

»Ja, Marine, das war es. Jetzt lass dich gehen!« Obwohl sie versuchte, ihrer Stimme Kraft zu geben, um ihm den Befehl zu erteilen, versagte sie kläglich. Sie fühlte sich zu erschöpft, um etwas anderes zu tun, als die Worte zu murmeln. Aber er hörte sie.

Mit einem zitternden Atemzug zuckten seine Hüften ein letztes Mal, als er sich in ihr ergoss und der Ansatz seines Schwanzes gegen ihr empfindliches, geschwollenes Fleisch pulsierte.

Das Gefühl der völligen Erfüllung überkam sie, als er sein Gewicht vorsichtig auf ihr absetzte und zur Seite rutschte. Er stützte seinen Kopf mit einer Hand ab und musterte sie.

Sie war sich sicher, dass sie chaotisch aussah. Ihr Haar war ein Rattennest, ihr kaum vorhandenes Make-up war komplett verlaufen, ihre Augen waren glasig vor Zufriedenheit und Schweißperlen standen ihr auf der Stirn.

Der Vorteil seiner Kurzhaarfrisur war, dass er nach ihrer Marathonsitzung immer noch gut aussah und attraktiver denn je, besonders mit dem Schweiß auf der Oberlippe und seinem schweren Atem. Wenn Carly nicht so erschöpft wäre,

wäre sie versucht, auf ihn zu klettern und noch mal von vorn anzufangen.

Aber das konnte sie nicht. Und wenn sie sich seinen entspannten Gesichtsausdruck ansah, schien er auch nicht dazu in der Lage zu sein. Auf der einen Seite war das schade, auf der anderen Seite zeigte es, wie intensiv ihr Liebesspiel sein konnte.

Liebesspiel.

Sie erinnerte sich daran, dass ihre Beziehung aus ›nur Sex‹ bestand. Reiner, unverfälschter Sex. Atemberaubender S. E. X.

Ihre Lippen verzogen sich zu einem Lächeln.

»Warum lächelst du?«, fragte er, während er ihr das feuchte Haar aus dem Gesicht strich.

»Wegen dir.«

Er zog eine Augenbraue hoch. »Was ist mit mir?«

»Wie du darauf reagierst, wenn ich dir Befehle gebe.«

»Das gefällt dir, was?«

»Ich nenne dich gern Marine. Obwohl … vielleicht sollte ich dich stattdessen Officer nennen. Du bist nicht länger ein Marine.«

»Einmal ein Marine, immer ein Marine«, sagte er entschieden. »Aber du kannst mich auch Arschloch nennen, solange wir weiterhin so viel Sex haben.«

»Dein Durchhaltevermögen ist beeindruckend.«

»Ja, ich war kurz davor, zu sterben. Ich glaube, ich habe ein helles Licht gesehen. Ich hoffe, du misst meine zukünftigen Leistungen nicht an der heutigen. Vergiss nicht, ich habe einen Monat lang darauf gespart.«

»Wir beide«, sagte sie und seufzte.

Er ließ sich auf den Rücken fallen und benutzte seinen Unterarm als Kopfkissen. »Ich habe dich vermisst.«

Jetzt war sie an der Reihe, sich auf die Seite zu drehen und ihm ins Gesicht zu schauen, doch er wich ihrem Blick aus. »Ja?«

»Ja.«

»Nur als Warnung … Wenn du solche Dinge sagst, führt es nur dazu, dass ich dich noch mehr liebe.«

Er starrte schweigend an die Decke der Scheune. Sie studierte seine kräftigen Gesichtszüge, die Kurve seiner Nase, den Vorsprung seines Kinns, die Linie seines Unterkiefers. Mit ihrer Fingerspitze zeichnete sie die Kurve seiner Lippen nach. Er öffnete sie und seine Zunge huschte schnell heraus und hinein, um an ihrem Finger zu lecken.

Sie zog ihre Hand zurück und lachte. »Diese Zunge hat es in sich, Marine, bring mich nicht in Versuchung, dich wieder an die Arbeit zu schicken.«

»Nichts ist heißer, als wenn du dich selbst auf meinen Lippen schmeckst.«

»Ich bin froh, dass du zu Hause bist«, sagte sie und meinte jedes Wort ernst.

»Da bist du nicht die Einzige.« Er setzte sich abrupt auf und zog sie mit sich hoch. »Jetzt, wo du es sagst, lass uns nach Hause gehen.«

Es gefiel ihr, dass er so etwas aussprach. Es gab ihr Hoffnung, dass es ihm gut gehen würde. Er musste nur den Kurs halten, seine Medikamente weiter nehmen und zur Therapie gehen. Und sie würde ihm liebend gerne dabei helfen, aufgestauten Stress oder Spannungen mit fantastischem, betäubendem Sex abzubauen.

Ja, sie hatte kein Problem damit, sich freiwillig für diesen Job zu melden.

Als er seine verstreuten Klamotten zusammensuchte, beobachtete sie ihn, wie wohl er sich in seinem nackten Zustand fühlte. Das sollte er auch, denn sein Körper war einer der besten, den sie je gesehen hatte. Er hielt sich so gut in Form, sein geringer Körperfettanteil brachte jede Kontur seiner Muskeln zur Geltung. Als er sich umdrehte, um seine weggeworfenen Stiefel aufzuheben, fiel ihr Blick auf die Tätowierung, die seinen Rücken bedeckte. Die große, dauerhafte Erinnerung an seine Treue und sein Pflichtbewusstsein.

Bevor sie sich zurückhalten konnte, näherte sie sich ihm, fuhr mit den Fingern über das Tattoo und küsste ihn auf die Mitte seines Rückens.

Er schaute sie über seine Schulter an. »Wofür war das?«

»Dafür, dass du du bist«, sagte sie, bevor sie zu ihrem ordentlich gefalteten Kleiderstapel ging und sich anzog.

»Es ist eine Schande«, sagte er, während sie ihre Sandalen anzog.

»Was denn?«

»Dass du wieder Klamotten anhast.«

»Nein, die wirkliche Schande ist, wenn du deine Klamotten anhast. Wenn wir zu Hause sind und du splitternackt herumlaufen willst, werde ich mich nicht beschweren.«

Er schnaubte. »Vergiss nicht, meine Mutter hat einen Schlüssel.«

»O ja. Das könnte unangenehm werden.«

Als sie beide angezogen waren, hielt er ihr seine Hand hin und sie nahm sie. Er führte sie aus der Scheune.

Die Sonne war untergegangen und die Dämmerung setzte ein. Sie hörten ein Geräusch aus der Richtung der Bäckerei nebenan.

Amanda schloss die Hintertür ab und drehte sich zu ihnen um. »Und ich dachte schon, wir hätten eine Herde läufiger Scheunenkatzen. Ach ja. Jetzt haben *alle* Brysons diesen Strohhaufen getauft«, sagte Amanda, hob Hannahs Trage hoch und ging auf das Farmhaus zu. Chaos lief im Kreis um sie herum, während sie ging. »Irgendwie ist das ziemlich eklig, wenn man so darüber nachdenkt«, rief sie über ihre Schulter und lachte immer noch.

Sie ließen Amanda vorausgehen und schlenderten Hand in Hand zurück zu ihren Fahrzeugen, um nach Hause zu fahren.

Kapitel Sechzehn

»Wurde aber auch Zeit, dass er dich zum Essen einlädt«, gackerte Mary Ann und drückte Carlys Schulter, während sie sich über sie beugte, um eine überquellende Schüssel mit selbstgemachtem Kartoffelpüree auf den bereits vollen Tisch zu stellen.

»Ma, fang nicht damit an!«, brummte Matt.

Seine Mutter hob kapitulierend die Hände. »Ich mein' ja nur.«

»Danke, dass ich dabei sein darf, Mary Ann. Brauchst du Hilfe bei irgendetwas?«, fragte Carly.

Seine Mutter winkte geistesabwesend mit der Hand. »Nein, bleib einfach hier sitzen. Die Mädchen bringen den Rest des Essens.«

Wie aufs Stichwort taten Matts Schwägerin und seine zukünftige Schwägerin, was Ma sagte. Sie stürmten in den Raum, die Hände voll mit dampfenden Schüsseln und Schalen.

Er wusste, dass Leah genauso gut kochen konnte wie seine Mutter und Amanda war auch fast so gut. Nicht ganz, aber sie lernte noch.

Matt beugte sich zu der Frau neben ihm hinüber. »Kannst du kochen?«

Carly blinzelte ihn an.

»Du bist so ein Arschloch, Matt«, sagte Amanda und stellte einen Bohnenauflauf in die Mitte des Tisches. »Sie ist eine verdammte Ärztin. Sie muss nicht kochen.«

»Keiner *muss* kochen«, warf Leah ein.

Greg, der selbstverständlich nur die wichtigsten Worte des Gesprächs aufschnappte, lachte.

Alle drehten sich zu ihm um und warteten mit angehaltenem Atem darauf, dass er das Schimpfwort hinausschrie. Als er schwieg und nur ein schiefes Lächeln aufsetzte, fiel allen die Kinnlade herunter und sie warfen sich fragende Blicke zu.

»Buddy, geht es dir gut?«, fragte Amanda ihren jüngeren Bruder.

»Ja«, antwortete er und fuchtelte wild mit den Armen, während er auf seinem Sitz hin und her wippte.

»Bist du sicher?«, fragte Amanda erneut und zog ihre Augenbrauen bis zum Haaransatz hoch.

»Ja, Arschloch!«, brüllte Greg.

Der ganze Tisch entspannte sich wie aus einem Guss. Leah versteckte ihr Grinsen hinter ihrer Hand.

»Da haben wir's«, murmelte Marc und stahl ein Brötchen aus dem Brotkorb.

»Ich habe mir schon Sorgen gemacht«, sagte Max und schob die Butter absichtlich aus Marcs Reichweite.

Matt wandte sich an Carly. »Ich weiß, du hasst es, wenn ich mich entschuldige. Aber hör mir nur kurz zu … Es tut mir so leid, was du gleich an diesem Tisch erleben wirst.«

»Können wir nicht einfach mal ein nettes, friedliches Familienessen haben? Können wir uns nicht alle von unserer besten Seite zeigen, da wir einen Gast haben?«, fragte seine Mutter, die sichtlich genervt am Kopf des Tisches saß.

»Carly ist kein Gast, Liebling, sie ist Teil der Familie«, sagte Ron zu seiner Frau.

»Ja, sie leben praktisch zusammen«, mischte sich Marc ein.

»Nein, er wohnt immer noch in diesem gottver…« Mary Anns Augen blickten zu Greg. *Verflixten* Zelt.«

In diesem Moment kam Menace, Marcs übergroßer Mastiff, an den Tisch, drängte sich zwischen Matt und Carly und stieß einen Rülpser aus.

»Heilige Scheiße, Alter, nimm dein Biest hier weg«, schrie Matt Marc an und versuchte, die giftigen Dämpfe, die aus dem Maul des Hundes kamen, wegzuwedeln.

Menace war jetzt fast groß genug, um seinen Kopf auf den Tisch zu legen, aber noch nicht ganz. Trotzdem machte ihn der Geruch von Essen anscheinend hungrig, denn aus seinen Lefzen liefen zwei Speichelfäden, die fast den Boden erreichten. *Jemand sollte Guinness anrufen, denn das musste ein Weltrekord sein.*

»Das ist so eklig«, sagte Matt und starrte seinen mittleren Bruder an.

»Er ist doch nur ein Baby«, antwortete Marc und verteidigte seinen Hund.

»Das Ding ist ja wohl kaum ein *Baby*.« Matt schüttelte den Kopf. Er versuchte, den Hund zu verscheuchen. »Geh weg, Menace!«

Der tollpatschige Mastiff warf ihm einen *Hab-Mitleid-mit-mir-ich-bin-am-Verhungern*-Blick zu, bevor er davonstapfte und eine lange Sabberfahne an Matts Hosenbein zurückließ. Matt starret Marc mit einem *Was-soll-der-Scheiß*-Gesichtsausdruck an.

Sein Bruder schmunzelte und schob sich das ungebutterte Brötchen in den Mund.

»Können wir bitte die Gerichte weiterreichen?«, fragte Ron ungeduldig.

Wie im Gleichschritt schnappte sich jeder eine Schüssel und begann, seine Teller zu füllen.

Carly warf einen Blick auf den leeren Stuhl am Tisch. »Aber warten wir nicht noch auf jemanden?«

»Teddy. Er kommt immer elegant zu spät«, sagte Max und malte bei dem Wort *elegant* Anführungszeichen in die Luft.

»Teddy ist ein Homo«, krähte Greg und lachte dann mit dem Mund voller Kartoffelpüree.

Ein kollektives Stöhnen erhob sich am Tisch. Amanda bedeckte ihre Augen und schüttelte den Kopf. »Das habe ich ihm auf keinen Fall beigebracht.«

»Für dich heißt das homo*sexuell*, Sir«, sagte Teddy und stürmte mit Schwung in das Esszimmer. Er tätschelte Greg den Kopf und zog den leeren Stuhl hervor. »Also, was habe ich verpasst? Oooh. Mama hat ihr leckeres Kartoffelpüree gemacht. Gib mal her, Hübscher!!« Teddy nahm die Schüssel von Marc entgegen und schaufelte sich einen großen Löffel auf seinen Teller. Als er fertig war, schaute er auf und um den Tisch herum. »Ich habe *nichts* verpasst? Keine überraschenden Schwangerschaften? Keine Zwangsverlobungen? *Keinerlei* Drama?« Seine letzten beiden Worte klangen lauter als sonst. Er schüttelte vehement den Kopf. »Nein. Unmöglich.«

Alle senkten den Kopf und aßen leise. Teddy schob sich einen Bissen grüne Bohnen in den Mund und setzte sich dann aufrecht hin, als hätte man ihn vergiftet. »Warte«, flüsterte er. Er schaute Carly vom Tisch aus an. »Hey, Doc! Wie konnte ich dich nur übersehen?«

Sie schenkte ihm ein Lächeln und zuckte kurz mit den Schultern.

»Wie ist es dir mit den Vaginas ergangen?«

»Heilige Scheiße!«, stöhnte Max.

Ron schlug mit der Hand auf den Tisch neben Matt, sodass dieser fast aus seiner Haut fuhr. Dann wurde das

Gesicht seines Vaters dunkelrot. Matt war sich nicht sicher, ob er lachte oder wütend war … oder erstickte.

»Alles in Ordnung, Paps?«, fragte Matt und klopfte ihm auf den Rücken.

Er nickte zur Antwort und nahm schnell einen Schluck Sonnentee.

Matt lehnte sich um Carly herum, warf Teddy einen bösen Blick zu und sagte: »Was zum Teufel?«

Teddy zuckte nur mit den Schultern und schenkte ihm ein breites Lächeln, bevor er sich wieder auf sein Essen konzentrierte.

»Wo wir gerade von Vaginas sprechen …«, begann Amanda.

»O nein«, stöhnte Max. »Baby …«

»Sei leise!« Sie wedelte mit einer Hand vor Max' Gesicht, um ihn zum Schweigen zu bringen. »Carly, was weißt du über Vaginaverjüngung?« Sie beugte sich vor und fügte hinzu: »Ich frage für eine Freundin.« Und dann zwinkerte sie ihr übertrieben zu.

Marc prustete. Leah legte ihre Gabel weg und bedeckte ihr Gesicht mit den Händen, während ihr Körper unkontrolliert zitterte. Vor Lachen, vermutete Matt und hoffte, dass sie nicht schluchzte, weil sie es sich anders überlegte, als in die Familie einzuheiraten.

Max machte einen entsetzten Gesichtsausdruck. Mary Ann seufzte. Und Ron schob sich einfach ein weiteres Stück Hähnchen-Marsala in den Mund und lächelte um sein Essen herum.

Greg fragte: »Was ist eine Vage… Vagina?«

Teddy drehte sich zu ihm um und antwortete: »Ein sehr, sehr gruseliger Ort.«

Carly antwortete schließlich mit einem einfachen »Ähmmm …«.

Matt legte ihr eine Hand auf ihren Oberschenkel,

drückte leicht zu und sagte: »Darauf musst du nicht antworten.«

»Können wir bitte einfach mal wie eine normale Familie essen?«, fragte seine Mutter mit einem genervten Gesichtsausdruck.

Max schob seinen Stuhl zurück und begann, sich von seinem Platz zu erheben.

Ron stieß seine Gabel in Richtung seines ältesten Sohnes. »Hinsetzen! Keiner verlässt den Tisch vor dem Dessert.«

»Ich muss nach dem Baby sehen.«

»Dem Baby geht es gut. *Hinsetzen.*«

Max ließ sich wie ein gescholtenes Kind auf seinen Stuhl zurückfallen.

»Schmollst du jetzt?«, fragte Marc ihn kichernd.

»Halt die Klappe!«

»Ich schwöre …«, brummte Mary Ann und schob ihren Teller von sich, bevor sie ihre Hände in die Luft warf. »Nur einmal … Mehr verlange ich nicht.«

Ron blickte jeden seiner Söhne einzeln an. »Entschuldigt euch bei eurer Mutter!«

Ein tiefer Chor von *Entschuldigung* ertönte am Tisch.

Amanda öffnete den Mund und Ron hob seine Handfläche, um sie zu stoppen. »Äh, äh, äh. Der Nächste, der ein Wort sagt, macht den ganzen Abwasch. Und ich meine den *ganzen* Abwasch.«

Für den Rest der Mahlzeit war kein einziger Pieps mehr zu hören.

OBWOHL DAS ESSEN ein bisschen verrückt war, konnte Carly nicht anders, als es zu genießen, nach dem Essen im Kreise der Familie zu sitzen. Allerdings verschwanden alle drei Jungs nach dem Essen sehr schnell. Marc und Matt behaupteten, sie müssten Max bei einer nicht näher spezifizierten Reparatur in Amandas Hundekeks-Bäckerei helfen.

Auf dem Weg nach draußen hatte Max seinem Vater gesagt, er sollte ›die Frauen im Auge behalten‹. Sie war sich nicht sicher, was er damit meinte, da sie alle unabhängig waren und keine von ihnen ›im Auge behalten‹ werden musste.

Das würde sie Matt später fragen müssen, wenn sie allein waren.

Aber Ron, den Carly inzwischen wie einen zweiten Vater liebte, da sie ihren eigenen sehr vermisste, stimmte dem Job zu und brummte: »Kein Problem, sie werden wie mein eigener kleiner Harem sein.«

Die Jungs gingen daraufhin stöhnend und kopfschüttelnd nach draußen.

Das Letzte, was sie hörten, war, wie Marc sagte: »Ich will so werden wie Paps, wenn ich groß bin.«

Jetzt saß Carly in einem alten Schaukelstuhl im Wohnzimmer und hatte Hannah im Arm. Sie stieß den Stuhl sanft mit ihrem Fuß vor und zurück. Das Baby war wach, aber zum Glück ruhig und starrte in Carlys Gesicht. Hannah fragte sich wahrscheinlich, wer die Fremde war, die sie in den Armen hielt.

»Ich war bei deinem ersten Moment auf dieser Erde dabei«, gurrte sie dem Baby zu.

Hannahs Lippen schürzten sich und verzogen sich dann zu einem Lächeln. Obwohl es wahrscheinlich nur Blähungen waren, lächelte sie zurück. Carly konnte es kaum erwarten, ihr eigenes Kind zu halten, auch wenn sie nicht die leibliche Mutter sein würde.

»Ich kann mich gar nicht sattsehen an diesem Engelsgesicht«, sagte Mary Ann leise von der Couch aus, wo sie etwas häkelte, das aussah wie eine Babydecke.

Ron schnarchte leise in seinem Sessel, nachdem er vorhin behauptet hatte, dass es harte Arbeit wäre, seinen

Harem zu beobachten. Amanda schlief auf der Couch neben Mary Ann, während Leah und Teddy in der Küche über die Hochzeitspläne berieten. Greg saß auf dem Boden und streichelte leise Chaos, während der Hund auf seinem Schoß lag und seine Rute in einem langsamen Rhythmus auf den Boden schlug.

Carly war froh, diese Familie gefunden zu haben. Oder dass sie sie gefunden hatten. Wie auch immer es passiert war, sie fühlte sich wie ein Teil von ihnen.

Sie hörte einen Krawall aus Richtung der Küche und vernahm die tiefen Stimmen der Brüder, die gerade das Haus betraten, während sie sich gegenseitig anpöbelten. Carly warf einen Blick auf ihre Uhr. Sie waren bereits über zwei Stunden weg gewesen.

Das musste eine höllische Reparatur gewesen sein, die sie durchführen mussten.

Matt stürmte zuerst durch den Eingang ins Wohnzimmer und blieb abrupt stehen, als er Carly entdeckte. Marc rempelte ihn an und fluchte. »Pass doch auf, Arschloch!« Er schubste seinen jüngeren Bruder aus dem Weg und drängte sich an ihm vorbei in den Raum.

Carly begegnete Matts Blick und lächelte. Seit er von seiner selbst auferlegten stationären Behandlung nach Hause gekommen war, wirkte er viel entspannter. In den letzten beiden Nächten hatte er sogar in ihrem Bett geschlafen, die Arme fest um sie geschlungen. Nicht, dass sie es nicht mochte, wenn man mit ihr kuschelte, aber er schien es zu brauchen, sich im Schlaf an ihr festzuhalten. Sonst wälzte er sich unruhig hin und her. Und wenn das passierte, konnte Carly gar nicht mehr schlafen.

Sie warf ihm einen fragenden Blick zu, als er wie erstarrt in der Zimmertür stand. Flippte er etwa wegen des Babys aus?

Dann kam er auf sie zu, mit einem wachsamen, aber entschlossenen Blick in den Augen. Er blieb vor ihr stehen und betrachtete das Baby in ihren Armen. »Du bist ein Naturtalent«, sagte er leise.

»Willst du sie halten?«

Er zögerte, dann räusperte er sich herzhaft. »Heute nicht.«

Nun, ›heute nicht‹ klang besser als ›nein, niemals‹. Carly wertete das als ein gutes Zeichen. Ein vielversprechendes Zeichen, dass er sich wenigstens Mühe gab.

»Vielleicht morgen«, schlug sie vor.

»Ja. Vielleicht.«

»Wenn nicht morgen, dann vielleicht übermorgen«, sagte sie sanft.

»Ja. Möglicherweise.«

»Bist du bereit, nach Hause zu gehen?«, fragte sie.

»Wenn du dich von Hannah losreißen kannst.«

Carly blickte auf seine Nichte hinunter. »Klar.«

»Ich habe eine Überraschung für dich.«

»Ach ja?«

Schnell übergab sie das Baby ihrer Großmutter, packte ihre Sachen und machte sich mit Matt auf den Weg, nachdem sie sich verabschiedet hatten. Es war nicht zu übersehen, dass seine Brüder Matt beim Hinausgehen verschlagene Blicke zuwarfen.

Irgendetwas war los und sie fragte sich, was es war.

Auf dem Heimweg sagte er kaum ein Wort, aber wenn er nicht gerade den SUV lenkte, legte er seine Hand auf ihren Oberschenkel und drückte ihn gelegentlich. Sie war sich nicht sicher, ob er versuchte, sich selbst oder sie zu beruhigen.

Jetzt raste nicht nur ihr Verstand, sondern auch ihr Herz.

»Gib mir ein paar Minuten, dann komm zu mir ins Haus.«

»Matt, was ist los?«

Er beugte sich vor, gab ihr einen kurzen Kuss und kletterte dann aus dem Toyota. »Tu einfach, worum ich dich bitte«, sagte er, bevor er die Tür des Trucks zuschlug.

Sie saß wie erstarrt auf dem Beifahrersitz und beobachtete, wie er das Haus betrat. Obwohl es schon dunkel war, machte er kein einziges Licht an.

Ihre Brust verkrampfte sich, während sie die Minuten zählte. War das ein neues Sexspiel? Wollte er sie mit einem neuen Sexspielzeug überraschen? Sie hatten darüber gesprochen, neue …

Scheiß drauf!

Sie stieß die Wagentür auf und eilte ins Haus, wobei sie nur so lange abbremste, bis sich ihre Augen an das schummrige Innere gewöhnt hatten.

»Matt?«, rief sie.

»Komm mich suchen!«, antwortete er. Sie legte den Kopf schief, lauschte auf weitere Geräusche und versuchte herauszufinden, aus welcher Richtung seine Stimme gekommen war.

»Marco?«

»Polo«, antwortete er.

Sie kicherte darüber, wie lächerlich das alles klang, während sie die Treppe hinauflief. Als sie in das große Schlafzimmer stürmte, war sie enttäuscht, dass es leer war. Sie rannte durch den Flur, auch das Badezimmer war leer.

In Gregs altem Zimmer war er auch nicht.

Sie joggte die Treppe wieder hinunter und durch die Küche, wo sie den Wintergarten genauso leer vorfand wie den Rest des Hauses.

Was zum Teufel? Er musste in seinem verdammten Zelt sein.

Sie eilte aus der Hintertür und stolperte fast die drei kurzen Stufen zum Garten hinunter. Als sie ihr Gleichgewicht wiederfand und aufblickte, keuchte sie.

Der Garten war leer. Das Zelt war weg. Soweit sie es im

210

Mondlicht erkennen konnte, war nichts weiter übrig als ein großes Stück braunes Gras.

»Ich brauche deine Hilfe«, hörte sie seine schroffe Stimme hinter sich.

Sie drehte sich um, als er mit ernster Miene auf sie zukam. »Natürlich. Wir stehen das gemeinsam durch«, versicherte sie ihm.

Er nickte und hielt ihr die Hand hin. »Ich hatte gehofft, dass du das sagen würdest.«

Sie nahm sie und er zog sie an sich. »Was passiert hier?«

»Ich ziehe mit dir in das Haus ein.«

Jetzt war es an ihr zu nicken. »Okay«, sagte sie langsam. »Habe ich was verpasst?«

»Nur meine Liebe und den Wunsch, den Rest meines Lebens mit dir zu verbringen. Du bist ein Teil von mir, Carly. Und ich kann ohne dich nicht leben.«

Sie presste ihre Lippen aufeinander und versuchte vergeblich, nicht zu weinen. »Ich weiß auch nicht, ob ich ohne dich leben kann, Matt, aber ...« Sie stockte, ihr Herz wusste nicht, ob es höher schlagen oder brechen sollte.

Er hob ihre Hände zu seinem Mund und strich mit seinen Lippen sanft über ihre Finger. »Aber du weißt nicht, ob du den Rest deines Lebens mit jemandem verbringen kannst, der keine Kinder will«, beendete er für sie.

Sie nickte und traute sich nicht zu sprechen.

Er sah sie einen Moment lang an, dann zwei. »Ich weiß«, sagte er schließlich.

Überrascht blickte sie auf und musterte sein Gesicht. Meinte er damit ...

»Ich kann dir nicht versprechen, dass ich jemals bereit sein werde, und ich möchte auch kein Versprechen dir gegenüber brechen. Aber ich werde mein Bestes tun, um der zu sein, den du brauchst. Und wenn ich bei dir bin, scheint es mir jeden Tag besser zu gehen.«

»Es liegt nicht nur an mir.«

»Ja, ich weiß, dass es auch andere Faktoren gibt. Aber dass ich mich so anstrenge, verdanke ich dir. Du bist der Grund, warum ich so entschlossen bin, mein Leben zurückzubekommen. Ich will mit dir zusammen sein und ich *werde* versprechen, nie wieder zu verschwinden. Ich werde dich nie verlassen, egal wie schwer es wird.«

»Aber Matt …«

Er hob eine Hand. »Ich liebe dich, Carly. Ich liebe dich seit der Minute, in der ich die Beule an deinem Kopf bei deinem Unfall gesehen habe. Damals wusste ich es noch nicht, aber jetzt weiß ich es. Es ging nie um *nur Sex* zwischen uns, egal wie sehr wir versucht haben, uns davon zu überzeugen.«

»Du meinst, wie sehr *du* versucht hast, dich davon zu überzeugen.«

Er hob eine Schulter und ließ sie sinken. »Ich bin ein Arschloch. Das gebe ich zu.«

»Aber du bist mein Arschloch«, sagte sie grinsend. »Und ob du es glaubst oder nicht, ich glaube, du wärst ein toller Vater.«

»Ich habe ein tolles Vorbild.«

»Das hast du«, antwortete Carly und dachte dabei an Ron. »Ich habe es nicht eilig, Matt. Wir werden uns alle Zeit nehmen, die du brauchst.«

Er nickte, zog sie in eine feste Umarmung und küsste sie leicht auf die Stirn. »Ich will dich nicht zu lange warten lassen.«

In seiner Umarmung fühlte sie sich so geborgen. »Das wirst du nicht. Ich weiß, dass du das nicht wirst.« Sie schlang ihre Arme um seine Taille und drückte sich an ihn. Sie konnte nicht glauben, dass das wirklich passierte.

»Ich bin froh, dass du dieses Vertrauen in mich hast.«

»Das habe ich. Ich kenne dich.« Sie legte ihre Wange an seine Brust und hörte, wie sein Herz heftig pochte. »Ich liebe dich.«

»Ich liebe dich auch. Aber ich habe noch eine Über-raschung.«

Sie hob ihren Kopf, als er in seine Gesäßtasche griff. Er reichte ihr ein paar rechteckige Heftchen, auch wenn es zu dunkel war, um zu sehen, was sie waren. »Was ist das?«

»Zwei Tickets nach Antigua. Ich kann es kaum erwar-ten, deine langen Beine in einem klitzekleinen türkisfar-benen Bikini zu sehen.«

»Du siehst mich doch schon nackt«, sagte sie überrascht.

»Nicht oft genug«, sagte er mit rauer Stimme.

»Tja, das können wir ja jetzt ändern.«

»Ja, das können wir.« Er nahm ihre Hand und zog sie ins Haus, bevor er die Tür hinter ihnen zuschlug. Er hielt inne und drehte sich um, um die Tür zu verriegeln.

Sie nahm es ihm nicht übel; man wusste ja nie, wo sich ein paar streunende Brysons herumtreiben könnten.

Blättern Sie um und lesen Sie Teddys Kurzgeschichte...

Nachdem ich meine Brothers-in-Blue-Reihe beendet hatte, schlug mir jemand vor, Teddys Geschichte zu schreiben, da er ein absoluter Fan-Liebling ist. Teddys Geschichte unter-scheidet sich ein wenig von den anderen drei Hauptbü-chern, denn die Geschichten von Max, Marc und Matt sind alle heterosexuelle Geschichten. Die Bryson-Brüder haben die Frauen gefunden, die ihren Lebensweg verändert haben.

In jedem ihrer Bücher hoffte Teddy, endlich einen eigenen Bryson-Partner zu ergattern. Leider waren alle Bryson-Jungs heterosexuell ... Nicht, dass er es nicht trotzdem versucht hätte (und er war mehr als entschlossen). Als es für Teddy an der Zeit war, einen Partner zu finden, *konnte* es daher natürlich nur ein Bryson sein. Ich musste nur einen aus dem sprichwörtlichen Kleiderschrank zaubern!

Hinweis: Dies ist eine M/M-Kurzgeschichte, die ich ursprünglich für eine Wohltätigkeits-Anthologie geschrieben habe. Auch wenn sie nach den ersten drei Büchern spielt, kann sie auch als eigenständige Geschichte gelesen werden. Es ist nur ein kleiner Einblick in den Tag, an dem sie sich kennengelernt haben, aber keine Sorge, zum Schluss bekommen sie ihr Happy End. Ich werde dieses Paar im vierten Buch noch einmal aufleben lassen: Brothers in Blue: Weihnachten bei den Brysons (Brothers in Blue, Buch 4)

Teddy: Kapitel Eins

EINE BROTHERS-IN-BLUE-NOVELLE

THEODORE DAVID SULLIVAN, den alle, die ihn schätzten, liebevoll Teddy nannten und der von seinen Blutsverwandten früher, bevor sie ihn aus der Familie warfen, weil er – wie sein Vater ihn bezeichnete – einer dieser *homo-sexenden* Typen war, stampfte mit dem Fuß und schmollte. »Aber *ich* wollte eine der Brautjungfer sein!«

Amanda Bryson übergab ihre Tochter Hannah ihrem Mann, bevor sie einen tröstenden Arm um ihn legte. »Ich weiß, Teddy, aber sie machen nicht diesen formellen, traditionellen Scheiß. Wir haben das schon tausendmal besprochen.«

»Aber *dich* habe ich zum Traualtar geführt.«

Amanda verdrehte die Augen. »Das liegt daran, dass mein Vater … tot ist.«

»Aber ich habe überhaupt keinen Beitrag zu dieser Hochzeit geleistet«, beschwerte er sich und klang dabei sogar für seine Verhältnisse übermäßig weinerlich.

»Du hast die Haare gemacht«, erinnerte sie ihn.

Teddy schürzte die Lippen und betrachtete seine beste Freundin auf der ganzen Welt. »Stimmt.«

»Und Leahs Haare sind perfekt.«

»Natürlich sind sie das. Sie hat einen wunderschönen Haarschopf.«

Amanda nickte und tätschelte seinen Arm. »Findest du nicht, dass es ein bisschen spät ist, um sich jetzt noch in Rage zu reden, da die Hochzeit in etwa …« Sie schaute auf ihr Handy. »Oh, dreißig Minuten losgeht?«

»Aber ich bin bis zur Perfektion gekleidet«, behauptete er und blickte auf seinen burgunderroten Nadelstreifenanzug und die polierten Schuhe hinunter. Er zog sogar sein Hosenbein hoch, um Amanda seine schicken, aber niedlichen gemusterten Socken zu zeigen.

»Das bist du wirklich, du hübscher Teufel«, witzelte Max Bryson und drehte sich dann zum Parkplatz um, als ein anderes Fahrzeug einfuhr.

»Mach dich nicht lustig«, sagte Teddy und wandte seinen Blick zu Max. »Oh, da kommen Matty und Frau Doktor. Er war meine letzte Hoffnung, einen von euch Bryson-Böcken zu heiraten. Aber *neeeiiin*, ihr musstet ja *alle* die Definition von hetero sein.«

»Wir hatten keine Wahl, wir wurden so geboren«, murmelte Max und wiegte seine quirlige Tochter in den Armen.

»Das sagen sie alle«, brummte er. Er hätte sein linkes Ei dafür gegeben, nur eine Nacht mit einem der Bryson-Brüder zu verbringen. Er seufzte. Aber stattdessen waren sie am Ende mehr Familie als alles andere. Nicht, dass er sich darüber beschwert hätte, bei den Brysons als einer der Ihren aufgenommen worden zu sein. Er liebte es, liebte sie. Aber in einer kleinen Provinzstadt wie Manning Grove war es ein kleines bisschen schwierig, einen Mann zu finden.

Mehr als nur ein bisschen. Es war fast unmöglich. Es war schon zu lange her, seit er das letzte Mal einen Mann abgeschleppt hatte, und selbst dafür musste er den ganzen Weg nach Harrisburg fahren. Und das letzte Mal, als er in einer Beziehung war? Scheiße. Er konnte sich nicht einmal mehr daran erinnern, so lange war es her. Irgendwann, als er noch in New York City lebte. Das war Jahre her. *Jahre*.

Wenn er nicht bald etwas bekam, würde er zu einer alten Queen verkümmern. Bereute er es, die Stadt verlassen zu haben und nach Nord-Pennsylvania zurückgekehrt zu sein? Er beobachtete, wie Matt Bryson und Doktor Carly sich näherten.

Nein. Die Liebe der Brysons war es alles wert. Auch wenn sie nicht mit ihm schlafen würden.

Er schmollte und streckte die Hand aus, um den Kragen des jüngsten Bryson-Bruders zu richten. »Du siehst außerordentlich gut aus, Matty, und heute auch gar nicht so mürrisch. Das steht dir gut.«

Carly schenkte Matt ein strahlendes Lächeln. »Er sieht wirklich gut aus, nicht wahr? Keine Militärhosen, keine Tarnkleidung, keine Uniform …«

»Na ja, in ihrer Uniform sehen sie alle köstlich aus«, murmelte Teddy. Es gab nichts Schöneres, als wenn alle drei Söhne aus der gleichen Familie nach ihrem Vater kamen. Sie waren nicht nur direkt nach der Highschool zu den Marines gegangen, sondern wurden nach ihrem Militärdienst auch noch Cops bei der örtlichen Polizei.

»Ich stimme zu«, sagte Amanda. »Es geht nichts über einen Mann in Uniform.«

»Amen, Schwester«, antwortete Teddy, und sie gaben sich einen High Five und warfen sich einen wissenden Blick zu.

Plötzlich richteten sich Carlys und Amandas Blicke wieder auf den Parkplatz. Teddy schwor, dass ihnen beiden die Kinnlade herunterfiel. Er drehte sich in Zeitlupe um, sah das Ziel ihrer intensiven Aufmerksamkeit und stieß unwillkürlich einen schrillen Atemzug aus.

Es konnte doch keinen geheimen vierten Bruder geben. *Unmöglich!* Aber er hatte keinen Zweifel daran, dass der Mann, der auf sie zusteuerte, definitiv ein Bryson war.

Und wie durch ein Wunder hatte er keine Frau an seinem Arm.

Ding, ding, ding. Jackpot!

»Oha! Wer ist denn dieses hübsche Stück Bryson-Fleisch?«, flüsterte er Amanda begeistert zu. »Hattet ihr Jungs noch einen versteckt?« Er zerrte an Matts Anzug. »Wenn ja, werde ich euch das nie verzeihen.«

Matt schob Teddys Hand beiseite. »Warum sollten wir ihn dir ausliefern, Teddy? Du vergewaltigst ihn ja praktisch mit deinen Augen.«

»Ich tue nichts dergleichen«, antwortete er. »Ich mache heiße, sexy, einvernehmliche Liebe mit ihm durch meine umwerfenden Jadeaugen.«

Bevor Teddy überhaupt merkte, was er tat, joggte er los, um den geheimnisvollen Bryson-Bock auf halbem Weg über den Parkplatz zu treffen. Als der Mann überrascht innehielt, drehte Teddy eine schnelle Runde um ihn herum, bevor er mit den Händen in den Hüften vor ihm stehen blieb. Er legte den Kopf schief und musterte den Fremden von oben bis unten.

»Lass mich raten … Marc, Matt und Max haben wir schon … Mason? Mick? Mike?« Teddys geformte Augenbrauen hoben sich bei dem tiefen Lachen, das diesen üppigen Lippen entwich. Das leise, supersexy Geräusch sorgte für einen Adrenalinschub bis hinunter zum V in seiner Hose.

»Na ja, also mir gefällt Mick. Das klingt nach einem männlichen Namen. Aber nein …« Er streckte seine Hand aus. »Adam.«

Adam. *Na hallo, Lover.*

Teddy zuckte zusammen und hoffte, dass er das nicht laut gesagt hatte. Er war nicht dafür bekannt, sehr subtil zu sein. Er ergriff die starke, breite Hand, schüttelte sie kaum und ließ sie nur widerwillig los, obwohl er seine Finger auf der glatten, warmen Haut des Mannes verweilen ließ.

»Theodore. Aber meine Lover nennen mich Teddy.« Er ignorierte das Schnauben, das hinter ihm ertönte.

»Schön, dich kennenzulernen, *Teddy*«, antwortete Adam mit einem Glitzern in den Augen.

Oooh, ja. Dieser Mann schien keine Angst vorm Spielen zu haben. Teddy hüpfte auf den Zehenspitzen und schenkte Amanda ein verruchtes Lächeln und hochgezogene Augenbrauen, als sich die Crew näherte ... wahrscheinlich, um ihren süßen Verwandten aus seinen Fängen zu befreien. »Schön, *dich* kennenzulernen, Lover.«

»Na na na, Fremder, was geht denn so ab?«, brummte Max mit einem breiten Grinsen im Gesicht. Sie gaben sich die typische männliche Umarmung und klopften sich auf den Rücken. Dann merkte Teddy, wie sehr er auch eine Umarmung von dem Mann wollte. Hoffentlich würde er diese Gelegenheit im Laufe des Tages nicht verpassen.

Matt trat vor und wiederholte die gleichen Gesten. »Verdammt, Adam, ich habe mich schon gefragt, wann du zurückkommst.«

»Warum? Warst du eifersüchtig, dass ich vielleicht noch da drüben bin und Sandburgen baue?«, stichelte Adam den jüngeren Bryson.

»Auf keinen Fall. Jetzt nicht mehr.« Matt drehte sich um und stellte Carly vor. »Alles, was ich will, ist jetzt in Manning Grove.« Er gab seiner Freundin einen süßen Kuss auf die Stirn und sie gab ihm im Gegenzug einen liebevollen Klaps auf die Brust.

Max stellte seine Frau und sein Kind vor, woraufhin Adam murmelte: »Verdammt. Ihr wart ja ganz schön fleißig.«

»Was ist mit dir? Wir haben dich so lange nicht mehr gesehen. Immer noch frei wie ein Vogel?«, fragte Max mit Humor in seiner Stimme.

»Scheiße, ja.«

Das war Musik in Teddys Ohren. Sein kleines Herz

klopfte wie wild. Teddy schob Max schnell aus dem Weg. »Du hast also kein Date mitgebracht?«

Bitte sag nein. Bitte sag nein.

»Nein.«

»Na, was sagt man dazu. Ich auch nicht.« Teddy ignorierte den Chor der Stöhnenden und legte seinen Arm in den von Adam. »Möchtest du mich nicht begleiten?«

Adam zögerte und warf sowohl Max als auch Matt einen Blick zu, bevor er sagte: »Ähm … sicher.«

»Keine Sorge, ich beiße nicht«, versicherte Teddy ihm und lehnte sich näher an ihn. »Zumindest nicht doll.« Er freute sich, dass Adam nicht negativ auf seine Worte reagierte oder ihn wegstieß. Er flüsterte: »Es sei denn, du stehst auf so was.«

Adam wandte ihm seine kristallblauen Augen zu und zog nur eine Augenbraue hoch. Dann führte er den begeisterten Teddy in Richtung des Veranstaltungsortes.

Teddy: Kapitel Zwei

NACHDEM ER WÄHREND Marcs und Leahs kurzer, aber wunderschöner Hochzeitszeremonie im Freien eine halbe Packung Reisetaschentücher verbraucht hatte, war Teddy auf der Suche nach Adam Bryson, um sicherzugehen, dass er am selben Tisch sitzen würde.

Er war enttäuscht von seinem eingebauten Gay-Radar, denn normalerweise funktioniert er perfekt, aber bei Adam war er sich noch nicht sicher. Aber die Bryson-Männer waren von Natur aus so männlich, dass es vielleicht einfach schwer war, das zu erkennen, selbst wenn sie in die andere Richtung tendierten. Vor allem, weil sie als Marinesoldaten und Cops so viel Testosteron in sich trugen.

Der einzige Weg, es herauszufinden, war, ihn abzutasten. Oder … ihn einfach zu fragen, ob er es war oder nicht. Aber das wäre so unzivilisiert. Er konnte nicht einfach fragen.

Oder doch?

Teddy räusperte sich. Seine Flirtfähigkeiten waren ein wenig eingerostet. Die einzigen Männer, die sie in Manning Grove tolerierten, waren die Bryson-Männer, und sie alle nahmen seine übertriebene Aufmerksamkeit gelassen hin.

Jeder andere in dieser Stadt hätte ihn wahrscheinlich platt gemacht. Toleranz stand im ländlichen Norden Pennsylvanias nicht an erster Stelle.

Sein Herz machte einen kleinen Freudensprung, als er die Person entdeckte, an die er dachte und die er begehrte. Er eilte zu Adam hinüber, der sich gerade aus einem Gespräch mit Leuten befreite, die Teddy nicht kannte. »Da bist du ja! Wie konnten wir während der Zeremonie getrennt werden?«

Adams tiefe, männliche Stimme jagte Teddy einen Blitz über den Rücken. »Ich weiß es nicht.« Der Schatten eines Lächelns umspielte seine Lippen. »Du musst abgelenkt worden sein, als ich mir einen Platz gesucht habe.«

Das war es sicher nicht, aber Teddy beschloss, trotzdem mitzuspielen. »Ja, natürlich, du weißt ja, wie das ist, wenn die Menge unruhig wird.« Er winkte mit einem Arm in Richtung der *unruhigen Menge* von etwa fünfundsiebzig friedlichen Hochzeitsgästen. »Jedenfalls bin ich froh, dass ich dich wiedergefunden habe. Ich habe mir Sorgen um deine Sicherheit gemacht, für den Fall, dass plötzlich ein Chaos ausbricht. Denn wer sollte dich beschützen, wenn nicht ich?« Er blähte seine Brust auf. »Der sehr fähige Teddy Sullivan, Friseur der Extraklasse.«

Adams Grinsen verbreiterte sich zu einem strahlenden Lächeln. »Ja, wie sollte ich jemals auf mich selbst aufpassen können?«

Als Adam eine Faust machte und den Bizeps anspannte, auf dem Teddys Hand lag, krallten sich seine Finger fester um den schwer zu ignorierenden großen, festen Muskel unter dem pastellfarbenen Hemd. Irgendwann hatte sich der Mann seines Jacketts entledigt. Was für Teddy völlig in Ordnung war.

»Uuuh«, flüsterte Teddy und seine Augen weiteten sich. »Nun ja, vielleicht wirst du stattdessen eher mich retten müssen.«

Der breitschultrige Adam war etwa drei Zentimeter größer als Teddy. Er trug das gleiche kurzgeschnittene Haar wie die anderen männlichen Familienmitglieder. Für Teddys Verhältnisse ein ziemlich grober Haarschnitt, aber er verstand den sauberen, *geordneten* Look, der Cops und Militärs auszeichnete. »Willst du eine rauchen, bevor wir zum Empfang gehen?«

Rauchen hatte keine Priorität, aber etwas Zeit allein mit Adam zu verbringen schon, also schien eine Zigarettenpause eine gute Ausrede zu sein.

Adam zögerte, schaute in die Richtung der schicken Scheune, die für Veranstaltungen genutzt wurde, und ließ seinen Blick dann wieder zu Teddys Gesicht schweifen. »Klar.«

Teddy biss sich auf die Unterlippe und ballte die Finger, um nicht vor Freude zu kreischen und in die Hände zu klatschen. Er neigte seinen Kopf zur Vorderseite des Gebäudes in Richtung des Parkplatzes. »Folge mir.«

Am liebsten hätte er Adam für den Spaziergang wieder am Ellbogen festgehakt, aber sie befanden sich an einem Ort, an dem das bei den anderen Gästen missbilligt werden könnte, also unterließ er es. Als Friseur wurde er von den Einheimischen tendenziell als schwul akzeptiert, aber er war auch noch nie mit einem anderen Mann gesehen worden. Zumindest nicht in dieser Hinsicht. Er befürchtete, dass es wie eine Bleibombe ankommen würde, wenn er seine Sexualität öffentlich zur Schau stellte. Und *wenn* Adam in die andere Richtung schlug oder auch nur dahin schwankte, wollte er nicht, dass die Familie des Mannes, die an der Feier teilnahm, ihn verurteilte oder ausgrenzte.

Teddy versuchte, gelassen zu dem Platz zurückzuschlendern, an dem er geparkt hatte, aber innerlich stellte er sich vor, wie er hüpfte. Bei dieser Vorstellung entwich ihm ein kleines Kichern.

»Ist irgendetwas lustig?«, kam die tiefe Stimme hinter ihm.

»Nein. Nichts. Ich erinnere mich nur an einen dummen Witz, den jemand vorhin erzählt hat.«

Als sie sein Auto erreichten, kramte er seine Zigarettenschachtel und sein Feuerzeug aus der Mittelkonsole. Er bot Adam eine an, der nur den Kopf schüttelte. Achselzuckend steckte sich Teddy eine zwischen die Lippen und zündete sie an.

Noch bevor Teddy den ersten tiefen Zug nehmen konnte, riss Adam die Zigarette zwischen seinen Lippen heraus, brach sie in zwei Hälften und ließ sie auf den Bürgersteig fallen, wo er sie unter der Spitze seines Schuhs einklemmte. *Verdammt!* Teddy starrte stirnrunzelnd auf die plattgedrückte Krebsstange.

Adam schob einen Finger unter Teddys Kinn und hob es an. »Ich mag keine Männer, die rauchen.«

»Oh, aber du magst Männer, die nicht rauchen?«

Adam klemmte sich die Unterlippe zwischen die Zähne und nickte. »Wenn ich dich küsse, möchte ich nicht diese giftige Angewohnheit schmecken.«

Teddy rieb sich das Ohr. Hatte er das gerade richtig gehört? Er presste eine Hand auf seine Brust, sein Atem ging zischend. »Wie schnell hattest du vor, das zu tun? Ich habe vielleicht noch etwas Mundwasser im Auto.«

Adam lachte, seine Augen leuchteten auf und sein Lächeln wurde breiter.

Plötzlich hatte Teddy einen Ständer, der nicht mehr weichen wollte. Der Mann war einfach wunderschön. Der Drang, ihn anzufassen und ihm einen Kuss auf die Lippen zu drücken, überkam ihn. Aber er wollte ihn nicht mit seinem Überschwang verschrecken.

Ein bisschen Konversation, ein bisschen Lachen und dann – *BÄM* – konnte das Knutschen losgehen. Er brauchte nur etwas Geduld. Er lehnte sich gegen sein Auto und betrachtete den Mann vor ihm. Adam musste Anfang dreißig sein, nur ein bisschen jünger als er. Aber nicht zu jung, und hoffentlich brachte er jede Menge Erfahrung mit.

Das Blut rauschte durch Teddy und ihm wurde vor lauter Vorfreude ein bisschen schwindelig. Er holte zweimal tief Luft und fragte: »Warum warst du nicht auf der Hochzeit von Max und Amanda?« Denn wäre das der Fall gewesen, hätte er den Kerl besprungen wie der Löwe eine Gazelle.

»Ich war noch im Militärdienst.«

Ah ja. Anhand seines Haarschnitts und seines Benehmens schätzte er, dass Adam beim Militär war. »Lass mich raten … Marines. Das ist eine Familientradition der Brysons.«

»Jupp.«

Teddy fuhr mit einer Hand über seinen Arm und spürte die Stärke unter dem Baumwollhemd. »Nicht fragen, nichts sagen?«

»Ganz genau.«

»Hat es jemand herausgefunden?«

Adam zuckte mit den Schultern und ein verschmitztes Lächeln kroch über sein Gesicht.

»Ah, du warst ein fleißiger kleiner Junge mit all diesen heißen Soldaten.«

Adams Mundwinkel zuckten als Antwort.

»Mmm. Das ist herrlich. Ich bin so neidisch.« Teddy schaute sich schnell auf dem Parkplatz um, um sicherzugehen, dass die Luft rein war. Sie schienen allein zu sein. Er fuhr mit einem Finger die Knopflinie von Adams Hemd entlang, bis er den Bund seiner Hose erreichte. »Und, bist du geoutet?«

Adam fing Teddys Hand ein, bevor sie weiter nach unten wanderte, und drückte sie flach gegen seinen Unterbauch. »Mehr oder weniger. Wie du lebe ich auch in einer kleinen Stadt. Meine unmittelbare Familie weiß Bescheid, aber das war's auch schon.«

»Rons Jungs?«, fragte Teddy vorsichtig. Er glaubte nicht, dass Max, Marc oder Matt ihn verurteilen würden, aber er wollte den Mann nicht aus Versehen vor seiner erweiterten Familie bloßstellen.

Adam schüttelte langsam den Kopf. »Nein, meine Cousins wissen es nicht.«

»Cousins«, wiederholte Teddy.

»Ja, unsere Väter sind Brüder.«

Teddy fuhr mit dem Rücken seiner freien Hand an Adams Kiefer entlang. »Die Bryson-Gene sind stark, daran besteht kein Zweifel. Es scheint, als hätten die Götter eine Ausstechform benutzt, als sie euch alle erschufen.«

»Ist das schlimm?«, fragte Adam mit einem Funkeln in den Augen.

»Das wäre es, wenn ihr alle wie Trolle aussehen würdet.«

Adam warf den Kopf zurück und lachte, sodass sich Teddys Zehen in seinen Schuhen krümmten. Sein Lachen klang warm und tief, und es jagte Teddy einen Schauer über den Rücken. Seine Eier spannten sich an und er wollte unbedingt seine Erektion zurechtrücken, aber er wollte nicht wie ein untrainierter Gorilla wirken. Er musste etwas Anstand zeigen.

Zumindest so lange, bis der Mann zustimmte, mit ihm schmutzig zu werden. Dann konnte der Anstand ruhig ein bisschen Urlaub machen.

»Bist du bereit, wieder reinzugehen und an den Feierlichkeiten teilzunehmen?«, fragte Adam und schaute auf seine Uhr. »Ich sterbe vor Hunger.«

Teddy wollte wirklich nicht reingehen und den Mann mit den anderen teilen. Am liebsten hätte er Adam unter den Arm geklemmt und sich versteckt. Er seufzte. »Das ist wohl das Beste. Aber ich wäre lieber egoistisch und würde dich ganz für mich behalten.« Als sie in Richtung des Veranstaltungsortes gingen, fragte Teddy: »Wohnst du weit weg?«

»Westlich von hier, etwa eineinhalb Stunden entfernt.«

»Bist du dort aufgewachsen?«

»Ja. Aber ich wohne nur vorübergehend bei meinen Eltern. Ich bin hier, um mit Max über einen Job zu sprechen. Na ja, und natürlich auch wegen der Hochzeit. Sozusagen eine ›Zwei Fliegen mit einer Klappe schlagen‹-Situation.«

Teddy konnte seine Aufregung nicht unterdrücken. »Bleibst du eine Weile in der Stadt?«

»Nur ein paar Tage. Ich wohne bei Ron und Mary Ann, bis ich mich mit Max zusammensetzen und ein Vorstellungsgespräch absolvieren kann.«

»Wofür?«

»Um der Dienststelle beizutreten.«

Heilige Scheiße. Ein *weiterer* Bryson sollte der Truppe beitreten? Sie könnten sie auch gleich in Bryson Police Department umbenennen, besonders wenn Leah den Nachnamen der Familie annehmen würde. »Vielleicht muss ich ein gutes Wort einlegen. Oder zwei«, murmelte Teddy, während ihm der Kopf schwirrte.

Wenn Adam einen Job bei der Polizei in Manning Grove bekäme, müsste er in die Nähe ziehen und wäre für Teddy zum Greifen nah. Das hörte sich nach einem guten Plan an. Sobald er einen Bryson gefunden hatte, der in seine Richtung schwankte, würde er ihn auf keinen Fall entkommen lassen wollen.

Teddy räusperte sich. Das konnte er niemals laut sagen. Es könnte ein bisschen zu sehr nach Stalker klingen.

Als sie den Veranstaltungsort betraten, überfiel die laute Musik ihre Sinne; die Gäste waren auf der Tanzfläche verstreut und bewegten sich im Rhythmus des Liedes. Teddy warf einen Blick auf das Buffet, das die Caterer aufbauten.

Sein Magen knurrte, aber nicht wegen des Essens, sondern weil er einen verschmitzten Blick auf Adam warf. Der Mann war einfach zum Anbeißen.

Adam schaute sich im Raum um und fragte: »Glaubst du, es gibt eine Sitzordnung?«

»Das ist egal. Du sitzt bei mir.«

Adam zog eine Augenbraue zu ihm hoch. »Das ist ein wenig herrisch, oder nicht?«

Verdammt noch mal. Er wollte es nicht vermasseln. Das könnte seine einzige Chance sein, einen Bryson an Land zu ziehen, und er durfte nicht zu aufdringlich sein. Er musste seine Aufregung ein wenig zügeln. »Tut mir leid, ich werde dir sehr gerne die Kontrolle überlassen. Brauchst es nur sagen.«

Die Doppeldeutigkeit war Adam nicht entgangen und er lächelte, als er in Teddys Gesicht blickte. »So ist es schon besser.«

Oh, er war also ein weiterer typischer Persönlichkeitstyp *Dominant*. Das lag ebenfalls in der Familie. Aber Teddy würde sich nicht beschweren. Wenn der Mann das Sagen haben wollte, hatte er kein Problem damit.

»Ich war noch nicht auf vielen Hochzeiten, aber sollten wir nicht erst essen, bevor wir alle den Macarena und den Ententanz aufführen?«

Teddy zuckte halb mit den Schultern und konnte den Blick nicht abwenden. »Normalerweise ja, aber wir sind hier in Manning Grove, erwarte das Unerwartete. Hast du Hunger?«

Adam schenkte ihm ein feuriges Lächeln, bei dem Teddy am liebsten in Ohnmacht gefallen wäre. »Ja. Und du?«

»O ja. Das habe ich definitiv.« Aber wieder einmal, dachte Teddy, nicht auf Essen.

»Willst du dich hinsetzen oder willst du tanzen?«

Warte mal. Was? Teddy schlug sich eine Hand vor die

Brust und versuchte, seine Stimme ruhig zu halten. Er kannte seine Schwächen … Eine davon war, dass er übermäßig dramatisch werden konnte. »Du willst mit mir tanzen? Hier? Vor deiner ganzen Familie?«

»Ich dachte nur, warum zum Teufel nicht? Es gibt keinen besseren Zeitpunkt als jetzt, um sich vor der ganzen Familie zu outen.«

Wow. In Teddys Kopf drehte sich alles um die Probleme, die das verursachen könnte. Ganz zu schweigen davon, dass ein gemeinsamer Tanz der beiden für Aufsehen sorgen und die Aufmerksamkeit von Marcs und Leahs großem Tag ablenken könnte.

Sein Blick fiel auf das frisch verheiratete Paar, das langsam auf der Tanzfläche tanzte.

»Lover, ich würde liebend gerne mit dir tanzen und ich würde sicherlich gerne derjenige sein, mit dem du dich outest. Aber kannst du mir einen Moment Zeit lassen? Ich muss erst noch etwas klären.«

Adam warf ihm einen fragenden Blick zu.

»Vertrau mir einfach«, fügte Teddy schnell hinzu. Er strich ihm mit der Hand über den Arm und klopfte ihm dann auf die Brust. »Ich bin gleich wieder da. Rühr dich nicht vom Fleck.«

Teddy schwor, dass er zur Mitte der Tanzfläche schwebte und als seine Füße endlich den Boden berührten, stand er direkt vor Marc und Leah. Leah hatte ihre Wange an Marcs Brust gelehnt und ihre Augen geschlossen und schwebte – wie Teddy sich vorstellen konnte – im Hochzeitsglück.

Marc bemerkte ihn zuerst. »Hey, Teddy. Was gibt's?« Er hörte nicht auf, seine Füße zu bewegen, während er seine Braut in einem langsamen Kreis bewegte.

»Äh, tut mir leid, dass ich störe. Ich gratuliere euch und die Zeremonie war übrigens wunderschön. Und Leah, deine Frisur ist natürlich der Hammer.« Er räusperte sich.

»Ich wollte fragen, ähm, könnte ich einen Moment mitmachen?«

Marc brachte das Paar plötzlich zum Stehen. »Hm?«

Teddy öffnete seine Arme, woraufhin Leah lachte und einen von Teddys Armen nahm, und als Marc verstand, was Teddy wollte, bot er ihm auch einen an. Die drei umarmten sich und begannen, sich langsam zu der Ballade zu bewegen, die der DJ spielte.

»Was hat das zu bedeuten?«, fragte Marc misstrauisch.

»Ihr wisst, dass ich euch beide liebe …«

»Ach du Scheiße, du bereitest uns auf irgendwas vor. Komm einfach zur Sache!«, sagte Marc und runzelte die Stirn.

Leah lachte, ermahnte Marc aber: »Baby, hör auf!«

»Nun ja, siehst du deinen hübschen Cousin, der drüben am Eingang steht?«

Marcs Kopf drehte sich in die Richtung und seine Augen weiteten sich. »Heilige Scheiße, Adam ist hier.«

»Ja, das ist er in der Tat.«

Die berühmten kristallblauen Augen der Bryson-Männer bohrten sich in Teddy. »Also, was ist mit ihm?«

»Ich weiß, dass heute euer Tag ist und so … aber hättet ihr große Einwände, wenn ich mit Adam tanzen würde?«

Marc brachte die drei zum Stehen. »Was? Warum sollten … Erstens, warum sollte Adam mit dir tanzen wollen? Und zweitens, warum hast du das Gefühl, fragen zu müssen?«

»Okay, die Sache ist die …«

»Teddy, komm endlich auf den verdammten Punkt!«, unterbrach Marc, dessen Stirnrunzeln sich vertiefte und der die Brauen zusammenzog.

»Adam ist schwul. Oder mindestens bi. So weit bin ich noch nicht gekommen. Und er hat mich zum Tanzen aufgefordert, aber da ich bezweifle, dass die meisten in der Familie wissen, dass er … äh …«

Leah lachte wieder und klopfte Teddy auf die Schulter. »Ich glaube nicht, dass ich dich jemals so sprachlos gehört habe.«

Hitze kroch in Teddys Wangen. »Nein. Du hast recht. Wie sagt man auf englisch so schön: I'm here. I'm queer. And I'm proud.« Er lächelte schief. »Aber Adam wird sich quasi outen, wenn er mit mir tanzt. Und ich will euch zwei nicht verärgern, wenn das für Aufregung sorgt.«

»Ah, Scheiße. Ich hatte ja keine Ahnung, dass er so veranlagt ist«, sagte Marc und starrte seinen Cousin quer durch den Raum an. »Wenn ja, dann hat er das wirklich gut versteckt.«

»Ich hab' kein Problem damit, Teddy«, sagte Leah. »Der Sinn einer Hochzeit ist es, die Familie zusammenzubringen, um die Liebe zu feiern. Und Spaß zu haben. Also, tanzt ruhig. Es ist mir völlig egal, ob ihr im Mittelpunkt steht oder nicht. Wenn die Leute ein Problem damit haben, dass zwei Männer miteinander tanzen, können sie gerne gehen.«

»Baby«, begann Marc und schaute sie überrascht an.

»Nein, komm nicht mit Baby‹ Wir haben kein Problem damit. Viel Spaß, und ich hoffe, du kommst auf deine Kosten.«

Teddy unterdrückte einen kleinen Schrei und gab Leah einen kurzen Kuss auf die Wange. »Ich bin so froh, dass du jetzt eine Bryson bist.«

Sie schenkte ihm ein breites Lächeln. »Ich auch.« Sie warf Marc einen Blick zu. »Und lass es mich nicht bereuen, dass ich das gesagt habe«, warnte sie ihren frischgebackenen Ehemann.

»Na gut. Wenn es Adam egal ist, dann ist es mir auch egal«, sagte Marc schließlich. »Versuch nur, keine Spucke auf der Tanzfläche auszutauschen.«

Teddy kicherte. »Abgemacht!« Bevor Marc ihn aufhalten konnte, drückte Teddy Marc einen dicken, schlabberigen Kuss auf die Wange.

Der Mann verzog das Gesicht und wischte sich über die Wange. »Ekelig, du küsst wie Menace!«

»Ja, aber ich sabbere nicht so wie dieser riesige Mastiff. Zumindest nicht gaz so schlimm.« Er zwinkerte Marc und Leah zu, bevor er zu Adam zurück schwebte, wobei er seine Aufregung kaum zügeln konnte.

»Und?«, drängte Adam.

»Und … Bist du *sicher*, dass du das willst?«, fragte Teddy. Er wollte nicht, dass Adam einen Fehler machte. Wenn jemand wusste, wie schwer es ist, als geouteter Schwuler in einer Kleinstadt in Pennsylvania zu leben, dann war es Teddy. Adam konnte sich immer dafür entscheiden, seine sexuelle Orientierung für sich zu behalten und auf jegliche Verurteilung zu verzichten. Vor allem, weil er ein Cop vor Ort werden wollte.

»Haben wir ihren Segen?«

Teddy sah ihn einen Moment lang an. »Ja. Aber denk daran, wenn du einmal den Schritt nach draußen gemacht hast, gibt es kein Zurück mehr.«

Adam nickte ihm kurz und deutlich zu. »Das ist okay für mich.«

Teddy atmete tief ein und aus. »Okay, dann.« Er reichte Adam seine Hand. »Bereit?«

Adam lächelte und nahm sie an, indem er seine starken, langen Finger um seine legte. »Auf jeden Fall.«

Adam übernahm die Führung und zog Teddy an den Rand der Tanzfläche, bevor er ihn in seine Arme nahm. Während Adam Teddys Taille umklammerte, schlang Teddy seine Arme um dessen Hals. Zuerst fühlten sie sich steif in den Armen des anderen an. Und nicht die gute Art von Steifheit … Sie bewegten sich schwerfällig auf der Tanzfläche und ignorierten die Blicke und das Getuschel.

Als sie lächelnde Gesichter im Raum entdeckten, bei Ron und Mary Ann, bei Max, Leah und Carly, begannen sie sich zu entspannen, miteinander zu verschmelzen.

Amanda zwinkerte ihnen zu, zeigte den Daumen nach oben und wackelte mit den Augenbrauen.

Sein Herz schlug höher, als er sah, wie Adams Onkel Ron Amandas pflegebedürftigen Bruder Greg auf die Tanzfläche zog, um ihm das Tanzen beizubringen. Max schnappte sich seinen Bruder Matt und drehte mit ihm eine Runde über die Tanzfläche, wobei er ihn mal hier und mal dort zurückkippte und einen Dip machte – auch wenn Matt die ganze Zeit über einen mürrischen Blick aufgesetzt hatte.

Das hier war seine Familie. Das war Adams Familie. Und er hatte sich noch nie so akzeptiert und geliebt gefühlt wie in diesem Moment.

Teddy wandte seine Aufmerksamkeit wieder dem Mann in seinen Armen zu und seine Augen brannten vor Tränen. »Ich liebe diese Familie, verflucht noch mal.«

Adam drückte seine Wange dicht an Teddys Wange und flüsterte ihm ein »Ich auch« ins Ohr.

Teddy spürte, wie sich sein Schwanz regte, als Adams Hände von seiner Taille hinunter zu seinen Hüften glitten und Teddy fester an sich zogen. Es schien, dass er nicht der Einzige mit einer Erektion war.

Teddy versuchte, sich zu beherrschen, aber am liebsten wäre er vor lauter Erleichterung in einer Pfütze zusammengesunken. Adam wollte ihn genauso sehr, wie Teddy Adam wollte. Es sah so aus, als würde seine Durststrecke bald ein Ende haben. Und er hätte kein größeres Glück haben können, mit wem sie beendet wurde.

Teddys Finger strichen hin und her und spielten mit dem kurzen Haar auf der Rückseite von Adams Kragen. »Was hast du denn beim Militär gemacht?«

Er musste sich von ihren Erektionen ablenken, die bei jedem Schwung ihrer Hüften aneinander rieben. Er hoffte, dass der DJ noch eine Weile bei langsamen Liedern blieb, denn wenn das Tempo zu hoch wurde, konnte es passieren, dass Teddy in seiner Hose platzte. Er biss sich auf die

Unterlippe, um sich daran zu erinnern, dass sie in der Öffentlichkeit waren.

»Ich war ein MP.«

»MP«, murmelte Teddy und spürte, wie die Hände des Mannes über seine Hüften glitten und seine Finger sich Teddys Hintern immer weiter näherten.

»Militärpolizei«, stellte Adam klar.

»Ich weiß, was ein MP ist, Lover.«

Adams leises Lachen an seinem Ohr löste eine Gänsehaut auf seinem ganzen Körper aus. Er konnte nicht anders, als zu erschaudern.

»Dir kann doch nicht kalt sein.«

»Nein, mir ist sehr … heiß«, schnurrte Teddy und kämpfte gegen den Drang an, sich mitten auf der Tanzfläche an Adam zu reiben. »Hast du das Semper Fi Tattoo wie die anderen Bryson-Jarheads?«

»Ja. Ich habe …«

Teddy legte schnell einen Finger auf seine Lippen und unterbrach ihn. »Sag's mir nicht! Die Herausforderung besteht darin, dich nackt zu bekommen, damit ich es selbst finden kann.«

Adams Mundwinkel zogen sich nach oben. »Ah. Herausforderung angenommen.«

Teddy konnte sein Lächeln nicht verbergen. »Wirklich?«

»Wirklich. Ich liebe eine gute Herausforderung.«

Teddy legte seine Handfläche auf Adams Herz und spürte den starken Schlag. Teddy war nicht der Einzige, der einen schnellen Puls hatte. »Oh, du bringst mich ganz durcheinander.« Er fuhr mit einem Finger an Adams Kragen entlang. »Soo … Wie schnell können wir mit der Herausforderung beginnen?«

»Jetzt.«

Teddys Lippen formten ein O. »Meinst du, jemand wird ohnmächtig, wenn wir mit einem kleinen Dirty Dancing beginnen?«

»Wahrscheinlich.« Adams Blick hüpfte durch den Raum. »Oder … wir könnten irgendwo tanzen, wo wir ungestört sind, aber nahe genug, um die Musik zu hören.«

»Mmm. Musik ist immer gut.«

»Irgendwo, wo wir uns keine Sorgen machen müssen, wie *dirty* unser dancing wird.«

»Dirty hört sich gut an«, murmelte Teddy, während sich sein Gehirn drehte und sein Herz raste. Dann traf ihn die Realität wie eine Backsteinmauer. »Aber, äh …« Es war schon eine Weile her, dass Teddy mit jemandem was hatte, und es war nicht so, dass er darauf vorbereitet war. Und Teddys Vorstellung von Dirty Dancing erforderte ein wenig Vorarbeit. »Ich … Ich …« Er senkte seine Stimme auf ein Flüstern. »Wenn wir … Ich hab keine …«

Adam lächelte und zwinkerte ihm zu. »Ich bin wie ein Pfadfinder. Ich bin immer vorbereitet.«

Erleichterung durchströmte ihn. Das Letzte, was Teddy wollte, war, dass er sich wegen mangelnder Planung eine einmalige Gelegenheit entgehen ließ. Das würde er sich nie verzeihen. »Ein Pfadfinder, ja? Welches Verdienstabzeichen willst du denn machen?«

Adams Lippen zuckten. »Holzbearbeitung.«

»*Ah.* Ich hoffe, es ist mein Holz, das du bearbeiten willst.«

»Ich werde mich hinten rausschleichen und zu meinem Auto gehen. Warum treffen wir uns nicht … Siehst du, in der nordöstlichen Ecke des Gebäudes ist ein kleiner Flur?«

Teddy schaute in die Richtung, die er erwähnte. »Ja.«

»Ich habe ihn vorhin auf dem Weg zur Toilette ausgekundschaftet. Am Ende des Flurs gibt's einen kleinen Raum, die zweite Tür auf der rechten Seite, die nicht verschlossen ist. Wir treffen uns dort in fünf Minuten.«

»Oh, du bist wirklich ein kleiner Pfadfinder, nicht wahr?«

Adam lachte, schüttelte den Kopf und machte sich davon.

Teddy sah ihm hinterher und bewunderte den muskulösen Hintern in seiner Hose. Er konnte es kaum erwarten, den Mann aus nächster Nähe zu sehen. Wenn Adam mit Klamotten schon beeindruckend war, war Teddy sicher, dass er auch ohne sie spektakulär aussehen würde.

Plötzlich wurde ihm bewusst, dass er wie eine verlorene Seele auf der Tanzfläche stand und sich die Leute um ihn herum tummelten. Teddy schloss den Mund, lachte über sich selbst, weil er so überwältigt war, und ging dann lässig auf den Flur seiner Fantasien zu.

Bevor er die Tür zu ihrem kleinen romantischen Versteck öffnete – Teddy schnaubte über die Albernheit seiner Gedanken – warf er einen kurzen Blick in die Runde, um zu sehen, ob ihn jemand beobachtete, bevor er ins Zimmer schlüpfte.

Er fand den Lichtschalter und rümpfte dann die Nase bei diesem Anblick. Nicht gerade der beste Ort, um ein heißes Männer-Techtelmechtel zu haben, aber einem geschenkten Gaul schaut man nicht ins Maul und so.

Im Lagerraum wimmelte es nur so von Bankettutensilien. Ein paar Klappstühle und -tische, eine Popcornmaschine, casinoähnliche Spiele, ein Schokoladenbrunnen – Teddy fuhr mit dem Finger an der Kante entlang – ein *staubiger* Schokoladenbrunnen, und – *hallo, du* – eine Chaiselongue. Er zog das Laken weg, das sie bedeckte. Und dann auch noch eine komplett aus schwarzem Leder. Sieh an, sieh an, sieh an. Der Junge hatte seine Umgebung gut ausgekundschaftet.

Teddy dachte an das Potenzial dieses Fundstücks. »Eine gute Chaiselongue verrät keine Geheimnisse«, warnte er das Möbelstück. »Verstanden? Gut.« Er testete die Stabilität der Liege und setzte sich dann darauf, wobei er ein paar Mal auf und ab wippte, um die Belastbarkeit zu testen. Es wäre nicht angenehm, wenn die Chaiselongue bei extremer körperlicher Betätigung zusammenbrechen würde.

Teddy seufzte. Nicht gerade die romantischste Atmosphäre. Aber für ein kleines schweißtreibendes Vergnügen würde es reichen. Und da Adam es gewohnt war, im Ausland zu sein, war er sich sicher, dass der Mann schon an einigen der weniger idealen Orte Action erlebt hatte. Die *Action* war natürlich die Liebe von Mann zu Mann. Bei der Vorstellung, dass andere Männer seinen Adam fickten, drehte sich sein Magen um.

Teddy schnaubte. *Sein* Adam.

Er kannte den Mann gerade mal ein paar Stunden, wenn überhaupt, und schon hoffte er auf einen Ring und eine Zukunft. Teddy musste seine Fantasien unter Kontrolle bekommen. Nach allem, was er wusste, könnte es ein einmaliges Treffen werden.

Auf der einen Seite wäre das enttäuschend, auf der anderen Seite würde er nehmen, was er kriegen konnte. Er holte sein Handy aus der Jacketttasche und warf einen Blick auf die Uhrzeit. Der Hengst müsste jeden Moment reinkommen.

Vielleicht sollte er es sich bequem machen. Sich sexy in Pose werfen. Sein Haar zurückwerfen und einen Schmollmund formen. Teddy hatte jedoch das Gefühl, dass Adam nicht auf zu viel Spektakel stand. Teddy musste seine Spektakel-Anfälle auf ein Minimum beschränken. Keiner mochte eine Drama-Queen.

Teddy fuhr sich mit der Hand durch sein Haar und beschloss, zumindest sein Jackett auszuziehen. Es wäre eine Schande, wenn sein bester Anzug auf dem Boden landen würde.

Als er versuchte, sein Jackett aufzuknöpfen, zitterten seine Finger so sehr, dass er Mühe hatte, die Knöpfe durch ihre Löcher zu schieben.

Bevor er fertig werden konnte, öffnete und schloss sich

die Tür und Adam lehnte sich mit dem Rücken dagegen. Sein Gesicht war gerötet und er hatte einen wilden Blick in den Augen. »Ich wäre fast erwischt worden.«

Teddys Herz schlug ihm bis zum Hals. »Aber das wurdest du nicht.«

»Nein.«

Teddy stieß einen Seufzer der Erleichterung aus. »Schließ die Tür ab!«

Adam griff hinter sich nach dem Knauf, fummelte daran herum und drehte sich dann um, um genauer hinzusehen. Er blickte wieder zu Teddy. »Kein Schloss.«

Verdammt. Keine Möglichkeit zu haben, die Tür zu sichern, konnte gefährlich sein. Ihm kam das Bild in den Sinn, dass jemand mitten in der Vollendung ihrer *Freundschaft* hereinspazierte. Das könnte katastrophal enden. Aber das Fehlen eines Schlosses konnte ihn nicht von seinen Plänen abhalten. »Können wir etwas vor die Tür schieben?«

Adam schaute sich um und entdeckte die große Popcornmaschine. »Damit kann ich die Tür blockieren. Das wird zumindest jemanden davon abhalten, hier hereinzuplatzen.«

»Mir gefällt, wie du denkst.«

Adam rollte die Popcornmaschine an ihren Platz. »Das Ding ist schwerer, als es aussieht.«

Teddy starrte auf die blockierte Tür und stemmte die Hände in die Hüften. »Ich hätte nie gedacht, dass ich mal wieder zurück in den Schrank gehen würde«, sagte er.

Adam lachte und kam mit ernster Miene auf ihn zu. »Halt den Mund und küss mich!«

»Oh, Lover, ich …«

Adam presste seine Lippen auf seine, was Teddy zum Keuchen brachte. Der andere Mann nutzte das aus und schob seine Zunge in seinen offenen Mund, um ihn zu erforschen.

Teddy stöhnte auf und bekam weiche Knie. Dieser

Mann wusste, wie man küsst. Seine Lippen waren fest und kräftig und Teddy stellte sich vor, wie sie sich um seine jetzt schmerzhaft harte Erektion legten. Bei der Vorstellung von Adam auf seinen Knien stöhnte er erneut auf.

Ohne den Kuss zu unterbrechen, knöpfte Adam Teddys Jackett auf und schob es ihm über die Schultern, aber bevor er es in eine Ecke werfen konnte, zog Teddy es weg. »Äh-äh. Lass mich das machen!« Er riss sie Adam aus den Händen und legte sie ordentlich über einen Klappstuhl in der Nähe.

»Wirst du auch beim Rest deiner Klamotten so pingelig sein oder willst du, dass ich dich einfach ausziehe?«

Teddy zögerte fast. Fast. »Können wir nicht beides machen?«

Adams leises Lachen jagte ihm einen Schauer über den Rücken. »Wie wäre es, wenn wir uns gegenseitig beim Ausziehen zusehen?«

Da konnte Teddy nicht nein sagen. »Klingt nach einem Plan.« Er warf einen Blick auf die industrielle Leuchtstoffröhre, die von der Decke hing. »Ich wünschte nur, die Beleuchtung wäre schmeichelhafter.«

»Machst du dir Sorgen darüber, was ich sehen werde?«

Ja, vielleicht machte er sich das. Er war nicht viel älter als Adam, aber er war nicht so gut gebaut und offensichtlich auch nicht so fit wie der andere Mann. Er war schlank und ihm fehlte es unten nicht, aber trotzdem …

»Wie wäre es, wenn ich dich so ablenke, dass du dir keine Sorgen machen musst?«

Ja, Lover, genau das wollte ich hören. Teddy schenkte ihm ein strahlendes Lächeln. »Das hört sich gut an.«

»Und jetzt zieh dich aus.«

Oh, der Mann kann also auch ein bisschen herrisch sein. Teddy biss sich auf die Unterlippe, als er Adam dabei zusah, wie er langsam sein Hemd aufknöpfte, sodass es mehr zu einer Show wurde. Teddys Schwanz zuckte in seiner Hose, was ihn daran erinnerte, dass er sich auch ausziehen und nicht nur glotzen sollte. Aber Adam war ein Anblick, der einfach nur herrlich war, als seine Brust langsam enthüllt wurde und das Hemd mit jedem geöffneten Knopf mehr und mehr klaffte.

Heilige Scheiße!

Teddy: Kapitel Drei

TEDDY SCHLUCKTE SCHWER, seine Hände waren am obersten Knopf seines Hemdes festgefroren. Wenn Adam auch nur ein Gramm Fett hätte, wäre er überrascht gewesen. Der ehemalige Marine sah genauso durchtrainiert aus wie alle anderen Bryson-Söhne. Und gebräunt. Der goldene Farbton seiner Haut wurde deutlich, als Adam aus seinem Hemd schlüpfte und es wahllos zur Seite warf.

Der Mann hatte ein *Semper-Fi*-Tattoo über seinem Herzen, und ja, es war die exakte Kopie des Tattoos, das alle Bryson-Männer trugen. Und Teddy konnte es kaum erwarten, mit seiner Zunge darüberzufahren. Adams hellblaue Augen trafen seine und verharrten.

Ohne den Blick zu unterbrechen, versuchte Teddy, sein Hemd auszuziehen, in der Hoffnung, dass er keinen Knopf abreißen würde. Er zerrte das Hemd aus dem Hosenbund und bevor er es ausziehen konnte, trat Adam näher und ließ seine Hände unter das Hemd und an seiner Haut entlang gleiten, um ihm das Hemd auszuziehen. Adams Finger fuhren über seine Arme, seine Brust und seine beiden Nippel, die genauso hart waren wie sein Schwanz.

Teddy stockte der Atem, als Adam seine Erkundungstour über die lichten Brusthaare fortsetzte und die blonde Haarlinie über seinen Bauch bis zum oberen Rand seiner Hose nachzeichnete.

Teddy wartete mit angehaltenem Atem, als Adam seine Finger über Teddys Gürtelschnalle gleiten ließ, aber keine Anstalten machte, sie zu öffnen.

»Du hattest keinen Grund, dir wegen des schlechten Lichts Sorgen zu machen.« Adams Stimme war leise und enthielt eine gewisse Anspannung.

»Soll ich das als Kompliment auffassen?«, fragte Teddy und seine Stimme knackte ein wenig.

»Ja.« Adam lehnte sich näher heran und klemmte Teddys Unterlippe zwischen seine Zähne.

Teddy stöhnte bei dem scharfen Ziehen auf und griff blindlings nach Adam, bis er warmes, hartes Fleisch unter seinen Fingerkuppen spürte. Er tastete sich an Adams ausgeprägtem Sixpack entlang, über seine Rippen und bis zu den kleinen, festen Nippeln des Mannes. Er strich mit seinen Daumen über die Spitzen, bis Adam ein Geräusch in seiner Kehle ausstieß und Teddys Unterlippe losließ, um stattdessen seinen ganzen Mund zu nehmen.

Der Kuss war heftig und hart, und er raubte Teddy den Atem. Er konnte diesem Mann gar nicht nahe genug kommen. Er nahm Adams Gesicht zwischen seine Handflächen und versuchte, ihn näher an sich zu ziehen. Unmöglich. Ihre Zungen vermischten sich und ihr Stöhnen verschmolz zu einem gemeinsamen. Adam ließ seine Hand tiefer gleiten und fand die Beule in Teddys Hose.

Adam zog sich leicht zurück, gerade genug, um zu sagen: »Ich bin beeindruckt.«

Bevor Teddy antworten konnte, eroberte Adam seinen Mund erneut, und zwar genauso heftig wie vorher. Diesmal war es Teddy, der sich zurückzog. Na ja, eher zurückstieß. Dann fiel er auf seine Knie. Adams Hände wanderten automatisch zu seiner Gürtelschnalle und öffneten den Metallverschluss sowie seine Hose. Als sie locker um seine Hüften saß, schob er sie gerade so weit nach unten, dass Teddy einen Blick darauf werfen konnte. Oh, Mann, und was für ein attraktiver Anblick das doch war.

Adam war nicht der Einzige, der beeindruckt war. Wenn die anderen Bryson-Böcke genauso gut bestückt waren wie er, musste er ihren Frauen Respekt zollen. Damit hätten sie sich sein berühmtes *Zwei Schnipser und ein Klatschen* verdient. Er schob seine Albernheiten beiseite und betrachtete stattdessen in aller Ernsthaftigkeit, was ihm präsentiert wurde.

Adams Boxershorts hingen direkt unter seiner harten Länge und seinem weichen Sack. »Willst du sie ausziehen?«, kam die heisere Frage von oben.

Teddy konnte seinen Blick nicht lange genug losreißen, um aufzublicken. »Nein. Noch nicht.« Er leckte sich über die Lippen und legte sie dann ohne zu zögern um den prallen Kopf. Teddy schloss seine Augen und genoss den salzigen Geschmack der Lusttropfen. Oh, Mann, hatte er das vermisst.

Er nahm Adams Eier in die Hand, drückte sie sanft und spielte mit seinen Fingern an dem weichen Sack entlang. Mit der anderen Hand umschloss er die Wurzel von Adams Schwanz und mit einem beinahe synchronen Stöhnen der beiden senkte Teddy langsam seinen Kopf und nahm fast die gesamte Länge in sich auf.

Und er dachte, er sei beim Flirten eingerostet. Pah! Es war sogar noch länger her, dass er einen anderen Mann in seinem Mund gehabt hatte. Aber es war wie Fahrradfahren, eine Sache, die man nie verlernt, wenn man sie einmal beherrscht.

Adams Finger krallten sich in sein Haar, während der Mann seinen Kopf vor und zurück bewegte. Teddy wirbelte seine Zunge jedes Mal, wenn er hochkam, und saugte hart, wenn er hinunterging. Adams Hände umklammerten seinen Kopf fester, sein Körper spannte sich an, und als Teddy einen Blick riskierte, sah er, dass Adams Kopf nach hinten geworfen war, sein Mund offen stand und sein Atem rau zwischen seinen Lippen hervorquoll.

Ja, ich hab's immer noch drauf. Wenn sein Mund nicht voll wäre, würde er lächeln. Aber das war er, und Teddy genoss es, ihn zu verwöhnen, genauso wie Adam es zu genießen schien, es zu empfangen.

Teddy legte zwei Finger um die Wurzel von Adams Schwanz, sodass eine Art Ring entstand, und streichelte die harte Länge mit seiner Zunge. Über die dunkle Krone, an der dicken Ader entlang, über die weiche, samtige Haut seines Sackes. Er saugte erst einen, dann den anderen von Adams Eiern in seinen Mund, bis er Adams Schrei hörte, dass er aufhören solle.

Nach wenigen Sekunden ließ Teddy ihn los, lehnte sich auf seinen Fersen zurück und schaute an Adams Körper hoch. Adam starrte auf ihn herab, sein Gesicht war entspannt, seine Augen waren halb geschlossen und seine Nasenlöcher leicht aufgebläht.

»Ich will, dass du mich zu Ende bringst, aber nicht dieses Mal.«

Nicht dieses Mal ... Die Worte hallten in Teddys Gehirn wider. Nicht dieses Mal könnte bedeuten, dass es ein nächstes Mal geben würde. Er schenkte Adam ein Lächeln. »Was immer du willst, Lover.«

»Was immer ich will? Wirklich? Oder ist das nur so dahergesagt?«

Teddy zögerte und fragte sich, ob es klug war, sich auf dem Silbertablett zu präsentieren. Er war schon einmal verbrannt worden. Adam sah aus wie ein Bryson, verhielt sich wie ein Bryson, und Teddy *vertraute* den Brysons. Aber diesen hier kannte er nicht gut genug.

Tja, man lebt nur einmal, richtig?

Richtig. »Was immer und wie immer du mich willst, Lover«, wiederholte Teddy.

Adam bot ihm eine Hand an, die Teddy annahm und sich von dem jüngeren Mann auf die Beine helfen ließ. Als sie sich Auge in Auge gegenüberstanden, nahm Adam ihre umschlungenen Hände und legte sie auf seinen Schwanz. »Ich möchte dir das geben.«

Das wollte Teddy auch. Alles davon. Aber er verstand, was Adam meinte. Teddy würde der Bottom sein. Er kaute kurz auf seiner Lippe und dachte über seine Möglichkeiten nach. Er könnte für Adam der Bottom sein oder …

Was soll's? Es gab kein *oder*. Für Adam würde er auf jeden Fall der Bottom sein. Er hatte die meiste Zeit seines Lebens auf einen Bryson gewartet, und nun stand er praktisch nackt vor ihm. Es gab keinen Zweifel daran, dass er unten, oben oder sogar seitwärts oder kopfüber ficken würde, um seine langjährige Fantasie zu erfüllen.

Und wenn Adam einen Job bei der Polizei bekäme, hätte er vielleicht sogar einen Partner, einen langfristigen Lover.

»Bist du kein Bottom?«, fragte Adam und bewegte Teddys Hand langsam an seinem Schaft auf und ab.

»Ich …« Teddy schluckte schwer. Schließlich gestand er: »Ich war es schon eine Weile nicht mehr.«

»Bist du ein Switch oder ein Top?«

»Ich mache das Erste, aber ich bevorzuge das Zweite. Aber …« Teddy drückte Adams Ständer mit seinen Fingern zusammen. »… jetzt bin ich bereit, dein Bottom zu sein.«

Ein langsames Lächeln umspielte Adams Lippen. »Ich mag es, dass du flexibel bist.«

Teddy hatte das Gefühl, dass Adam nur toppte. Das würden sie klären müssen, wenn sie sich wiedersehen würden. Was er hoffte, dass sie das taten.

Adams Blick glitt zur Chaiselongue. »Zieh dich komplett aus. Ich will dich weiter erforschen.«

Teddy hatte nicht vor, dem zu widersprechen. Mit unbeholfenen Händen löste er seinen Gürtel, schlüpfte aus seiner Hose und trat dabei seine Schuhe aus. Er rollte seine Socken ab und steckte sie in seine Schuhe, bevor er sich aufrichtete. Adam beobachtete ihn, während er selbst seine Hose, Schuhe und Socken auszog.

Als sie schließlich beide völlig nackt waren, standen sie sich im Abstand von nur einem Meter gegenüber. Adams Körper war ein Kunstwerk, eine Skulptur aus Fleisch und Knochen, Haut und Muskeln. Die Beleuchtung in dem kleinen Raum war nicht ideal, aber das tat seiner männlichen Schönheit keinen Abbruch.

Teddy musterte den Mann. Die harten Kurven, die Flächen, das Spiel der Muskeln unter seiner Haut. Die vereinzelten Haare auf der Brust des Mannes. Der sauber getrimmte Bereich, der seine harte Länge und seine schweren Eier umrahmte. Helle Haare bedeckten seine Beine, und seine Oberschenkel wirkten kräftig, seine Waden schlank.

Mit einem Lächeln in den Augen fragte Adam: »Soll ich mich umdrehen?«

Nun ja, da er es anbot … »Ja, bitte«, rief Teddy und hüpfte fast wie ein Welpe, der auf ein Leckerli wartet.

Adam tat es mit einem Grinsen. Teddy setzte seine visuelle Erkundung von Adams breiten Schultern, der Linie seiner Wirbelsäule und den beiden sexy Einbuchtungen über dem Hintern des Mannes fort. Seine Pobacken waren rund, fest und sahen absolut zum Anbeißen aus. Einen Moment lang bereute er es, dass er zugestimmt hatte. Er konnte sich vorstellen, wie er diese Backen spreizte und tief in sie eindrang; er stellte sich vor, wie sein Schwanz in Adams engem Tunnel gepresst wurde. Er stellte sich vor, wie er hart und tief stieß und den Schwanz des Mannes streichelte, bis er …

»Ich halte es nicht mehr aus«, stöhnte Adam und schaute Teddy über die Schulter an. Auch wenn es nicht wirklich als Pose beabsichtigt war, sah Teddy es als solche an. Die Art und Weise, wie die starke Kieferlinie des

Mannes parallel zu seiner Schulter verlief, wie das Licht seine Wangen, seinen Hals und seine Schulterblätter umspielte. Teddy wollte sich dieses Bild der Perfektion für immer einprägen.

Er zwickte sich, um sicherzugehen, dass er nicht träumte. Der stechende Schmerz bewies ihm, dass er nicht träumte, aber er konnte immer noch nicht glauben, dass er hier war, mit diesem Mann, in diesem Raum, und dass er ein Vergnügen genießen würde, das er schon lange nicht mehr gehabt hatte.

»Und hier bin ich, bereit, alles zu nehmen, Lover«, murmelte Teddy, als er sah, wie Adam näher kam.

»Gut. Ich bin bereit, dir alles zu geben.« Adam presste seinen Mund auf Teddys, seine Zunge spielte an den geöffneten Lippen entlang. »Ich bin froh, dass ich dich vom Rauchen abgehalten habe. Du schmeckst gut.«

»Ich werde aufhören«, sagte Teddy schnell, denn er wollte an nichts anderes denken als an Adams Finger, die seine Rippen auf und ab strichen, seinen Unterbauch streichelten und immer tiefer hinab krochen. »Ja«, zischte Teddy, als Adam seinen Schwanz mit der Faust packte, drückte und pumpte. Teddy schnappte nach Luft und schloss seine Augen. Es war so viel besser, wenn es nicht seine eigene Hand war.

O Gott, er wollte sich nicht blamieren. Es würde nicht mehr lange dauern, bis Teddy zum Orgasmus kam, und er wollte die Sache nicht zu früh beenden. Sie hatten nur ein kleines Zeitfenster, und er wollte jede Minute, jede Sekunde ausnutzen. Irgendwann würden die Leute vielleicht merken, dass sie verschwunden waren und sich wundern. Vielleicht würden sie sogar anfangen, zu suchen.

»Lover …«

»Hmm?«, murmelte Adam, während er Teddys Hals und eine Schulter küsste, ohne den Rhythmus seiner Streicheleinheiten an Teddys Schwanz zu unterbrechen.

»Ich … äh … Oh, das ist … *guuuut*.« Teddys Augen blickten auf die Plastiktüte, die Adam mit ins Zimmer gebracht hatte. »Wir … äh …«

Adam hob den Kopf und Teddy wollte schmollen, als er die Lippen des anderen Mannes plötzlich nicht mehr auf seiner erhitzten Haut spürte. Aber es war an der Zeit, sich in die Horizontale zu begeben.

»Machen wir es uns bequem«, schlug Teddy vor und winkte mit einer Hand in Richtung der Chaiselongue.

Adam lächelte, sein Gesicht war leicht errötet, und seine Hand hing noch immer an Teddys Schwanz, als wäre er ein Brunnenpumpengriff. Mit einem letzten Druck ließ er los und schnappte sich die Sachen vom Boden, wo er sie hingeworfen hatte.

»Was haste denn da?«, fragte Teddy, während er sich auf die Chaiselongue setzte und sein Bestes tat, um entspannt zu wirken. Trotzdem war er immer noch nervös, weil er derjenige sein würde, der ihn empfangen würde, vor allem wegen Adams Größe und weil Teddy in letzter Zeit keine sexuellen Aktivitäten unternommen hatte.

»Die Grundausstattung«, antwortete Adam und kramte in der Einkaufstasche. Er holte eine Flasche Gleitgel und eine Packung Kondome heraus.

Obwohl Teddy eigentlich froh sein sollte, zumindest so viel zu sehen, fühlte er einen Stich der Enttäuschung. »Ist das alles?«

Adams Augenbrauen hoben sich überrascht. »Was glaubst du denn, was ich sonst noch in meinem Handschuhfach habe? Seile, Augenbinden, Penisringe?«

Teddy seufzte über seine eigenen lächerlichen Erwartungen. »Nein. Ich bin albern. Aber wir könnten ein anderes Mal experimentieren.« Teddy kämpfte dagegen an, dass sein Kommentar zu einer Frage wurde.

»Ja, ein anderes Mal«, antwortete Adam.

Teddy wollte vor Freude aufschreien und klatschen,

aber stattdessen schenkte er Adam nur ein verhaltenes Lächeln. »Ich habe alle möglichen Fantasien, falls du gerne spielen möchtest. Aber jetzt, genau hier, will ich nur dich, Lover.«

»Ich will dich auch«, flüsterte Adam und trug die Sachen zur Chaiselongue hinüber.

Adams Worte brachten Teddys Herz zum Hüpfen und seinen Schwanz zum Zucken. »Du bist zu weit weg«, beschwerte er sich und hielt Adam eine Hand hin, der sie nahm und sich von Teddy näher ziehen ließ. Teddy tätschelte die Sitzfläche und klimperte mit den Wimpern. »Komm zu mir!«

Adam lachte und ließ sein Gewicht auf die Chaiselongue sinken. »Meinst du, wir sollten erst etwas darüber werfen?«

Teddy lachte ebenfalls und fuhr mit seiner Hand über das kühle, glatte Leder. »Wir können es hinterher abwischen.«

»Gutes Argument«, sagte er und beugte sich vor, um Teddy einen Kuss auf die Schulter zu drücken. »Ist es eine Weile her für dich?«

Teddy nickte. »Ja.«

»Ich kann nicht sagen, dass ich enttäuscht bin, aber wir können es langsam angehen, wenn du möchtest.«

»Das würde mir gefallen … wenn wir mehr Zeit hätten.«

»Ich will nicht hetzen«, sagte Adam sichtlich enttäuscht.

Teddy strich mit einem Fingerknöchel über die Wange des jüngeren Mannes. »Ich auch nicht. Aber …«

»Themawechsel …« Adam drückte ihn plötzlich auf die Chaiselongue und spreizte schnell seine Beine. Teddys Schwanz lag schwer und heiß auf seinem eigenen Bauch.

Teddys Arsch krampfte sich bei dem Gedanken zusammen, dass Adam bald in ihm sein würde.

»Das ist ein interessantes Tattoo«, sagte Adam und fuhr

mit einem Finger über die permanente Schere, die Teddys Hüfte zierte.

»Ich bin Friseur, schon vergessen?«

»Ah ja, das hast du erwähnt«, murmelte Adam und beugte sich vor, um mit der Zungenspitze über das Tattoo zu fahren.

Teddy biss sich auf die Lippe und kämpfte gegen das Stöhnen an. Aber er gab auf, als Adams Mund und Zunge sich einen Weg zu seinem Unterbauch bahnten, nahe genug an Teddys Schwanz, um ihn zu reizen.

Teddy wartete ungeduldig darauf, dass Adam ihn in den Mund nahm, um zu spüren, wie sich seine feuchten, warmen Lippen um ihn legten, aber er tat es nicht. Der Mann ließ von ihm ab und forderte Teddy mit einer festen Hand auf, auf die Chaiselongue zu rutschen und sich umzudrehen.

»Diese Couch hat so viel Potenzial«, sagte Adam, während er mit seiner Hand über Teddys Rücken strich und ihm einen Schauer bescherte. Seine Finger wanderten weiter über Teddys unteren Rücken und hielten kurz über der Falte zwischen seinen Pobacken inne.

Teddys Atem stockte in Erwartung. Adams Lippen drückten sich auf seine Haut und verschwanden so schnell, wie sie gekommen waren, sodass Teddy sich fast verzweifelt nach der Berührung des Mannes sehnte. Aber er brauchte nicht lange zu warten.

Adam ließ einen Finger entlang seiner Pofalte gleiten und neckte sein enges Loch, bevor er weiter über die empfindliche Haut zwischen Anus und Sack strich. Adams lange Finger streichelten über den weichen, zarten Sack seiner Eier, bevor sie wieder dorthin zurückkehrten, wo sie begonnen hatten. Teddy drehte seinen Kopf, als er das Schnappen des Gleitgeldeckels hörte. Adam hatte einen ernsten Gesichtsausdruck und ihre Blicke trafen sich. Teddy erhob sich auf seine Hände und Knie, ohne ein Wort zu sagen.

Adam träufelte das kühle Gleitmittel auf Teddys Hintern und es tröpfelte in seine Falte. Adam fing den Überschuss auf, bevor er auf die Couch tropfte, und rieb das Gleitmittel auf seiner Haut glatt. Er beobachtete, wie Adam einen weiteren Tropfen auf seinen Daumen drückte und dann spürte er, wie sich der dicke Finger gegen ihn presste.

Teddy sagte sich, er müsse sich entspannen. Auch wenn es schon eine Weile her war, dass er für einen Mann den Hintern hingehalten hatte, wollte er das. Wirklich. Und es gab keinen Grund, eine nervöse Memme zu sein.

Als Adams Daumen fester gegen seinen engen Eingang drückte, drehte sich Teddy nach vorn und ließ seine Stirn auf die Lederliege fallen. Er atmete aus, während Adam ihn langsam und sanft bearbeitete und sich die Zeit nahm, ihn vorzubereiten. Teddy war erleichtert, dass Adam ein rücksichtsvoller Lover zu sein schien. Das waren nicht alle.

Schließlich drückte Adam so fest zu, dass er seinen Daumen langsam in Teddys Körper einführen konnte. Teddy stöhnte angesichts der Erregung, die ihn überkam. Er hatte vergessen, wie gut sich das anfühlte. Er stieß seine Hüften zurück und ermutigte Adam, weiterzumachen. Mit einem weiteren Spritzer Gleitmittel arbeitete Adam mit seinem Daumen, bis er sich frei in ihm bewegte, während eine Hand Teddys Hüfte hielt.

»*Ah, fuck*, du bist so eng«, hörte er ihn hinter sich flüstern.

Teddy öffnete seinen Mund, um zu antworten, aber es kam nichts heraus. Stell dir das vor, Teddy Sullivan war sprachlos. Er verdrängte den dummen Gedanken und konzentrierte sich auf das, was Adam als Nächstes tat. Er schob seinen Daumen heraus und führte einen Finger ein, dann noch einen. Mehr Gleitmittel, mehr Druck, es fühlte sich … einfach nur verdammt *zum Wahnsinnigwerden* geil an.

Adam schob seine Finger in ihn hinein, um ihn zu dehnen, was Teddy ein Stöhnen entlockte.

»Ich kann es kaum erwarten, in dir zu sein«, sagte Adam und klang dabei etwas atemlos.

»Dann warte nicht«, ermutigte Teddy ihn und seine Worte endeten mit einem Stöhnen.

»Bist du sicher?«

Zwing mich nicht, darüber nachzudenken, sonst ändere ich meine Meinung. »Ja«, zischte er.

Adam zog seine Finger langsam zurück und streichelte seine Pofalte. Doch eine Sekunde später zuckte Teddy zusammen, als er hörte, wie Adam ein Kondom von dem langen Streifen abzog und dann die Verpackung aufriss. Das Blut schoss durch ihn hindurch, während er wartete. Mehr Gleitgel und dann …

Adam strich mit der geschwollenen Eichel über Teddys Loch und benutzte die Kuppe, um das großzügig aufgetragene Gleitmittel zu verteilen. Dann … dann war er … da. Die Finger spreizten seine Backen und Teddy spürte den Druck von Adams dickem Schwanz, der nicht drängte, sondern einfach *da* war.

»Ich werde es langsam angehen.«

Teddy schaute nicht hinter sich. Er nickte nur und ließ seine Stirn zurück auf die Liege sinken, wobei er seine Lippe zwischen die Zähne klemmte.

Entspann dich, entspann dich, entspann dich!

»Okay, ich werde versuchen, es langsam anzugehen«, korrigierte Adam und seine Stimme versagte leicht, als er vorwärts stieß und Teddy dehnte.

Teddy schrie auf, als Adams dicke Krone sich durch seinen engen Ring schob.

Adam hielt inne und seine Finger umklammerten nun fest Teddys Hüften. »Alles okay?«

»Ja«, zischte Teddy. »Ich … Oh, fuck. Bitte! Mach einfach …«

Adam drückte nach vorn, dehnte ihn und füllte Teddy aus, bis dieser dachte, er könne nicht mehr. Und als er den angehaltenen Atem losließ, entspannte sich sein ganzer Körper.

»Viel besser«, stöhnte Adam. »So ist es gut. Lass mich rein!«

Teddy stöhnte auf, aber diesmal nicht vor Schmerz, nein. Es war nichts als pures Vergnügen, als Adam ihn endlich ganz ausfüllte und sich zu bewegen begann. Zuerst waren es kleine Bewegungen, doch dann wurden seine Stöße immer länger, als Teddys Körper ihn akzeptierte. Seine ganze Länge, seinen ganzen Umfang.

Als Adams Schwanz immer wieder seine Prostata massierte, wölbte sich Teddys Rücken und er versenkte seine Zähne in seiner eigenen Hand und versuchte, nicht zu schreien. Die Musik in der Empfangshalle war zwar laut, aber das bedeutete nicht, dass nicht jemand auf dem Weg zur Toilette an dem Raum vorbeikommen würde. Aber …

Oh fuck!

Oh fuck!

Oh fuck!

Das hatte er so sehr vermisst. Er verlagerte sein Gewicht auf einen Ellbogen, um nach unten zu greifen und sich selbst zu bearbeiten. Aber bevor er einen guten Griff bekommen konnte, stieß Adam seine Hand weg.

»Nein. Lass mich.« Adams Finger, die immer noch glitschig vom Gleitgel waren, umschlossen Teddys Schwanz und er streichelte ihn im gleichen Rhythmus, wie seine Hüften stießen.

Teddy fielen die Augen zu und er hatte das Gefühl, auf einer Wolke zu schweben, so himmlisch war das Gefühl. Ein Grunzen unterbrach seine Benommenheit. Er merkte, dass es von ihm selbst kam. Aber auch Adam war nicht leise. Seine Atmung war rau und unregelmäßig geworden. Leise Töne kamen aus seiner Kehle. Die Finger seines Lovers krampften sich um Teddys Ständer zusammen und lösten sich wieder, sodass ein Blitz seine Wirbelsäule hinunterfuhr und seine Zehen und Finger krümmte.

»Ich will nicht …« Adams Stimme klang angestrengt und gezwungen, bevor er verstummte.

Teddys Herz setzte einen Schlag aus. Er wollte was nicht?

»Oh, fuck«, schrie er auf. »Ich will nicht so zum Schluss kommen. Nicht jetzt.«

Adams Stirn drückte gegen Teddys Rücken, sein warmer Atem wehte ihm entgegen. Adam löste seinen Griff um Teddys Schwanz und rutschte nach hinten, um die Verbindung zu unterbrechen. Teddy fühlte sich plötzlich verloren und sehr leer. Doch bevor er sich beschweren konnte, drehte Adam ihn um, legte sich über ihn und sah ihm ins Gesicht.

»Ich bin noch nicht fertig damit, diesen Arsch zu meinem zu machen«, knurrte Adam und senkte seinen Kopf so weit, dass er seine Lippen auf die von Teddy presste. »Ich bin noch nicht fertig damit, dich zu meinem zu machen.«

Teddy lächelte und legte eine Hand an Adams Wange. »Das hört sich gut an, Lover.«

»Dein Arsch ist so eng, als wärst du noch Jungfrau.«

Auch das hörte sich gut an, auch wenn es ganz sicher nicht stimmte. Aber wer könnte da widersprechen?

Adam drückte Teddys Knie an seine Brust und ließ sich zwischen seinen Schenkeln nieder. »Bist du bereit für mehr?«

»Oh, ich bin bereit für alles, was du mir geben willst.«

Ohne Vorwarnung drang Adam wieder tief in ihn ein und begann dann, sich vor und zurückzubewegen. Der Druck auf Teddys Prostata, während Adam in ihn stieß, trieb ihn in den Wahnsinn. Diesmal war er weder langsam noch sanft. Er hielt Augenkontakt mit Teddy, während er hart und schnell stieß und Teddys Beine fest an seine Brust presste. Teddy konnte nicht anders, er schloss die Augen angesichts des exquisiten Lustrausches, der ihn überwältigte.

»Nein. Nein, beobachte mich. Guck mich an. Teddy ...«

Teddy zwang sich, die Augen zu öffnen und begegnete Adams intensivem Blick. »Ja, Lover, ich sehe dich.«

»Du *siehst*, wie ich dich ficke. Du *spürst*, wie ich dich hart ficke.«

»Ja.«

»Was willst du noch von mir?«

»Fass mich an!«, stöhnte Teddy und seine Augenlider flatterten. Er kämpfte verzweifelt darum, seine Augen offenzuhalten, um den Blickkontakt aufrechtzuerhalten.

»So?« Adam wickelte seine Finger fest um Teddys pochende Erektion und drückte zu. Er pumpte einmal, zweimal und hörte dann auf.

»Oh, ja. Genau so.«

Adam beugte sich vor und versenkte seine Zähne in Teddys Oberschenkelrücken. Nachdem er sich von dem Fleisch gelöst hatte, küsste er sanft die noch vorhandene Markierung. »Wie findest du das?«

»Ja. Mehr davon.«

Adam stieß ihn ein paar Mal hart, bevor er sich zwischen Teddys angewinkelten Beinen niederließ, um an seinen Nippeln zu lecken. Er saugte an einer, knabberte eine Spur zwischen ihnen und schnippte dann mit der Zungenspitze über die andere. Teddy krümmte seinen Rücken und warf seinen Kopf hin und her. Die Bewegung veranlasste Adam, ihn in einem schärferen Winkel zu ficken, und er schrie auf, als er ein wenig Unbehagen verspürte, das sich aber schnell in pure Lust verwandelte.

»Das ist lange her für dich«, murmelte Adam.

»Ja«, bestätigte Teddy.

»Für mich ist es auch eine Weile her«, gestand Adam mit zusammengebissenen Zähnen. »Ich will nicht, dass es aufhört, aber …« Er stieß einen rauen Atemzug aus. »Ich weiß nicht … ob …«

Je stärker Adam seine Hüften stemmte, desto fester pumpte er mit seiner Faust über Teddys Schwanz, bis Teddys Hüften unter ihm zu tanzen begannen.

Er antwortete Adam, aber er wusste nicht wirklich, was er sagte. Seine Gedanken drehten sich, als Adam ihn an den Rand des Höhepunkts trieb. Sein Schwanz pulsierte zwischen Adams Fingern, als sie seinen Schwanz auf und ab glitten, die Eichel bei jedem Heben umkreisten und bei jedem Fallen seinen Sack berührten.

»Ich will sehen, wie du kommst«, sagte Adam und ein Muskel in seinem Unterkiefer pochte.

Das war kein Problem, Teddy war kurz davor, zu kommen. Mit den rhythmischen Streicheleinheiten von innen und außen würde er es nicht mehr lange aushalten.

Seine Eier spannten sich an, sein Schwanz wurde noch härter und dann schrie er: »Ich komme!« Teddys Hüften schossen in die Höhe, und als sich seine heiße Entladung über seinen eigenen Bauch ergoss, pumpte Adam jeden einzelnen Tropfen heraus. Er zuckte zusammen, als sein Schwanz extrem empfindlich auf Adams Berührung reagierte.

Mit einer Geschwindigkeit, die Teddy nicht erwartet hatte, zog Adam seinen Schwanz heraus, riss das Kondom ab und ballte eine Faust um seinen eigenen Schwanz, bis er mit einem lauten Grunzen auf Teddys Bauch kam. Ihr Sperma vermischte sich auf Teddys Haut.

Teddy warf einen Blick auf die Sauerei auf seinem Bauch und dann auf Adams Gesicht. Der jüngere Mann hatte einen zufriedenen Gesichtsausdruck auf seinem geröteten Gesicht. »Das ist scharf.«

Teddy stimmte zu und fuhr mit einem Finger durch das Sperma, um ihre DNA miteinander zu vermischen.

Adam richtete sich auf und erlaubte Teddy, seine Beine

zu senken. Doch bevor er sich aufsetzen konnte, hielt Adam ihn auf. »Beweg dich nicht! Lass mich etwas finden, womit ich dich sauber machen kann.«

Teddy widersprach nicht, denn so konnte er zusehen, wie Adam sich völlig nackt durch den Lagerraum bewegte, nur mit einem leichten Schweißfilm von ihrem heimlichen Rendezvous bedeckt. Seine feuchte Haut fing das Licht ein, das jeden Muskel an Adams Schultern, Bauch und Rücken betonte, als er in einem Regal in der Nähe wühlte. »Ich glaube, ich habe als Pfadfinder versagt. Ich habe mir keine Gedanken über die Nachwirkungen gemacht.« Er machte ein Geräusch und drehte sich triumphierend um und hielt eine Schachtel Taschentücher hoch. »Aha, Erfolg.«

Mit einem verschmitzten Grinsen im Gesicht schlenderte Adam zurück zur Chaiselongue, ohne Teddy aus den Augen zu lassen. Er setzte sich an das Ende der Couch und zog eine Handvoll Taschentücher heraus. Teddy griff nach den Taschentüchern, aber Adam zog sie ihm aus der Hand und schüttelte den Kopf. »Lass mich. Ich will mich um … das hier kümmern.«

Teddy schwor sich, dass er fast *dich* gesagt hätte. Aber es war noch zu früh, und es war lächerlich, daran zu denken. Trotzdem erregte ihn die Möglichkeit bis ins Mark. Er konnte sich vorstellen, wie er in Adams Armen lag, während sie nach einer schweißtreibenden Runde heißen Liebesspiels kuschelten. Er versuchte, nicht nervös wie ein kleines Mädchen zu kichern, als er sich auf der Liege zurücklehnte und sich von Adam sanft die Erinnerung an ihre jüngsten Aktivitäten wegwischen ließ.

Und sein kleines Herz klopfte wie das wilde Hämmern einer Trommel.

Ein gestohlener Moment in einem Lagerraum war schön. Aber Teddy wollte mehr. Er war schon lange einsam, und es wäre schön, jemanden regelmäßig zu sehen. Jemanden, der sein Begleiter und Vertrauter werden würde.

Jemand, der seine sexuellen Bedürfnisse und Sehnsüchte verstand.

Als Adam fertig war, bot er seine Hand an und zog sie dann weg, bevor Teddy sie ergreifen konnte.

»Nein. Nicht aufstehen. Rutsch rüber.«

Teddy: Kapitel Vier

TEDDY LIEß sich auf die Couch zurückfallen und schaute Adam einen Moment lang überrascht an. Dann lächelte er und rutschte an die andere Kante der Couch, sodass Adam etwas Platz hatte, um seinen großen Körper seitlich von ihm niederzulassen.

»Wie spät ist es?«, fragte Teddy und machte sich Sorgen, dass sich inzwischen *alle* fragen würden, wohin sie verschwunden waren.

»Das spielt keine Rolle. Wir haben noch ein paar Minuten Zeit. Ich will nicht, dass das hier wie eine wahllose Nummer in einem Schrank endet«, antwortete Adam und strich Teddy mit seiner Hand durch das Haar, um es von der Stirn zu streichen. »Ich mag die Länge deiner Haare, sie sind gerade lang genug, damit ich deinen Kopf kontrollieren kann, wenn du mir einen bläst«. Er lachte. »Verdammt, wenn ich jetzt nicht so erschöpft wäre, würde ich schon bei dem Gedanken daran steinhart werden.«

Ich auch, dachte Teddy und versuchte, nicht vor Freude über die Möglichkeit, wieder mit Adam zusammenzutreffen, zu schreien.

Aber es musste ja nicht in diesem Zimmer enden. Der

Typ würde zumindest heute Abend in der Stadt sein. Ja, er wohnte bei Ma und Paps Bryson, und Teddy hatte eine offene Einladung, in ihrem Haus aufzutauchen, wann immer er wollte. Wer sagte, dass er sich nicht durch die Tür in Adams Zimmer schleichen könnte?

Wie ein paar Teenager. Teddy schüttelte kurz den Kopf.

»Was?«, fragte Adam und ließ seine Finger an Teddys Arm auf und ab gleiten.

Teddy erschauderte bei der leichten Berührung. »Ich habe darüber nachgedacht … Du bleibst über Nacht in der Stadt.«

Adam zog eine Augenbraue hoch. »Ja?«

»Ich weiß, du hast gesagt, dass du bei Ron und Mary Ann übernachtest, aber …«

Adam unterbrach seine Worte mit einem festen Kuss auf seine Lippen. »Ja. Erzähl weiter!«

»Ich dachte gerade …« Adam küsste ihn wieder hart. Teddy stieß mit einem Kichern gegen seine Brust. »Wie soll ich denn …«

Adam eroberte wieder seinen Mund und da Teddy mitten im Satz war, war sein Mund bereits geöffnet und Adam konnte seine Zunge hineinschieben und sie herumwirbeln. Teddy stöhnte und packte seinen Kopf, um ihn festzuhalten.

Schließlich zog sich Adam mit einem Lachen zurück. »Verdammt, du bist ein guter Küsser.«

»Oh, Lover, du machst es mir leicht.« Auf jeden Fall sind *zwei Schnipser und ein Klatschen* würdig. »Also …« Teddy hielt eine Hand hoch, um den nächsten Kuss zu verhindern. »Da du über Nacht bleibst und ich mir sicher bin, dass das Bauernhaus der Brysons voll mit Familie sein wird … Ich habe meine eigene Junggesellinnen-Bude mit viel Platz.«

Adams Mundwinkel kräuselten sich und seine hellblauen Augen funkelten. »Wirklich?«

»Ja. Aber wenn du … *uff*!« Die ganze Luft entwich aus

Teddys Lungen, als Adam sich plötzlich mit gespreizten Beinen auf seine Taille setzte und ihn fixierte. Teddy konnte nicht anders, als den erstaunlichen, nackten Körper des Mannes zu betrachten. *Lecker, lecker.*

»Versuchst du, mich in dein Haus zu locken?«, fragte Adam mit einer ernsthaft hochgezogenen Augenbraue, aber seine Frage hatte auch einen Hauch von Humor.

»Wohnung. Aber ja, verdammt noch mal, auf jeden Fall.«

»Du willst also noch ein Stück von diesem bösen Jungen?«, stichelte Adam, während er mit einer Hand über seine Brust und seine Bauchmuskeln fuhr.

Oh, zum Teufel, ja. »Ja, aber ich würde gerne unsere Positionen *switchen.*« Er wollte unbedingt ein Stück von dem runden, muskulösen Arsch des Mannes. Und er wollte Adams Bereitschaft testen, so *flexibel* zu sein, wie Teddy es war, als er sich bereit erklärte, der Bottom zu sein.

»Positionen switchen, hm?«

»Was müsste ich tun, damit du ja sagst?«, fragte Teddy und hielt den Atem an, während er auf die Antwort wartete.

»Eine ganze Menge Gleitmittel und eine ganze Menge Liebe parat haben.«

Teddy atmete erleichtert aus. »Ich habe mehr als das bei mir zu Hause.« *Viel* mehr als das. Spielzeug, Totten von Gleitmittel, ein bequemes Bett …

»Wie wäre es mit was zu essen? Ich bin immer noch am Verhungern. Und ich bin sicher, dass das Buffet inzwischen abgebaut ist.«

»Was immer du willst, Lover.«

Adam schenkte ihm ein breites Lächeln. »Du schon wieder mit diesem Angebot. Ich glaube, ich muss das wohl annehmen. Zumindest für heute Abend.« Er löste sich von Teddy, stellte sich neben die Chaiselongue und bot erneut seine Hand an.

Teddy ergriff sie und anders als beim letzten Mal half Adam ihm aufzustehen, zog ihn aber direkt in seine Arme.

Adam fuhr mit seinen breiten Händen über Teddys Rücken, bis er sein Hinterteil erreichte und fest zudrückte. »Ich weiß ja nicht. Dieser Hintern ist so verlockend. Ich bin mir nicht sicher, ob ich irgendwas *switchen* will«, sagte er scherzhaft.

»Ich sorge dafür, dass es sich für dich lohnt«, antwortete Teddy und schenkte ihm ein verführerisches Neigen des Kopfes und sein unwiderstehliches *Sag-ja-Lächeln*.

»Dann sollten wir uns vielleicht anziehen und uns schnell blicken lassen. Damit alle wissen, dass wir nicht vom Erdboden verschwunden sind.« Mit einem schnellen Kuss auf Teddys Lippen ließ Adam ihn los.

Teddy seufzte über den plötzlichen Verlust der Nähe. Aber er sagte sich, dass es nicht lange dauern würde, bis er wieder in den Armen des Mannes liegen würde. Und sie hatten die ganze Nacht Zeit.

Und hoffentlich auch den ganzen Morgen, bis Adam sich mit Max zu seinem Vorstellungsgespräch treffen musste. Vielleicht musste Teddy ein gutes Wort bei seinem ehemaligen Highschool-Kameraden einlegen. Da Max jetzt mehr wie ein Bruder war, würde er vielleicht Mitleid mit Teddys Einsamkeit haben und seinen Cousin einstellen und somit als Amor von Manning Grove fungieren.

Sie sammelten ihre Klamotten ein und standen sich, wie schon beim Ausziehen, gegenüber, um den anderen beim Anziehen zu beobachten. Keiner von beiden hatte es eilig, beide ließen sich Zeit, um ihren besonderen Moment in der Abstellkammer so lange wie möglich auszudehnen. Als Teddy endlich seine Schuhe geschnürt hatte, nickte Adam mit dem Kopf in Richtung Tür. »Komm, lass uns gehen. Je eher wir draußen Nettigkeiten austauschen, desto eher können wir bei dir zu Hause schmutzig werden.«

Teddy konnte sein Glück nicht fassen. Nach einer so

langen Durststrecke entdeckte er diesen Mann ausgerechnet auf einer Hochzeit. Und er war nicht nur schwul, sondern auch noch ein toller Hengst. Und die Gewissheit, dass er noch mehr Zeit nackt mit dem gut aussehenden Adam verbringen würde, brachte ihn dazu, aus dem Raum springen zu wollen.

Sie rollten die Popcornmaschine von der Tür weg, und Teddy spürte einen Anflug von Traurigkeit, als sie wieder in die Welt hinaustraten.

Sehnsüchtig starrte er zurück in ihr Liebesnest, bis Adam die Tür schloss und ihm damit die Sicht nahm. Adam legte einen Arm um Teddys Schulter und führte ihn zum Ende des Flurs, wo sie stehen blieben und den Empfangsbereich betrachteten.

Adam hatte recht gehabt. Das Essen war längst weg, nicht einmal ein Krümel der Hochzeitstorte war zu sehen. Die Gäste hatten sich auf die engsten Familienangehörigen reduziert. Die Lichter waren gedämpft und der DJ hatte die Musik auf eine angenehme Lautstärke heruntergedreht. *A Kiss from a Rose* von Seal ertönte aus den Lautsprechern.

Marc und Leah tanzten langsam in der Mitte der Tanzfläche, die Augen geschlossen, während sie sich zu der Ballade wiegten. Sie waren von den anderen Gästen umgeben. Max und Amanda bewegten sich langsam auf der Tanzfläche, die schlafende Hannah an der Schulter ihres Vaters. Matt und Carly schaukelten in den Armen des anderen hin und her, ohne sich wirklich von ihrem Platz zu bewegen. Sie schienen es einfach, zu genießen, einander nahe zu sein. Ron ließ seine Frau Mary Ann durch die Gegend gleiten. Beide trugen ein albernes, zufriedenes Lächeln auf ihren Gesichtern, und Teddy hoffte nur, dass er in ihrem Alter auch so verliebt sein würde. Sogar Leahs Mutter hatte sich mit Amandas Bruder Greg zusammengetan, um ihm noch ein paar einfache Tanzschritte beizubringen. Gregs dröhnendes

Lachen übertönte die Musik und der vertraute Klang brachte Teddy zum Lächeln.

Adam legte seinen Arm um Teddys Taille und zog ihn näher an sich heran, wobei er seine Nase in sein Haar schmiegte. Im Gegenzug lehnte Teddy seinen Kopf an Adams Brust und beobachtete, wie sich seine Familie auf der Tanzfläche bewegte. Sein Herz schwoll bei diesem Anblick an.

Nach ein paar Augenblicken richtete Adam seine Schultern auf und zog an Teddys Hand. »Komm mit! Ich möchte, dass du meine Eltern kennenlernst.« Er neigte den Kopf in Richtung eines Paares, das an einem Tisch in einer der Ecken saß und die beiden beobachtete.

Teddy konnte nicht anders, als seinen Geliebten anzulächeln, bevor er den Raum noch einmal betrachtete.

Das war seine Familie. Und er fühlte sich geliebt.

Und das Beste war, dass er endlich seinen Bryson-Bock bekommen hatte.

Brothers in Blue: Weihnachten bei Familie Bryson

Willkommen zurück in Manning Grove ...

Genieße eine Reise zurück in die malerische Stadt in Nord-Pennsylvania, wo die Bryson-Brüder in dieser besonderen Feiertagsausgabe der Brothers-in-Blue-Serie Weihnachten feiern.

Besuche Max und Amanda, Marc und Leah und Matt und Carly, während sie mit ihren Kindern ringen, und natürlich auch mit Greg, Menace und Chaos! Außerdem sind Teddy, der Mann, den wir nicht vergessen dürfen (weil er es nicht zulässt), und sein Verlobter Adam ebenfalls mit von der Partie. Und natürlich Ron und Mary Ann, die Eltern – und jetzt auch Großeltern –, von denen wir uns alle wünschen, sie wären unsere eigenen.

Verbringe ein paar unterhaltsame Tage im Kreise der Bryson-Familie, umgeben von funkelnden Lichtern, Tannenbäumen, frischem Schnee und jeder Menge Geschenke. Außerdem erlebst du ein paar intime Momente zwischen den Paaren.

Blättere weiter, um das erste Kapitel des nächsten Buches der Reihe zu lesen: mybook.to/ BrysonChristmas-DE

Brothers in Blue: Weihnachten bei Familie Bryson

BUCH 4

Kapitel Eins:
Max & Amanda

DAS TIEFE, raue Flüstern drang an ihr Ohr und ließ ihre Nippel kribbeln. »Weißt du, was mit bösen Mädchen passiert, die sich nicht von Ärger fernhalten?«

Amanda lächelte und streckte sich, wobei sie ihre Augen geschlossen hielt. Die Stimme ihres Mannes war einfach fantastisch. »*Mmm.* Ihr Mann versohlt ihr den Hintern.«

»IHH, Mom! Ekelhaft!«

Amanda riss die Augen auf, und ihre zehnjährige Tochter Hannah stand am Bett und verzog angewidert das Gesicht. Sie zwang ihr hämmerndes Herz, das ihr in die Hose gerutscht war, zurück in ihre Brust.

»Warum sollte Dad dir den Hintern versohlen?«

O Scheiße. »Das sollte er nicht«, log sie, als sie sich aufsetzte und bemerkte, dass die andere Seite des Bettes leer war. »Wo ist dein Vater?« Sicherlich nicht hier, um ihr unanständige Versprechen ins Ohr zu flüstern, *verdammt.*

»Er macht Liver und Greg fertig.«

Amanda zog die Augenbrauen zusammen. »Hör auf, deinen Bruder Liver zu nennen.«

Ihre Tochter schnaubte so übertrieben, wie es nur Hannah konnte. Sie war eine Expertin darin. »So heißt er doch.«

»Nein, tut er nicht. Wir haben einen wunderbaren Namen ausgesucht.«

»Dann hättet ihr auch einen wunderbaren Sohn haben müssen. Das ist er aber nicht. Er muss wieder zurück.«

Ihr fünfjähriger Sohn würde nie wieder in ihre Vagina kommen. Auf keinen Fall. Keine Rückgabe.

Nach Olivers Geburt hatte sie Max mit dem Tod gedroht, sollte er auch nur daran *denken*, ein drittes Kind zu bekommen. Sie hatte ihm sogar die Kronjuwelen kappen lassen. Und wenn er das nicht tun würde, hatte sie gedroht, es irgendwann in der Nacht mit einem rostigen Buttermesser selbst zu tun.

Da er seine Frau nur zu gut kannte, hatte er beschlossen, dieses Risiko nicht einzugehen, und für den nächsten Tag einen Termin vereinbart.

Weise Entscheidung.

Zwei Schwangerschaften waren mehr als genug. Das einzig Gute, was dabei herausgekommen war, waren ihre beiden Kinder. Aber jetzt überdachte sie das noch einmal, während sie Hannah ansah, die eine Hand in die Hüfte stützte.

Sie war zehn und benahm sich wie sechzehn. Sie kam ganz nach ihrem Vater.

Komisch, er beharrte darauf, dass Hannah genau wie Amanda wäre.

Na ja, zumindest waren sie sich einig, dass sie das Aussehen von Max mit dem dunkelbraunen Haar und kristallblauen Augen hatte.

Amanda gähnte. »Womit hilft er ihnen? Beim Frühstück?«

»Nein, Mom! Er macht sie fertig, damit Opa uns abholen kann.«

»Was?«

»Das ist ein vorgezogenes Weihnachtsgeschenk oder so. Das hat Dad zumindest Liver erzählt.«

»Hannah …«

Ihre Tochter zog eine Grimasse und verdrehte die Augen. Auch darin war sie eine Expertin. Wahrscheinlich hatte sie das mit der Hand auf der Hüfte und den verdrehten Augen vor dem Spiegel geübt. »*Ooooooliver*. So, jetzt glücklich?«

Nicht wirklich. »Wessen Weihnachtsgeschenk?«

Hannah zuckte mit den Schultern. »Weiß nicht.«

»*Ich* weiß es nicht«, korrigierte sie ihre Tochter.

»Ja, offensichtlich weißt du es nicht, wenn du mich fragst.«

»Hannah.« Amanda holte tief Luft. Bei Kindern brauchte man jede Menge Geduld. Niemand hatte sie davor gewarnt, bevor sich einer von Max' begeisterten Schwimmern mit einem ihrer zurückhaltenden Eier zusammentat. »Sag: *Ich weiß es nicht.*«

»Okay. *Du* weißt es nicht.«

Amanda verdrehte die Augen. Ihre Tochter tat es auch.

Heilige Muttergottes, sie würde ein Inserat am örtlichen Schwarzen Brett aufgeben und Hannah weggeben. Billig. *Scheiß drauf*, umsonst.

Verdammt, sie würde den Weg nach Hause wahrscheinlich zurückfinden. Für ihre zehn Jahre war das Kind verdammt schlau. Außerdem wäre Max bestimmt nicht glücklich darüber, wenn sie *Daddys Girl* weggab, und vielleicht würde er seine eigene Frau verhaften.

Hmm.

Das erinnerte sie daran, dass sie in letzter Zeit keine Handschellen mehr benutzt hatten …

»Mom!«

»Was?«

»Kann ich mir dein Make-up ausleihen?«

Das war der Grund, warum ihre Tochter ihren heißen Traum unterbrochen hatte? »Nein. Du bist zehn. Und das letzte Mal, als du es dir ausgeliehen hast – ohne Erlaubnis, wenn ich das hinzufügen darf –, hast du am Ende ausgesehen wie ein betrunkener Waschbär.«

Hannah schnaubte. »Tja, wenn du mir das beibringen würdest …«

»Du bist zehn«, erinnerte Amanda sie zum millionsten Mal. »Dein Vater will nicht, dass du dich schminkst und wir lassen ihn entscheiden, ab wann du das darfst. Außerdem, falls du es noch nicht bemerkt hast, bin ich nicht besonders gut darin.«

»Dann kann Teddy es mir beibringen.«

»Von mir aus, geh zu Teddy. Aber erst, wenn dein Dad das erlaubt hat.«

»Ich werde ihn fragen.«

»Okay. Tu das jetzt und hör auf, mir Fragen zu stellen, von denen du weißt, dass ich sie ablehnen werde, bevor du sie überhaupt gestellt hast.«

»Jaja, Mom.« Sie gab ihr typisches Schnaufen von sich.

»Genau, *jaja*«, äffte sie nach. »Und jetzt komm her, gib deiner bösen Mom einen Kuss und dann mach dich fertig, um zu deinen Großeltern zu gehen. Übrigens, wenn Opa dich geschminkt sieht, wirft er vielleicht alle deine Geschenke in den Kamin und gibt dir einen Monat Hausarrest.«

»Er kann mir keinen Hausarrest geben.«

»Nein? Er gibt sogar deinem Vater und deinen Onkeln noch Hausarrest.«

Hannah kicherte. »Wirklich?«

»Jupp. Und da er uns allen übergeordnet ist, kann er jedem in der Familie Hausarrest geben.«

»Sogar Oma?«

»Ich bin sicher, Oma bekommt eine andere Art von Strafe.« Sie verzog die Lippen und versuchte, nicht zu grinsen.

»Welche Art?«

O Scheiße. »Äh … das ist eine Sache zwischen ihnen.«

»Ich werde ihn fragen.«

O Scheiße! »Nein, das wirst du nicht! Das … das ist ihre Sache, nicht deine. Und jetzt gib mir einen Kuss, da ich dich erst später wiedersehen werde.«

»Was ist später?«

»Die Weihnachtsparade. Daddy wird ganz vorn stehen, gleich hinter dem Bürgermeister.«

»Wirklich?«

»Hannah, mal ehrlich, hörst du denn nie zu, wenn wir uns beim Essen unterhalten?«

»Dooohooch.«

Amanda seufzte. »Jetzt flunkerst du auch noch.«

»Nicht schlimmer als du«, platzte Hannah heraus, als sie nach vorn stürmte, Amanda einen schnellen Kuss auf die Wange gab und aus dem Zimmer stürmte.

Amanda starrte auf den leeren Türrahmen und lächelte.

Gott, sie liebte dieses Kind. *Vielleicht* war sie all die Stunden der Schmerzen und Folter − und die Beschimpfungen, die sie Max während der Wehen an den Kopf geworfen hatte − wert.

Sie sollte aufstehen, duschen und sich für den Tag fertig machen, aber es war selten, dass das Haus nicht nur von ihrer Brut, sondern auch von ihrem Bruder Greg befreit war. Sie warf einen Blick auf die Uhr. Eine weitere Stunde ununterbrochener Schlaf wäre der Himmel.

Sie schlüpfte zurück unter die Decke und seufzte, als sie sich ausstreckte und das ganze große Bett für sich allein beanspruchte. Dann schloss sie die Augen und machte sich auf die Suche nach ihrem Traum …

»Weißt du, was mit bösen Mädchen passiert, die sich nicht von Ärger fernhalten?«

Max' Frau regte sich und ein freches Lächeln schlich über ihr Gesicht. »*Mmm.* Ihr Mann … Warte, darauf falle ich nicht noch einmal rein.« Ihre Augen sprangen auf, sie schoss im Bett hoch und schlug mit dem Kopf gegen sein Kinn.

»Fuck!«, riefen sie beide gleichzeitig.

»Aua«, stöhnte Amanda und rieb sich den Scheitel.

»Hey, dein Kopf ist härter als mein Kinn«, beschwerte er sich und rieb sich seinen pochenden Unterkiefer.

Seine Frau hatte nicht nur einen dicken Schädel, sie *war* ein echter Dickschädel.

Ihre Augen huschten über seinen nackten Körper, der neben ihr auf der Matratze kniete. Die Überraschung in ihnen verwandelte sich schnell in Erregung.

Das gefiel ihr schon viel besser.

»Hallo, Chief Bryson, ich glaube, Sie haben Ihre Uniform vergessen. Haben Sie wenigstens Ihre Handschellen dabei, weil ich ein böses Mädchen bin?«

Max hob eine Augenbraue. »Ich bin sicher, dass ich irgendwo in unserem Schlafzimmer ein Set finden kann. Ist der Schlüssel für die Handschellen noch an der Rückseite des Kopfteils befestigt?«

»Warum? Planst du, sie zu tragen?«

»Planst du das?«

»*Oooh.* Das war ein regelrechtes Schnurren.«

Er wackelte mit den Augenbrauen. »Gefällt dir das?«

Sie hob einen Finger an ihr Kinn und legte ihren Kopf für einen langen Moment schief. »Weißt du, was mir gefällt? Die Stille. Kein Geschrei. Kein Streit. Keine stampfenden Füße, die die Treppe rauf und runter trampeln. Kein Hundegebell, während Chaos versucht, sie zu bändigen.

Kein Greg, der wahllos *Fuck* und *Scheiße* schreit. Kein zerbrechendes Glas. Kein Zuschlagen von Türen.« Sie atmete tief durch ihre Nasenlöcher ein, ihre Augenlider flatterten zu und sie stieß ein langes »*Aaaaaaah*« aus.

»Dein extrem gut aussehender Ehemann ist ein Genie, weil er das geschafft hat. Gib es einfach zu.« Er hatte es seinen Eltern vorgeschlagen, die von der Idee begeistert waren und beschlossen, alle Enkelkinder – bis auf Baby Levi – heute Morgen abzuholen und über Nacht zu behalten.

»Ein leeres Haus ist vielleicht das … Beste. Weihnachtsgeschenk. Der. Welt!« Sie schloss die Augen und ließ sich zurück aufs Bett fallen, wobei ihr Kopf auf die Kissen plumpste. »So unglaublich schön.«

»Ich weiß. Jetzt schuldest du mir was.«

»Mmm.« Sie öffnete ein Auge. »Aber leeres Haus hin oder her, ich werde dir kein weiteres Baby schenken.«

»Es ist fünf Jahre her.«

Das andere Auge öffnete sich und sie starrte ihn an. »Mein lieber, derzeit atmender Ehemann, der in diesem Moment Gefahr läuft, zu Tode gewürgt zu werden, wir werden nicht alle fünf Jahre ein Baby bekommen. Nach dem letzten Mal habe ich gemerkt, dass fünf Jahre nicht lang genug sind, um zu vergessen. Alle haben gelogen, was das angeht.« Sie hob eine Hand. »Und du vergisst, wie alt ich jetzt bin. *Viel* zu alt.«

»Das ist wahr.«

Amanda riss das Kissen unter ihrem Kopf weg und schlug es ihm um die Ohren. »Du darfst nicht zustimmen. Und außerdem hat man dich beschnippelt.«

»Falls du dich erinnerst, der Arzt hat gesagt, dass es rückgängig gemacht werden kann. Du weißt schon, für den Fall, dass ich dich gegen ein jüngeres Modell eintausche.« Max grinste und zuckte mit den Schultern.

»Ich schätze, ich werde ein Inserat für dich *und* Hannah am Schwarzen Brett aufgeben.«

»Was?«

»Nichts«, murmelte sie.

Er seufzte und legte sich mit dem Gesicht zu Amanda auf die Seite, den Kopf in die Hand gestützt. »Hör zu, dass Levi in die Familie gekommen ist, hat meine väterlichen Instinkte wieder zum Vorschein gebracht.«

»Väterliche Instinkte, um was zu tun? Eingeschissene Windeln zu wechseln? Kotzfontänen aufzuwischen? Was? Welchen Teil vermisst du?«

»Na ja, mit dem Erbrechen haben wir immer noch zu tun.« Max schluckte den Speichel herunter, der sich in seinem Mund gebildet hatte. Manchmal musste er würgen, wenn er an die grauenhaften Sauereien dachte, die ihre Kinder angerichtet hatten.

Auch Amanda wurde leicht grün. »Okay, wir müssen aufhören, über Kotze zu reden.«

»Stimmt. Darum sollte es hier nicht gehen.«

»Worum dann?«

»Darum, sie alle wegzuschicken und ein bisschen Zeit mit meiner Frau zu verbringen.«

»Mmm. Das klingt besser als Babys. Wie lange sind sie noch mal weg?«

»Wir werden sie erst wiedersehen, wenn sie bei meinen Eltern die Geschenke unter dem Baum auspacken.«

»Was?«

Max' Grinsen wurde noch breiter. »Ja … Das ist ihr Weihnachtsgeschenk an uns. Ein ganzer Tag und eine ganze Nacht *allein*.«

»O. Mein. Gott. Nur das Wort *allein* bringt mich schon zum Orgasmus.« Ihre Hand glitt unter das Laken.

»Das habe ich schon gemacht«, sagte er und wackelte mit den Augenbrauen.

»*Ohhh.*« Sie runzelte die Stirn. »Warte. Die Parade später …«

»Ja, ich werde teilnehmen und du kannst dich vor ihnen

verstecken. Ich bin sicher, wir finden ein Kostüm für dich, damit sie dich nicht erkennen.«

Amanda lachte. »Du weißt, dass ich das für zukünftige Erpressungen verwende.«

»Ich werde es leugnen.« Er schob seine Hand unter die Decke und fuhr ihren Arm hinunter, bis er ihre Hand fand. Sie war genau da, wo er dachte. »Aber du kannst mich nicht leugnen«, flüsterte er.

»Doch, das kann ich. Aber bevor ich dich gegen ein neues Modell eintausche, würde ich gerne eine Runde mit dem alten drehen.«

»Du musst vielleicht erst die rostigen Teile schmieren.«

Ihre Mundwinkel zuckten. »Das gilt auch für mich.«

Verdammt noch mal, er liebte seine Frau. Als er ihr das erste Mal begegnete, weil er ihr auf dem städtischen Parkplatz einen Strafzettel verpasst hatte, hätte er niemals gedacht, dass sie über ein Jahrzehnt später zwei Kinder und einen Hund haben würden. Sie war ein verwöhntes, reiches Gör – das gab sie sogar zu –, dessen Leben auf den Kopf gestellt wurde, als sie die Vormundschaft für ihren behinderten Bruder bekam.

Schlimmer noch, sie hatte ihn bis aufs Äußerste genervt. Aber als sie vor seinen Augen reifer wurde, verliebte er sich in sie und merkte, dass er ohne sie nicht leben konnte. Und das, obwohl sie ihn andauernd in Rage brachte. Absichtlich.

Aber jetzt war sie eine großartige Mutter, eine erfolgreiche Kleinunternehmerin und die perfekte Partnerin für ihn. Niemand konnte seine Sturheit als Cop und Marine im Ruhestand so gut ertragen wie sie. Zum Glück konnte sie das, verdammt.

Er wollte sie nur ärgern, als er sagte, er wollte ein drittes Kind, aber wenn er darüber nachdachte, war es das Schönste auf der Welt gewesen, als Amanda mit seinen Kindern schwanger gewesen war.

Jetzt waren diese Babys keine Babys mehr und entwickelten sich schnell zu Klonen ihrer eigensinnigen Eltern.

Trotzdem war das Leben gut, und er war ein glücklicher Mistkerl.

Er war auch im Begriff, ein paar glückliche Momente mit der Frau zu haben, die seine Hand zwischen ihre Beine schob. Als ob er eine Ermutigung gebraucht hätte. Sein Finger glitt zwischen ihre Schamlippen und fand sie bereits feucht.

Er lächelte.

»Soll ich erst duschen?«

»Muss das sein?« Er hatte es noch nicht getan. Er war zu sehr damit beschäftigt gewesen, die Kinder und Greg für die Fahrt zu seinen Eltern fertig zu machen.

»Na ja, weißt du … es ist schon eine Weile her, dass du deinen Mund benutzt hast, und ich wollte nur sichergehen, dass du deine Technik nicht verlernt hast.«

»So lange ist es nicht her«, schimpfte er.

Sie hob eine perfekt gezupfte Augenbraue. Sie sollte auch besser perfekt gezupft sein. Sie lebte praktisch auf einem der Stühle im *Mähnen* auf der Main Street. Wahrscheinlich hatte Teddy extra für sie ein bronzenes Namensschild anbringen lassen.

»Wann war das letzte Mal?«, fragte sie ihn.

Er spitzte die Lippen.

»Eben«, sagte sie mit einem Hannah-Schnaufen.

»*Nun jaaaaaa* … Wir könnten es unter der Dusche machen, zurück ins Bett kommen, um es noch einmal zu machen, und es dann vor der Parade noch ein drittes Mal unter der Dusche machen.«

»Und nach der Parade?«

»Nach der Parade treiben wir es auf jeder Oberfläche an und in diesem verdammten Haus.«

Sie lachte und tätschelte seine Wange. »Schau dich an.

Du bist so zuversichtlich, dass du es so oft in vierundzwanzig Stunden machen kannst. Was für ehrgeizige Ziele.«

»Du wirst nach Nummer zwei schlafen.«

»Das werde ich nicht«, beharrte sie.

»Dann musst du auf den Wein verzichten, damit du es bis zu Nummer drei schaffst, bevor du anfängst zu schnarchen.«

»O nein. Sex passt perfekt zu einem schönen Roten.«

Er lächelte. »Ja. Zu einem schönen roten, frisch versohlten Arsch.« Er leckte über die Spitze eines unsichtbaren Bleistifts. »Das werde ich auf die Agenda setzen.«

»O mein Gott. Sind wir jetzt auch schon so altmodische Leute, die für Sex eine Agenda aufstellen müssen? Sind wir zu denen geworden? Was ist nur aus der Spontaneität geworden?«

»Nun. Greg ist passiert. Dann Hannah. Und schließlich Oliver«, erinnerte er sie.

»Mmm.«

Er lehnte sich nah zu ihr und flüsterte: »Aber keiner von ihnen ist hier. Warum verschwenden wir also Zeit?«

»Gutes Argument.« Sie drehte ihren Kopf und gab ihm einen kurzen Kuss. »Also, duschen?«

»Weißt du noch, als wir das erste Mal zusammen unter der Dusche standen?«

Sie drückte eine Fingerspitze auf ihre Lippen. »Du meinst die Nacht, in der du mir absichtlich verschwiegen hast, dass ich Bambis Papa esse?«

»Genau die«, antwortete er. »Wir könnten das nachstellen. Nur ohne das Essen.«

»Solange wir den nächsten Morgen nicht wiederholen. Ich war ziemlich sauer auf dich.«

»Äh. Du warst viel mehr als ›ziemlich sauer‹. Ich musste auf dem Bauch durch heiße Kohlen und Glasscherben kriechen, um dich zurückzubekommen.« Das war eine furchtbare Zeit seines Lebens. Er war ein sturer Idiot gewesen und hätte sie fast verloren.

»Du hattest es verdient.«

»Das will ich nicht bestreiten. Ich habe eine Bindung vermieden und sieh uns jetzt an.«

Sie lachte. »Ja, sieh uns jetzt an. Zwei alte Knacker, die ein langes Gespräch führen müssen, bevor wir Sex haben.«

»Na gut. Wir werden nicht erst darüber reden, wir werden es einfach tun. Lass uns einen Pakt schließen, dass wir bis morgen früh einfach spontan ficken, wann und wo wir wollen.«

»Außer heute Nachmittag auf der Paradestrecke. Wir könnten von deinen eigenen Cops wegen unsittlicher Entblößung, unzüchtiger Handlungen und Unzucht vor Minderjährigen verhaftet werden.«

»Okay, sind wir uns einig. Wir werden die unsittlichen Entblößungen und unzüchtigen Handlungen unter unserem Dach behalten.«

»Wir haben es auch noch nicht in deinem neuen Truck gemacht«, erinnerte sie ihn.

Er leckte wieder über seinen unsichtbaren Bleistift. »Okay, ich ergänze das um die Einfahrt.«

»Und jetzt reden wir schon wieder darüber, anstatt es zu tun. Wir haben unseren Pakt bereits gebrochen.«

»Wir fangen jetzt an. Abgemacht?«

Amanda nickte. »Abgemacht.«

Er grinste und eroberte ihren Mund. Er war fertig mit dem Reden. Jetzt war es Zeit, für Action.

Er versenkte den Finger, mit dem er leicht über ihren Kitzler gestrichen hatte, tief in ihr. Ihr Rücken wölbte sich und sie seufzte in seinen Mund.

Verdammt, der Sex mit ihr war schon immer wahnsinnig heiß gewesen. Selbst nach all den Jahren war er das immer noch.

Nachdem er gesehen hatte, wie sie in ihren engen, tief

sitzenden Jeans, hochhackigen Stiefeln und dem Babydoll-T-Shirt, über den Parkplatz geschritten war, hatte er nie wieder eine andere Frau angeschaut.

Nicht einmal in seinen Träumen.

Seine Frau war seine wahr gewordene Fantasie. Er konnte nur hoffen, dass er auch ihre war.

Er konnte nur hoffen, dass er sie bis zu ihrem letzten Atemzug glücklich machen konnte.

Er unterbrach den Kuss. »Baby …«

Sie drückte ihm einen Finger auf den Mund. »Du weißt, was ich von dir will. Und das ist nicht reden.«

Er ließ seinen Finger aus ihr gleiten, rollte sich vom Bett und machte sich auf den Weg zum großen Badezimmer.

»Du wirst mich doch nicht wie ein Höhlenmensch tragen?«, rief sie ihm zu. Er konnte das Schmollen in ihrer Stimme hören.

Er hielt inne und warf einen Blick über seine Schulter zurück. »Wenn ich mir etwas im Rücken zerre, wird das unsere Pläne durchkreuzen. Willst du das riskieren?«

Auch wenn sie es nur leise vor sich hin murmelte, hörte er es trotzdem. »Siehst du? Ich brauche das neue und verbesserte Modell.«

»Ja, aber du liebst mich«, beharrte er.

»Ich liebe deinen Arsch. Er ist immer noch perfekt.«

»Komm und hol ihn dir.« Er klatschte sich auf die nackte Arschbacke und ging ins Bad, um die Dusche anzustellen.

»Ich kann mich nicht erinnern, dass die Dusche so klein war«, sagte seine nackte Frau, als sie hineinkam und ihm versehentlich den Ellenbogen in den Bauch stieß.

»Du duschst doch jeden Tag hier drin. Okay, vielleicht

nicht jeden Tag. An manchen Tagen legst du Duschstreiks ein.« Max rümpfte die Nase.

»Sehr witzig. Ich meine nur, wenn wir beide drin sind. Vielleicht waren wir damals gelenkiger.«

»So lange ist das doch gar nicht her, Mandy.« Er wich zurück, damit sie unter die Brause kommen konnte.

Sie seufzte, als das heiße Wasser sie traf. »Es gibt BC und AC. Das erste Mal war damals in BC«

»Hä?«

Sie drehte sich um und schob ihren Hintern direkt gegen seinen Schwanz. Er war sich ziemlich sicher, dass es aus Versehen passiert war, aber seinem Schwanz war das egal.

»*Before Children*, vor Kindern und *After Children*, nach Kindern«, erklärt sie. »Dein Leben ist in den AC-Jahren nie dasselbe.«

»Wenn du willst, können wir sie zur Adoption freigeben«, schlug er vor.

Sie warf einen Blick über die Schulter, ihr kastanienbraunes Haar wurde dunkelbraun, als es nass wurde. »*Oooh*. Meinst du, das würde jemand merken?«

»Die Kinder vielleicht.« Er zuckte mit den Schultern. »Ich bin sicher, dass sie nach einer Weile darüber hinwegkommen. Aber dann würden wir unseren Steuerabzug verlieren.«

»Verdammt«, flüsterte sie. »Jetzt *müssen* wir sie behalten.«

»Ja, ich glaube, wir müssen sie behalten.«

Sie schnappte sich das Duschgel und ließ es einfach fallen, wobei es direkt auf seiner großen Zehenspitze landete.

»Hey! Was sollte das denn bitte?«

Sie zuckte mit den Schultern. »Na ja, ich dachte, wir würden das erste Mal in dieser Dusche nachstellen. Weißt du noch, wie ich die Seife fallen ließ? Aber damals war es ein Stück Seife und nicht dieser Behälter mit flüssigem Gold von The Body Shop, den du magst. Du bist jetzt viel anspruchsvoller.«

»Falls du dich erinnerst, die Seife ist nicht auf meinem Fuß gelandet, denn ich stand außerhalb der Dusche, als du die Seife hast fallen lassen. Und selbst wenn nicht, hätten wir so tun können, als ob, statt mich zu verstümmeln. Außerdem war ich angezogen und du hast mich aus Ungeduld über meine sexy, unwiderstehliche Männlichkeit in die Dusche gezerrt, um mich zu vernaschen.«

»Das habe ich nicht.«

»Doch, das hast du! Du konntest es nicht erwarten, ein Stück von all dem zu bekommen.« Er strich mit der Hand über seinen nassen Körper. Für seine vierundvierzig Jahre war er verdammt gut in Form, wenn er das selbst so sagen dürfte.

Und er bekam immer noch jede Menge Komplimente, wenn er in Uniform war. Ja, vielleicht kamen sie alle von seiner Mutter, aber wen interessierte das schon? Die zählten doch auch, oder?

»Wenn ich mich recht erinnere, war ich beim Joggen und du hast mich verfolgt, dann hast du mich gekidnappt und in deinen Bau geschleppt, um mich zu vernaschen.«

»Können wir uns nicht einfach an unser Redeverbot halten und zum Vernaschen kommen?«, fragte er ungeduldig.

Sie fuhr sich mit der Hand durch ihr langes nasses Haar, das ihr an den Schultern und am Rücken klebte. Zwei Kinder und fast zwölf Jahre später war sie immer noch so heiß wie damals, als er sie zum ersten Mal zu sich nach Hause gebracht hatte.

Ehe und Mutterschaft hatten sein Verlangen nach ihr nicht getrübt. Ihr Problem mit intimen Momenten war einfach, die Zeit und die Privatsphäre dafür zu finden.

Aber die nächsten vierundzwanzig Stunden waren ihnen garantiert und die Uhr tickte.

Und was noch besser war: Sein Schwanz war mit von der Partie.

Er schob ihre nassen Strähnen von einer Schulter und fuhr mit dem Mund über ihre feuchte Haut, leckte etwas von dem abperlenden Wasser ab, bis er zu ihrem Hals kam.

»Nur damit du es weißt, du hast mich für alle anderen Frauen ruiniert«, murmelte er gegen ihre warme Haut.

»Das war mein teuflischer Plan.«

»Den hast du verdammt gut umgesetzt.« Er knabberte an ihrem Hals und ließ sie selbst in dem heißen Wasser zittern.

Sie griff nach hinten, grub ihre Finger in sein Haar und stöhnte leise auf. Dieses kleine Geräusch brachte seinen Schwanz dazu, sich gegen ihren Hintern zu stemmen.

O ja, sie hatten vierundzwanzig Stunden Zeit, er könnte sie auch dort nehmen. Er musste daran denken, nachzusehen, ob sie Gleitmittel im Haus hatten. Wenn nicht, musste es in der Küche etwas geben, das sich dafür verwenden ließe.

»Hallo?«

Er brummte gegen ihren Hals.

»Du hast aufgehört zu knabbern. Hast du wegen deines fortgeschrittenen Alters vergessen, was du gerade tun wolltest?«

»Nein, habe ich nicht. Ich habe mich ablenken lassen, indem ich an all die verruchten Möglichkeiten, wie ich meine Frau ficken kann, gedacht habe.«

»*Oooh*. Das letzte Mal, als ich es überprüft habe, war ich deine Frau. Ich kann es kaum erwarten, all diese Verruchtheiten zu erleben. Wirst du dich an deine Ideen erinnern können?«

»Da bin ich mir ziemlich sicher. Und ich habe das Gefühl, dass du es hinterher auch tun wirst.«

Sie drehte sich um und warf ihn fast nach hinten, aber er konnte sein Gleichgewicht halten. Gerade noch so.

Ihre haselnussbraunen Augen waren auf ihn gerichtet. »Dieses Grinsen gefällt mir nicht.«

Er senkte seinen Kopf, bis seine Lippen nur noch wenige Millimeter von ihren entfernt waren. »Du hast vergessen, die Seife aufzuheben.«

»Ja, jaaa. Den Trick kenne ich.«

Sein Grinsen wurde breiter und er schloss den Abstand zwischen ihnen, eroberte ihren Mund und erforschte die Vertiefungen mit seiner Zunge. Sie schlang ihre Finger um seinen Hinterkopf und intensivierte den Kuss mit einem Stöhnen, das aus ihrem Inneren aufstieg.

Ihre perlenförmigen Nippel berührten seine Brust und erregten ihn. Er umfasste ihre Brüste, die jetzt größer waren als bei ihrem ersten Treffen, und streichelte beide Nippel, was ihr ein weiteres Stöhnen entlockte.

Er nahm beide Knospen zwischen seine Finger und drehte sie langsam, bis sie lauter in seinen Mund stöhnte. Er drehte sie weiter, bis er wusste, dass es zu schmerzhaft war und sie schließlich keuchend den Kuss unterbrach.

»Max«, flüsterte sie, ihre Augen waren nur halb offen und glühten vor Hitze.

Fuck ja, sie gehörte ihm.

Anfangs hatte er es monatelang hartnäckig geleugnet, bis ihn der Gedanke, sie zu verlieren, verrückt machte. Dann wurde ihm klar, dass er ohne sie nicht leben konnte.

Und verdammt, das konnte er auch nicht.

Sie waren fertig mit dem Reden.

Er drückte sie mit dem Rücken gegen die Duschwand und ging auf die Knie.

Nicht, um das Duschgel aufzuheben.

Heilige Scheiße, er konnte sich nicht erinnern, dass ihm beim letzten Mal, als sie das taten, die Knie schmerzten. Er verdrängte das Unbehagen. »Halt dich fest, Baby.«

Amanda packte ihn an den Schultern und er hob ihr Bein über seinen Arm, den er gegen die Fliesen gelehnt hatte, und spreizte ihre Oberschenkel. Mit der anderen Hand öffnete er ihre Pussy.

Verdammt, das glitzernde rosa Zentrum ließ ihm das Wasser im Mund zusammenlaufen.

Er leckte und saugte an den äußeren Stellen, seine Zunge glitt zwischen ihnen hindurch und schmeckte sie. Als er seinen Blick nach oben richtete, sah er, dass sie mit dem Kopf an der Wand lehnte, die Augen geschlossen hatte und lächelte, während das Wasser auf ihrer Haut abperlte.

Er wollte, dass dieses Lächeln verschwand, dass sie seinen Namen rief und er das Resultat ihres Orgasmus auf seinen Lippen schmeckte. Er saugte fester an ihrem Kitzler, bis sie sich gegen ihn stemmte und ein leises, lang gezogenes »Ohhhh!« zwischen den nicht mehr lächelnden, sondern getrennten Lippen hervorbrachte.

So war es schon besser.

Sie neigte ihre Hüften, damit er mit einem Finger ihre nassen Öffnungen streicheln konnte, während er mit den Zähnen leicht über ihre harte, empfindliche Knospe strich.

»Max«, hauchte sie.

Fuck, ja.

Sein Schwanz war hart und pochte und seine Eier waren prall, weil er wusste, dass sie immer feuchter wurde und er bald die Gelegenheit haben würde, sich in ihrer feuchten Hitze zu verlieren.

Er schob zwei Finger in sie und krümmte sie, um die Stelle zu finden, die sie wild machte, und ihre Hüften folgten jeder gezielten Bewegung.

Er wusste, wie er seine Frau in Fahrt bringen konnte. Er wusste, was sie mochte, was sie liebte, was sie wollte und brauchte. Und er gab es ihr nur zu gern, denn sie gab ihm dasselbe.

Er spielte weiter, während er mit seiner Zungenspitze

über ihren Kitzler strich und spürte, wie sie sich um ihn herum zusammenzog. Ihr Atem war hektisch geworden und ihre Fingernägel gruben sich scharf in das Fleisch seiner Schultern, aber er hörte nicht auf.

»Ja«, zischte sie. »Max ... Weiter ... Weiter ... Hör nicht auf!«

Er hatte nicht vor, aufzuhören, nicht bis sie kam, nicht bis sie bereit für seinen Schwanz war und er sie direkt zum zweiten Orgasmus bringen konnte.

Er glaubte nicht, dass er warten könnte, bis er im Bett lag, um in sie zu stoßen. Nein, er würde sie unter der Dusche nehmen, bevor das Wasser zu kalt wurde, und sie dann im Bett noch ein weiteres Mal nehmen.

In den nächsten vierundzwanzig Stunden würden sie das Beste aus dem Geschenk machen, das sie bekommen hatten. Max würde seine Eltern als Dankeschön vielleicht auf eine Kreuzfahrt schicken müssen. Er war sich ziemlich sicher, dass sein Bruder Marc sich auch beteiligen würde, da sie ebenfalls kinderlos waren. Mehr oder weniger. Einen von ihnen konnten sie nicht an die Großeltern abtreten. Aber da das Kind noch nicht geboren war, gab es einen guten Grund dafür.

Doch das war nicht seine Sorge. Er konzentrierte sich einzig und allein darauf, Amanda dazu zu bringen, schnell zu kommen, damit er sie beide für ihr zweites Mal mit auf die Fahrt nehmen konnte.

Er griff nach oben und zwickte einen Nippel, während er grob an ihrem Kitzler saugte und ab und zu mit den Zähnen daran kratzte, während er seine Finger immer wieder in sie hineinschob.

Dann war sie am Ziel. Ihr Rücken krümmte sich, ihre Fingernägel zerrissen praktisch seine Haut und sie schrie so laut, dass der Schallpegel in der Dusche ohrenbetäubend war.

Aber das war ihm scheißegal. Sie konnte ihn bluten

lassen, ihm einen Hörsturz verpassen, ihn zwischen ihren Schenkeln zu Tode würgen, das war es alles wert.

Jedes einzelne davon.

Und als sie fertig war, als die letzte Welle verebbt war, ließ sie sich gegen die Wand sinken, schaute auf ihn herab und er lächelte sie an.

Sie lächelte zurück und stellte die gleiche Frage, die sie vor all den Jahren gestellt hatte. Und sie war genauso atemlos wie damals. »War es für dich genauso gut wie für mich?«

»Besser als in meiner Erinnerung.«

»Was haben wir danach gemacht?«

»Wir haben gegessen.«

»Das hast du gerade getan, aber ich könnte auch was vertragen.« Ihre Stimme war sanft und verführerisch und sorgte dafür, dass sich seine Eier noch mehr anspannten. Lusttropfen liefen so schnell, wie sie vom Wasser weggespült wurden, aus seinem Schwanz.

Er konnte nicht eine ganze Mahlzeit warten, um in seiner Frau zu sein.

Er stand auf. Langsam. Seine Knie knackten, als er das tat. Gleich nachdem er das Zucken wegdrücken konnte, fragte er: »Worauf hast du Hunger?«

»Auf dich«, sagte sie schlicht mit einem lässigen Lächeln.

Er strich mit dem Daumen über ihre feuchte Unterlippe. »Ich will dich ficken.«

»Das wirst du. Aber erst muss ich meinen Hunger stillen und dann können wir frühstücken, bevor du mich ins Bett begleitest und mich daran erinnerst, warum ich dich überhaupt erst geheiratet habe.«

Er hob eine Augenbraue und fasste sich an den Ansatz seines Schwanzes. »Du hast mich nur deswegen geheiratet?«

»Das war das entscheidende Kaufargument.« Sie schob seine Hand weg, nahm ihn in die Faust, drückte ihn fest zusammen und strich mit dem Daumen über die Krone.

Als sie auf die Knie ging, warnte er sie: »Wenn du einmal da unten bist, ist es schwer, wieder hochzukommen. Wenn du Hilfe brauchst, gib einfach ein Zeichen.«

Sie neigte ihr Gesicht zu ihm hinauf. »Wie das Bat-Signal?«

»Ein einfaches ›Hilf mir!‹ würde genügen.«

Sie presste ihre Lippen kurz aufeinander, bevor sie ihren Kopf senkte und ihn ganz in ihren Mund nahm.

»Heilige Scheiße«, hauchte er und grub seine Finger in ihr durchnässtes Haar.

Sie nahm ihn tief in sich auf, und während sie ihren Mund nach oben gleiten ließ, wirbelte sie mit ihrer Zunge um seine Eichel, bevor sie ihn wieder fast komplett verschluckte.

»Baby«, stöhnte er, seine Finger zuckten in ihrem Haar und er widerstand dem Drang, zuzustoßen.

Er kämpfte dagegen an, seine Augen zu schließen, weil er sie beobachten wollte. Wie ihr Kopf wippte, wie sich ihre Lippen um ihn legten, wie ihre Faust den Ansatz zusammendrückte und die Adern zum Pochen brachte.

Es war wunderschön.

Atemberaubend.

Verdammt sexy.

Er packte ihr Haar fester und begann, seine Hüften leicht zu bewegen, er wollte ihr keinen totalen Face-Fuck verpassen.

Okay, das wollte er schon, aber er wusste aus Erfahrung, dass das hässlich werden und den Moment ruinieren könnte. Also begann er mit sehr flachen Stößen, während ihre Zunge über die dicke Erhebung wirbelte, leckte und strich.

Gott, wenn er sie weitermachen ließ, würde sie ihm das Gehirn aus dem Schwanz saugen.

Er brauchte sein Hirn nicht mehr, oder?

Fuck nein.

Er konnte sich nicht erinnern, wann sie ihm das letzte Mal so einen geblasen hatte. Die meiste Zeit hatten sie kaum das Glück, ungestörten Sex zu haben. Dass sie sich also Zeit nahm und das tat …

Weihnachten sollte öfter kommen.

Einmal im Monat.

Zweimal im Monat.

Oh, fuck! Sie bearbeitete sanft seine Eier, während sie mit ihren Lippen an der Unterseite seines pochenden Schwanzes entlangfuhr. Sie drückte den Ansatz fester zusammen und ließ ihre Hand die Länge hinauf gleiten, um einen weiteren dicken, glänzenden Lusttropfen aus ihm zu melken.

Und *fuuuuuuuuuuckkkkk*. Sie hob ihren Blick zu ihm, streckte ihre heiße, rosa Zunge heraus und leckte den Tropfen von der Eichel wie schmelzendes Sahneeis.

Er versuchte zu schlucken, aber seine Kehle war wie zugeschnürt, als sie ihn noch einmal ganz in ihren feuchten, heißen Mund gleiten ließ, kräftig saugte und dann zurückzog, bis nur noch die Krone zwischen ihren Lippen steckte.

Sie lächelte.

»Fuck, Baby«, stieß er stöhnend hervor. Er griff fester in ihr Haar und begann so weit zu stoßen, wie es ihre Faust an seinem Ansatz zuließ.

Aber es war genug.

Heilige Scheiße, es war mehr als genug.

»Manda«, warnte er. Dabei biss er seine Kiefer so fest zusammen, dass er es mit Gewalt herauspressen musste.

Er wusste nicht, ob sie versuchte, ihm um seinen Schwanz herum zu antworten oder einfach nur summte, aber so oder so vibrierte sie um ihn, während ihre Finger seine Eier bearbeiteten, und …

Und …

Er schlug mit einer Hand gegen die Duschwand, ließ

seinen Kopf fallen, stieß seine Hüften noch einmal nach vorn und kam tief in ihrer Kehle. Sein Schwanz pulsierte und pulsierte und spuckte sein Sperma in heißen Strahlen aus. Sie gab ihn nicht frei, sondern schluckte alles.

Auch nachdem er zum Stillstand gekommen war, ließ sie ihn langsam in ihren Mund eindringen und wieder herauskommen, bis er leer war.

Komplett und absolut leer.

Er saugte Sauerstoff ein und öffnete die Augen gerade noch rechtzeitig, um zu sehen, wie sie ihn aus ihrem Mund gleiten ließ. Er ließ sich von dem erfrischenden Wasser abspülen, während er ihr die Hand reichte. Sie nahm sie und er zog sie auf die Beine und in seine Arme.

»Ich liebe dich, Mandy.«

Sie griff nach oben und streichelte seine Wange. »Ich liebe dich auch. Jetzt stell das Wasser ab, bevor wir uns unterkühlen. Dann wird mein Mann mir eine große Kanne Kaffee kochen und ein noch größeres Frühstück für diesen fachmännischen Blowjob, den ich ihm gerade gegeben habe.«

»Ich werde dir heute Abend sogar ein fantastisches Abendessen kochen, wenn ich zum Nachtisch eine Wiederholungsvorstellung bekommen kann.«

»Wir sind doch nicht etwa gierig, oder?«

»Oh doch, verdammt. Ich bin so, so gierig. Das sollten wir beide sein.«

»Mmm.« Sie packte sein Gesicht mit beiden Händen, zog ihn zu sich herunter und küsste ihn leidenschaftlich. »Dann lass uns abtrocknen, du machst Frühstück, während ich mir die Haare föhne und dann können wir damit loslegen.«

Sie ließ ihn los und nachdem sie aus der Dusche gestiegen war, schaltete er das Wasser ab und folgte ihr.

Das heftige Klatschen seiner Handfläche gegen ihren nassen Hintern hallte wie ein Pistolenschuss durch das

Badezimmer. Er konnte nicht widerstehen, es zu tun, als sie nach ihrem Handtuch gegriffen hatte. Ihr Hintern war einfach so verlockend.

»Hey!«

»Schnall' dich an, Schätzchen. Das ist erst der Anfang.«

»Fang nichts an, was du nicht zu Ende bringen kannst«, warnte sie ihn.

»Oh, wir sind wohl sehr streitlustig, was?«

»Ich habe geträumt, dass du mir den Hintern versohlst und einer dieser kleinen Menschen, die wir jetzt nicht erwähnen wollen, hat mich unterbrochen.«

»Du hast in letzter Zeit keinen Ärger gemacht.«

»Ach so, ich muss also böse sein? Das lässt sich einrichten. Ich war schon immer gut darin, böse zu sein.«

Er schnappte sich sein eigenes Handtuch, blieb vor ihr stehen, presste seine Lippen auf ihre und murmelte dagegen. »Und immer schlecht darin, brav zu sein, aber wenn du den Hintern versohlt haben willst, musst du nur fragen.«

»Und du wirst deine Pflicht als guter Ehemann tun und deine Frau disziplinieren.«

»Verdammt, das hört sich gut an.« Max trocknete sich ab und wickelte sich das Handtuch um die Taille, während seine Frau zum Waschbecken ging und sich den Fön schnappte. »Wir sehen uns am Frühstückstisch.«

»Sieh zu, dass du jede Menge Kohlenhydrate machst, Max. Du wirst sie brauchen«, rief sie ihm zu, als er das Bad verließ. »Und viel Koffein, damit du nicht einschläfst.«

»Verstanden. Kaffee und French Toast kommen sofort.« Mit einem Grinsen warf er einen letzten Blick auf Amanda, die völlig nackt vor dem Spiegel stand und sich ihr Haar trocknete. Dann zwang er sich dazu, sich anzuziehen und den beiden Frühstück zu machen.

»NUR DAMIT DU ES WEISST, wenn ich dich später so heiß und gut aussehend in deiner Paradeuniform auf dem Rücksitz des Cabrios sehe, werde ich mich an diesen Moment erinnern und einen Mini-Orgasmus bekommen.«

Die Metallschellen klapperten. »Das reicht nur für Mini?«

»Na ja, ich will nicht zu offensichtlich sein, wenn ich ihn habe. Ich will nur, dass du an mich *denkst*, wenn du da oben den Bürgern zuwinkst, die du beschützt und denen du dienst.«

»Das ist böse.«

Amanda grinste, als sie sich auf von seinem Schwanz erhob und ganz oben innehielt. »Dann kannst du mich später bestrafen.« *Langsam* glitt sie wieder nach unten, denn sie wusste, dass es ihn quälte, dieses Tempo zu halten.

Max stieß einen lauten Atemzug aus.

Da er Personentyp Dominant, ein echtes Alpha-Männchen sowohl bei der Polizei als auch bei der Marine war, ließ er sich nur selten von ihr ans Bett fesseln. Und bevor er das tat, hatte er dreimal nachgesehen, ob ein Schlüssel für die Handschellen hinter dem Kopfteil, wo er ihn erreichen konnte, befestigt war.

Aber da sie gerade seinen Schwanz ritt, beschwerte er sich nicht darüber, gefesselt zu sein. Er hatte es sogar begrüßt, damit er es später mit ihr machen konnte. Sie hatte auch nichts dagegen, wenn er das mit ihr machte, da sie ihm hundertprozentig vertraute. Und der Mann hatte wahnsinnige Fähigkeiten im Bett.

Ein weiterer Grund, warum sie seinen Ring trug.

Aber im Moment hatte sie die Kontrolle, auch wenn seine Beine nicht gefesselt waren und er nicht lange brauchen würde, um sich zu befreien, wenn er es darauf anlegte, die Kontrolle zu übernehmen.

Auch darüber würde sie sich nicht beschweren. Sie liebte es, wenn ihr Mann wie ein Höhlenmensch über sie herfiel.

Er packte sie am Haar und riss ihren Kopf nach hinten, biss und saugte so fest, dass er Spuren hinterließ, und fickte sie dann so hart, dass sie kaum noch Luft bekam.

Scheiße, jaaaa …

Max stöhnte auf, als dieser Gedanke sie dazu brachte, sich um ihn herum zusammenzuziehen, während sie sich gegen seinen Schoß presste und seinen Schwanz noch tiefer in sich hinein trieb.

Er beugte seine Knie und stemmte seine Füße in die Matratze, um sie nach vorn zu kippen. Ohne ein Wort zwischen ihnen zu verlieren, wusste sie, was er wollte. Sie ließ ihre Hände über seine immer noch unglaublich heiße Brust und seine durchtrainierten, über den Kopf gefesselten Arme gleiten und beugte sich vor, bis einer ihrer Nippel gerade seine Lippen berührte. Sie ließ die Knospe an seinem Mund entlang gleiten, um ihn zu reizen.

Er wehrte sich nur eine Sekunde lang, bevor ihm ein kleines Knurren entwich und er sie einfing und kräftig daran saugte. Es war, als zögen seine Lippen eine lustvolle Schnur, die von ihrem Nippel bis zu ihrer Pussy reichte, und sie verkrampfte sich wieder um ihn, während sie sich hob und senkte.

»Fuck, Baby«, murmelte er gegen ihr Fleisch.

»Nicht reden. Mach genau … *Jaaaa* … da weiter.« Ihre Blicke trafen sich, während er weiter ihren Verstand aufmischte. Diese kristallblauen Augen hatten ihre Aufmerksamkeit schon vor so langer Zeit auf sich gezogen und brachten sie immer noch zum Schmelzen, wenn sie in sie starrte.

Sie griff nach seinen Handgelenken und begann, sich schneller zu bewegen, woraufhin seine Zuwendung an ihren Brüsten noch rauer wurde. Er knabberte, saugte, kratzte und leckte.

Gott, sie liebte es, wenn er ihren Brüsten seine volle Aufmerksamkeit schenkte. Er hatte die Kontrolle über ihre

Brüste, während sie die Kontrolle über seinen Schwanz behielt und ihn benutzte, um sich selbst zu einem Höhepunkt zu bringen.

»Max«, wimmerte sie und konnte nicht verhindern, dass sie die Augen schloss, um sich in der Lust zu verlieren, die er ihr schenkte und die sie sich selbst nahm.

Ein scharfer Biss ließ sie ihre Augen öffnen. Und wieder waren keine Worte nötig. Sie kannten sich so gut. Sie fixierte seinen Blick und fuhr fort, ihn hart und schnell zu reiten. Seine Aufmerksamkeit für ihre Nippel wurde immer intensiver und er spannte sich unter ihr an.

Er war kurz davor.

Zum Glück war sie es auch.

»Max«, wimmerte sie erneut und hatte Mühe, den Blick auf seinen zu richten, während der Druck in ihr und in ihm wuchs. Sein Schwanz wurde noch härter, während er wahrscheinlich darauf wartete, dass sie kam.

Aber er brauchte nicht lange zu warten.

Sie schrie auf, als ihre Pussy um seinen zuckenden Schwanz pulsierte. Sie schafften es, gleichzeitig zu kommen, und sie ritt weiter auf ihm, verlangsamte aber das Tempo, bis sie fertig war. Er war auch fertig und das Einzige, was übrig blieb, waren ihr schweres Atmen und ihre rasenden Herzen.

Als er ihre Brustwarze losließ, sackte sie mit einem zufriedenen Lächeln auf ihm zusammen, ohne sich darum zu kümmern, dass sein Körper schweißnass war, denn das war ihrer auch.

Das lieferte ihnen nur eine weitere Ausrede, um gemeinsam zu duschen, bevor sie beide zur Weihnachtsparade aufbrachen.

Holen Sie es sich hier: http://mybook.to/ BrysonChristmas-DE

Verfügbare Bücher auf Deutsch

Brothers in Blue Serie
Brothers in Blue: Max (Buch 1)
Brothers in Blue: Marc (Buch 2)
Brothers in Blue: Matt (Buch 3)
(Enthält Teddys Kurzgeschichte)
Brothers in Blue: Weihnachten bei Familie Bryson (Buch 4)

Blood Fury MC Serie
Eine 12-bändige Motorradclub-Serie

Die Dare Ménage Serie
Eine 6-bändige Ménage-à-trois-Serie

Weitere Bücher folgen bald!

Wenn dir dieses Buch gefallen hat

Danke, dass du Brothers in Blue: Matt gelesen hast. Wenn dir die Geschichte von Marc und Leah gefallen hat, hinterlasse gerne eine Rezension bei deinem Lieblingsbuchhändler und/oder bei Goodreads, Amazon und Lovelybooks, damit auch andere Leser davon profitieren können. Rezensionen sind immer willkommen und schon wenige Worte können einer Indi-Autorin wie mir ungemein helfen!!

Andere Werke von Jeanne

Meine komplette Lesereihenfolge findest du hier:

https://www.jeannestjames.com/reading-order

* Erhältlich als Hörbuch (auf Englisch)

Alleinstehende Bücher:

Made Maleen: A Modern Twist on a Fairy Tale *

Damaged *

Rip Cord: The Complete Trilogy *

Everything About You (A Second Chance Gay Romance) *

Reigniting Chase (An M/M Standalone) *

Brothers in Blue Series:

Brothers in Blue: Max *

Brothers in Blue: Marc *

Brothers in Blue: Matt *

Teddy: A Brothers in Blue Novelette *

Brothers in Blue: A Bryson Family Christmas *

The Dare Ménage Series:

Double Dare *

Daring Proposal *

Dare to Be Three *

A Daring Desire *

Dare to Surrender *

A Daring Journey *

The Obsessed Novellas:

Forever Him *

Only Him *

Needing Him *

Loving Her *

Tempting Him *

Down & Dirty: Dirty Angels MC Series®:

Down & Dirty: Zak *

Down & Dirty: Jag *

Down & Dirty: Hawk *

Down & Dirty: Diesel *

Down & Dirty: Axel *

Down & Dirty: Slade *

Down & Dirty: Dawg *

Down & Dirty: Dex *

Down & Dirty: Linc *

Down & Dirty: Crow *

Crossing the Line (A DAMC/Blue Avengers MC Crossover) *

Magnum: A Dark Knights MC/Dirty Angels MC Crossover *

Crash: A Dirty Angels MC/Blood Fury MC Crossover *

In the Shadows Security Series:

Guts & Glory: Mercy *

Guts & Glory: Ryder *

Guts & Glory: Hunter *

Guts & Glory: Walker *

Guts & Glory: Steel *

Guts & Glory: Brick *

Blood & Bones: Blood Fury MC®:

Blood & Bones: Trip *

Blood & Bones: Sig *

Blood & Bones: Judge *

Blood & Bones: Deacon *

Blood & Bones: Cage *

Blood & Bones: Shade *

Blood & Bones: Rook *

Blood & Bones: Rev *

Blood & Bones: Ozzy *

Blood & Bones: Dodge *

Blood & Bones: Whip *

Blood & Bones: Easy *

Beyond the Badge: Blue Avengers MC™:

Beyond the Badge: Fletch

Beyond the Badge: Finn

Beyond the Badge: Decker

Beyond the Badge: Rez

Beyond the Badge: Crew

Beyond the Badge: Nox

Demnächst erhältlich!

Double D Ranch (An MMF Ménage Series)

Dirty Angels MC®: The Next Generation

<u>Geschrieben unter dem Namen J.J. Masters:</u>

The Royal Alpha Series:

(A gay mpreg shifter series)

The Selkie Prince's Fated Mate *

The Selkie Prince & His Omega Guard *

The Selkie Prince's Unexpected Omega *

The Selkie Prince's Forbidden Mate *

The Selkie Prince's Secret Baby*

Über den Autor

JEANNE ST. JEANNE ist eine USA-Today-, Amazon- und internationale Bestsellerautorin im Bereich Liebesromane, die gerne über starke Frauen und Alpha-Männer schreibt. Sie war erst dreizehn Jahre alt, als sie mit dem Schreiben begann. Im Jahr 2009 veröffentlichte sie dann ihren ersten Liebesroman. Inzwischen hat sie über sechzig zeitgemäße Liebesromane geschrieben. Sie schreibt M/F-, M/M- und M/M/F-Ménages, darunter auch interkulturelle Liebesromane. Sie schreibt auch paranormale M/M-Romane unter dem Namen J.J. Masters. Hast du Lust, eine Kostprobe ihrer Arbeit zu lesen? Lade hier ein kostenloses Probebuch herunter: BookHip.com/MTQQKK

Um über ihren vollen Veröffentlichungszeitplan auf dem Laufenden zu bleiben, besuche ihre Website unter www.jeannestjames.com oder melde dich für ihren Newsletter an: http://www.jeannestjames.com/newslettersignup

www.jeannestjames.com
jeanne@jeannestjames.com

Newsletter (auf Englisch): http://www.jeannestjames.com/newslettersignup
Facebook-Lesergruppe: https://www.facebook.com/groups/JeannesReviewCrew/

Printed in Poland
by Amazon Fulfillment
Poland Sp. z o.o., Wrocław

44754615R00176